KB123973

로크미디어가
유혹하는
재미있는 세상

ROK
MEDIA
로크미디어

악가의 무신 4

2023년 3월 16일 초판 1쇄 인쇄
2023년 3월 21일 초판 1쇄 발행

지은이 서준백
발행인 강준규

기획 이기헌 왕소현 박경무 강민구 조익현
책임편집 천기덕
마케팅지원 이원선

발행처 (주)로크미디어
출판등록 2003년 3월 24일
주소 서울시 마포구 마포대로 45 일진빌딩 6층
Tel (02)3273-5135 Fax (02)3273-5134
홈페이지 rokmedia.com E-mail rokmedia@empas.com

ⓒ 서준백, 2022

값 9,000원

ISBN 979-11-408-0645-4 (4권)
ISBN 979-11-408-0641-6 04810 (세트)

차례

공연

비가 왔지만 쌀쌀하지는 않았다. 동기(冬氣)가 점점 물러가나 보다.

철퍽.

악운 일행은 질퍽해진 땅을 걸었다.

곡부에 이른 두 사람은 가장 먼저 엽보원에 속한 가솔을 만나 필요한 정보를 입수했고, 허기를 채울 객잔으로 향하는 중이었다.

"호위 숫자가 많다는 정보에는 꽤나 놀랐소."

"예, 절맥에 걸린 여인을 지키기에는 과한 숫자이지요."

"소가주의 예측이 맞을지도 모른다는 생각이 계속 드는 건 어쩔 수 없구려."

악운은 잠시 입을 다물고 생각에 잠겼다.

'역시나 그런 것인가.'

황보정은 겁이 많다.

그 말은 후환을 살려 둘 만큼의 자비가 없다는 말도 된다.

하지만 그녀만큼은 예외였다.

그 이유엔 여러 가지가 있을 테지만 처음에 고려했던 그 이유가 가장 크리라고 판단되었다.

"직접 확인해 보면 알겠지요."

"맞는 말씀이오. 그럼 어떻게 접근할 생각이오?"

"우선 큰 소란은 일으키지 않고 그녀부터 만나 볼 작정입니다. 그간의 일을 편안한 자리에서 황보세가의 개입 없이 들어 봐야겠지요."

그 말을 끝으로 악운은 우중충한 하늘을 올려다봤다.

잠입하기 딱 좋은 날씨로군그래.

작은 장원 하나 잠입하는 건 화경에 이른 악운에게는 일도 아니었다.

❧

객잔에 도착한 두 사람은 잠시 헤어졌다.

"노숙 때문에 꼴이 말도 아니군. 씻은 후에 맞은편 다루에서 봅시다."

"그러시지요."

악운은 갈아입을 무복을 들고 들어가는 호사량을 일별한 후 다른 방으로 향했다.

쓰고 있는 답답한 방갓부터 좀 벗을 참이었다.

잠시 후 씻고 나온 악운이 호사량의 방을 쳐다봤지만 나올 기미가 안 보였다.

'잠이라도 들었나?'

악운은 시답잖은 생각을 하며 인근 다루로 먼저 향했다.

"어서 오십시오."

"이 층 자리 하나를 내주시오."

"예."

검박한 실내의 다루로 들어선 악운은 이 층 탁자로 안내되어 자리에 앉았다.

다루 점소이가 추천해 준 노산 녹차를 시킨 악운의 눈에 문득 멀리 삼 층 내부 난간 옆에 홀로 앉은 여인이 보였다.

면사를 쓰고 있어 얼굴이 보이지 않았지만, 분위기가 처연했다.

경지가 깊어지면 기에 민감해지고, 사람이 흘리는 분위기 혹은 눈빛을 더 예민하게 느낄 수 있다.

그저 처연하기만 했다면 시선을 오래 두지 않았을 것이다.

당장 죽을 것같이 위태로워 보였다.

그런 직감이 들었다.

딱히 말을 걸지는 않았다.

대신 점소이를 불러 말했다.

"기문 홍차가 있소?"

기문 홍차는 안휘성에서 주로 생산되긴 했지만, 안휘성이 인접한 산동성에도 종종 들여오는 다루가 있었다.

깊은 단맛이 기분을 좋게 한다.

"예, 소량이 남아 있습니다."

"저 소저에게 내주시오. 값은 내가 치르겠소. 딱히 내가 내주었다는 이야기는 밝히지 말아 주었으면 좋겠소. 그저 기문 홍차가 필요할 거 같았다고만 전해 주시오."

"예, 그러겠습니다."

점소이가 총총걸음으로 사라진 후에 악운은 그녀에게 두 었던 시선을 돌렸다.

얼마 지나지 않아 점소이가 다기와 함께 기문 홍차를 그녀에게 내갔다.

소저는 차를 거절하지 않은 것 같았고 결국 점소이가 내온 차를 몇 모금 마셔 본 듯했다.

저벅저벅.

그때 계단을 통해 통해 세 명의 무사들이 그녀를 향해 다 가갔다.

'호위 무사라……. 혹시……?'

외인이 아니고서 이 작은 도심에 호위 무사를 대동하고 다닐 만한 세력의 여인은 흔치 않을 텐데.

잠깐 그런 생각을 하던 찰나, 그녀는 이내 찾아온 무사들과 동행하여 다루를 빠져나갔다.

"오래 기다리셨소?"

때마침 호사량이 자리에 앉은 것으로 악운 역시 그녀에 대한 상념을 접었다.

"차나 한잔하시지요."

"고맙소."

악운이 호사량의 찻잔에 차를 따르며 일 층 바깥으로 완전히 사라지는 그녀의 뒷모습을 일별했다.

"그런데 방금 나와 비슷한 시각에 들어선 무사들 말이오. 분위기가 꽤나 험악하더이다."

"그랬습니까?"

"면사를 쓰고 있던 여인을 호위하는 것이긴 한데 얼핏 강압적인 분위기가 느껴졌소. 호위가 아니라 뭐랄까…… 때에 맞춰 억지로 데려가는 분위기였다고나 할까."

악운은 호사량의 생각에 한 번 더 확신했다.

저 여인…… 얼굴은 확인하지 못했지만 분명…….

"공연, 그녀인 것 같습니다."

"역시 그랬나."

호사량의 눈빛이 가라앉았다.

밤이 되자 악운은 방갓을 벗고 야행복과 복면을 썼다.

그녀만 잠깐 만나 보고 올 생각이었던지라, 이번엔 혼자만 움직이기로 했다.

새벽에 나선 곡부의 밤은 스산스러웠다.

최근 황보세가와 동진검가의 문파대전으로 인해 몇몇 건물이나 점포가 무너지거나 불탄 곳이 더러 있었기에 더욱 그래 보였다.

얼마쯤 달렸을까.

따닥따닥 붙어 있는 인가들을 지나쳐 도심 외곽에 이르기 시작하자 울창한 삼림(森林)과 언덕이 나타났다.

이 언덕 위쪽에 그녀가 머무는 장원이 있었다.

'역시 이럴 땐 그의 신법이 적합하겠어.'

혈교의 난이 시작되기 직전.

나라가 혼란에 치달을 때 탐관오리를 처단하며 분연히 일어난 살수가 한 사람 있었다.

그는 후일 황궁을 장악한 혈교와의 일전에서 아깝게 목숨을 잃는다.

아직도 그의 죽음이 선명했다.

―가져가게.

-이게 무엇입니까?

-탐관오리부터 빼앗은 모든 것, 그리고 나의 유산. 내 평생 일궈 놓은 모든 것이라 하면 되겠군.

-이것을 어째서 제게 주십니까?

-천하는 음지에 있는 이의 신념 가지고는 바꿀 수 없네. 양지에 있는 이가 필요해. 신념 있는 자들을 모아 혈교를 막고, 더 나은 천하를 이뤄 주시게. 내 정체를 아는 이가 그대 하나뿐이라는 것도 이 결정에 한몫했다네.

잠시 눈을 감고 그와의 대화를 떠올린 악운의 눈가가 파르르 떨렸다.

천휘성은 사력을 다했지만 결국 혈교를 잠시 물러나게 하는 데에 그쳤다.

더 나은 천하를, 그가 바랐던 변화를 손톱만큼도 이루지 못했다.

그리고 그 신념은 이제 천휘성의 인생을 지나 악운의 삶에 찾아왔다.

츠츠.

잔잔한 기의 바람이 악운의 발끝에 휘돌기 시작했다.

한때 대막(大漠)에서 큰 성세를 구가했지만 혈교에 의해 무너져 버린 천산파(天山派)의 것이다.

'천붕심법(天崩心法).'

조양섬에서 익힌 아홉 번째 간에 자리한 금(金)의 무공은 그 묘리를 깊이 담은 천산파의 유산이었다.

수생목(水生木)의 증폭을 제어할 '금극목(金克木)'의 요소이며 부족한 만큼 지속적으로 성장시켜야 했다.

천금칠신보(天禽七身步).

하늘을 비행하는 새의 일곱 모습에서 착안했다는 이 신법은 경공이면서 동시에 보법이다.

금(金)의 무공은 성할수록 그 형태가 만변(萬變)을 띤다.

통달하려면 만변의 생리를 이해해야 한다.

동시에 가장 중요한 요소는 몸을 가볍게 하고 소리가 나지 않게 하는 '무음경신(無音輕身)'에 있다.

천산문주 막소슬이 한때 '대막살왕(大漠殺王)'이라 불릴 수 있었던 가장 큰 이유이기도 했다.

쇄아아!

과거의 흔적을 떠올리던 악운은 어느새 장원이 훤히 내려다보이는 가장 높은 전각 지붕 위에 도착해 있었다.

그리고 바람이 그의 머리카락을 흩날리게 하던 찰나.

악운의 그림자가 바람과 함께 사라졌다.

꿍

빛 한 점 없는 커다란 방.

검박한 방 안에는 취미 생활이라 부를 만한 것조차 없었
다.

서화도, 분도, 하다못해 문방구도 없다.

그저 은은한 다향만이 있으니 젊은 여인이 살고 있는 방이
라고는 믿기지 않을 만큼 허한 방이었다.

악운은 문을 지나 침상으로 향했다.

이곳으로 오며 마주한 위사들은 총 일곱.

호위 무리의 삼분지 일이 이곳을 순찰하는 것만 봐도, 그
녀가 이곳에 머무르고 있다는 것쯤은 충분히 알 수 있었다.

악운이 그녀의 침상맡에 도착한 그때.

스륵.

그녀가 깨울 필요도 없이 눈을 떴다.

그녀는 딱히 놀라는 표정도 아니었다.

이유를 묻기 전에 악운은 통성명부터 했다.

"나는 악운이라고 합니다."

악운이 복면을 벗고 말했다.

기를 활용해 소리가 방 밖으로 새어 나가지 않게 했다.

"편하게 말씀하셔도 됩니다. 이제부터 소저와 나의 대화
는 새어 나가지 않습니다."

"어떻게…… 그럴 수 있죠?"

악운은 어떻게 설명할지를 잠시 떠올렸다가 짧고 쉽게 표
현하기로 했다.

"저는 고수입니다, 그것도 초고수."

악운의 귀가 벌겋게 물들었다.

'초고수라는 말은 뺄 걸 그랬나.'

"……."

그녀가 풉, 하고 웃음을 터트렸다.

진중한 표정으로 이런 대답을 할 줄 꿈에도 몰랐다.

무거웠던 분위기가 조금 가벼워지면서 그녀가 다시 입을 열었다.

"순찰대가 다시 올 거예요."

"일다경마다 오더군요. 방금 전 들렀다가 나간 것을 확인했으니 일다경 정도까진 시간이 있습니다."

악운이 근처에 의자를 두고 침상 앞에 앉았다.

"여길 찾아왔다는 건 이미 나에 대해 알고 오셨단 얘기겠죠."

"그렇습니다."

"저는 당신을 알아요."

"저를 어떻게 아십니까?"

"사람들이 당신 얘기를 한두 번씩 하는 걸 들었어요."

"주로 어떤……?"

"욕으로요. 당신이 황보세가를 귀찮게 하고 있다던데요. 반면 내가 자주 찾는 다루에서는 당신이 강호를 뒤흔들고 있다고 놀라는 사람들이 더 많았어요."

"처한 상황마다 평가가 다른 법 아니겠습니까? 저는 크게 신경 쓰지 않습니다."

공연은 잠깐 악운의 얼굴을 들여다보았다.

하지만 그의 얼굴이 반쯤 흐릿하게 보였다.

어두워서가 아니다.

절맥이 심화될수록 눈 역시 멀어 가고 있었기 때문이다.

"주관이 뚜렷하신 분이네요."

"칭찬 고맙습니다."

미소 지은 그녀가 이어 물었다.

"위명이 쟁쟁하신 산동악가 소가주께서 어째서 은밀한 걸음으로 여기까지 오셨나요?"

"저는 소저의 절맥을 치료하고 싶습니다."

깊게 가라앉아 있던 그녀의 눈가가 파르르 떨렸다.

오랜 세월 절맥은 그녀를 좌절하게 했던 최악의 병이었다.

이로 인해 수차례 자결하려 했지만, 황보정으로 인해 그러지 못했다.

그는 죽어 가는 자신을 살려 놓으며 말했다.

-너는 내 것이다. 내가 네 죽음을 허락할 때 죽게 될 것이다.

……라고.

그러면서 그는 말했다.

　-너를 살리려고 네 가문 사람들이 죽음을 택했다. 그럼 살아야지, 죽어서야 되겠느냐. 너 때문이다. 너 때문에 모두가 자결한 것이다.

비참한 삶을 끊기 위한 자결을 멈춘 건 그때부터였다.
그의 말이 옳다고 생각했다.
가문은 자신을 살리기 위해 모두 죽었다.
그러니 자신은 누구보다 비참한 말로를 겪어야 한다.
자신은 황보정의 꼭두각시가 되어 살다가 그렇게 죽는 것이 온당했다.
그래서 그녀는 죽기만을 기다렸다.
그런데 살리겠다는 사람이 나타난 것이다.
"거절할게요."
그녀는 단호했다.
하지만 악운은 크게 놀라지 않고 담담히 물었다.
"이유를 듣고 싶군요."
"나는 누구보다 비참하게 죽어야 해요. 내 고통은 하늘이 내린 것이지만 내 가족은 내가 죽였으니까. 나는 그들의 죽음보다 더 비참하게 죽어야 온당해요."
그녀의 상처는 곪다 못해 문드러져 있었다.

악운은 문득 그녀의 팔목에 남아 있는 흉터를 발견했다.

처음엔 천형을 견디지 못해 죽으려 했으리라.

그리고 이젠 모든 것을 자신의 탓으로 돌렸을 게 분명했다.

악운은 그녀에게 투영되는 한 사람을 보았다.

'천휘성.'

악운은 이상하게 눈물이 났다.

툭.

조용히 떨어지는 눈물 한 방울에 그녀의 눈가에 균열이 일었다.

흐릿하지만 그의 눈가에 흐르는 것 정도는 어렴풋이 보였다.

"왜 우는 거죠?"

악운은 가타부타 대답하지 않고 쓰게 웃었다.

"듣고 싶군요."

"무엇을요?"

"그냥…… 전부 다. 공 소저가 겪어 왔던 수많은 일들을 그저 들어 보고 싶습니다."

"내가 왜 그래야 하나요?"

그녀는 자꾸 다가서려는 악운이 부담스럽고 꺼려졌다.

그에게는 위험한 냄새가 났다.

그를 마주할수록 그녀는 내면 깊이 자리 잡은 두려움과 마주해야 할 것만 같았다.

그녀는 그게 싫었다.

"돌아가 주세요. 설령 절맥을 치료할 수 있다고 하더라도 소가주가 날 위해 그런 호의를 쉽게 내놓을 거라고는 생각하지 않아요. 당신 역시 나를 데리고 이용할 생각이겠죠."

"방금 전의 제안 따위는 잊으십시오. 그저 소저의 이야기를 들려주시면 됩니다. 정말 그거면 충분합니다."

"그마저도 거절할게요. 이만 돌아가 주세요."

"알겠습니다."

그녀의 단호한 축객령에 악운이 자리에서 일어났다.

"그래도 우연히 건넨 기문 홍차의 단맛이 소저에게 조금이나마 위로가 되었길 바랍니다. 한때의 저는 그 차에 위로받았으니까요. 힘들었을 대화 고마웠습니다."

그 말을 마지막으로 악운이 방을 벗어나려던 그때.

"어째서."

그녀가 다시 악운을 불러 세웠다.

"내게 그 차를 건넨 거죠?"

짙은 어둠 속에 가려져 있던 악운이 달빛 사이로 얼굴을 드러냈다.

"한때의 나처럼 위태로워 보여서."

그녀의 눈에서 눈물 한 방울이 흘러내렸다.

처음으로 그녀의 마음을 알아준 사람이었다.

동이 틀 때쯤 악운이 방에 돌아왔다.

"별일 없으셨소?"

"예."

호사량이 미리 준비했던 차를 악운에게 따라 주며 물었다.

"일은 어찌 되셨소?"

"우리 예상이 옳았습니다."

악운이 복면을 벗으면서 차를 마셨다.

"황보정은 공씨 일가의 마지막 후손인 그녀를 그냥 살려 둔 게 아니었습니다. 그녀는 황보정의 제물로 취급되고 있었어요."

"어느 정도 예상은 했지만, 정파의 거두 중 하나라는 작자가 그랬단 사실은 직접 듣고도 못 믿겠구려."

"저는 현 천하에 애당초 그런 구분 따위가 큰 의미가 없다고 생각하는 쪽입니다."

"그럴지도 모르겠소."

호사량이 한차례 고개를 끄덕인 후에 이어서 물었다.

"그런데 어째서 혼자 온 것이오? 깊은 사연을 드러낼 만큼 대화가 진행됐다면…… 소가주의 제안을 분명 받아들였을 텐데?"

악운은 찻잔을 내려놨다.

"거절하더군요."

"이유가 무엇이오?"

호사량은 납득이 되지 않는 표정이었다.

하긴, 그럴 수밖에.

객관적으로 봐도 황보세가란 거대 세가에 대신 맞서 주는 것도 모자라 오랜 세월 앓고 있던 절맥까지 치유해 줄 수 있다는 것은 그녀에게 있어 매력적인 제안이다.

호사량의 반응은 당연했다.

하지만.

"간과한 게 있습니다."

"무엇을 간과했단 말이오?"

"그녀가 겪어 온 불우한 환경과 성장 과정요. 우린 넓은 시야를 가진답시고 늘 숲만 봐 왔습니다. 나무는 보지 않았죠. 나무가 어떻게 자랐는지, 어떻게 썩어 버렸는지."

호사량은 악운의 말을 듣고 나니 그가 무엇을 말하는지 알 것도 같았다.

"손익의 문제를 넘어서서 그녀란 사람을 이해해 보겠다는 뜻이오?"

"예, 그럴 생각입니다."

악운은 그녀에게서 천휘성의 그림자를 보았다.

천휘성은 언젠가부터 자책과 스스로에 대한 비난을 일삼았다.

혈교를 막지 못해 일어난 모든 죽음을 본인의 탓으로만 여겼다.

그녀도 그랬다.

"공씨 일가의 자결은 분명 황보정이 명백히 그 원인이었습니다. 그럼에도 그녀는 그 모든 원인을 스스로에게 돌리고 있더군요."

"어쩌다 그런……?"

"절맥으로 인해 피폐해진 마음을 황보정이 부추겼겠지요. 자신을 짐이라고 생각해 온 그녀에게 있어 그녀 하나를 살리고 자결을 택한 공씨 일가의 선택은 황보정에게 좋은 먹잇감이었을 겁니다."

"소가주의 말처럼 모든 일을 그녀의 탓으로 돌려서 그녀를 자기 구미대로 움직이려는 속셈이었을 것이오. 스스로 비참하게 죽어야 한다고 믿게끔."

"네."

"……그래서 거절한 것이군."

호사량은 이제야 그녀의 마음이 이해가 된 듯 굳은 표정을 지었다.

"슬픈 일이긴 하지만 스스로 일어나려는 의지가 없다면 더 이상 이 계획은 의미가 없는 것 아니겠소? 그만 돌아가는 것이 나을 수도 있소."

"제게 사흘만 주시지요."

"오랜 세월 상처를 안고 살아온 여인이오. 사흘 만에 그녀가 마음의 결심을 내릴 수 있겠소? 불가능한 일이오."

"압니다."

"지금…… 불가능할 것을 알고도 그녀에게 또다시 가겠다는 것이오?"

호사량의 눈빛이 가라앉았다.

"소가주, 우린 서둘러 대대도 설립해야 하고, 새로 등용한 무사들을 살펴야 하오."

"그것 또한 압니다."

"당연히 소가주의 하루는 허투루 쓰일 수 없는 귀한 것이오."

"그간 제 개인의 수련을 돌볼 시간이 없었습니다. 낮은 수련을 위한 시간으로 쓰지요."

"사흘 동안의 밤 시간을 그녀에게 할애할 만큼 이 일이 우리에게 가치가 있는 것인지는 잘 모르겠소. 솔직히 말하자면 나는 반대 입장이오."

"틀린 말씀이 아닙니다."

"그런데도 강행하는 이유가 대체 무엇이오?"

악운은 쓰게 웃었다.

"연민(憐愍)인 것 같습니다."

호사량은 그 대답을 듣고 나서야 악운의 의중을 정확히 깨달을 수 있었다.

"애초에 소가주는 그녀를 설득할 생각이 없는 것이었군. 그저 그녀가 안쓰러운 것이었어."

악운은 대답하지 않았다.

호사량의 말이 맞았다.

악운은 더 이상 그 어떤 것도 바랄 생각이 없었다.

그저 연민이었다.

"가시오. 원하는 만큼 그녀의 이야기를 들어 주시오."

"왜 더 말리지 않으십니까?"

악운은 너무 쉽게 응한 호사량에게 되레 반문을 던졌다.

사실 호사량이 끝까지 고개를 내저었다면 연민을 접고 돌아갔을 수도 있었다.

"손익을 떠나서 연민은 틀린 감정이 아니오. 난 어른으로서 연민 따위는 접어 두고 냉혹한 현실만 생각하라고 소가주에게 말해 주고 싶지 않소."

내색은 안 했어도 호사량은 가끔 악운이 안쓰러웠다.

"소가주는 약관도 되지 않은 나이에 이미 비정한 현실을 짊어져 왔소. 치기 가득할 어린 시절을 나이답게 보내지 못하고 소가주로서의 소임만 해 왔지."

호사량은 악운의 눈을 깊이 들여다봤다.

"앞으로 사흘 동안은 소가주의 무게를 내려놓고 마음 가는 대로 해 보시오. 소가주가 이제야 제 나이를 찾은 것 같아 무척 보기 좋소. 아, 그런데……."

호사량이 돌아서려다 말고 마저 말을 이었다.

"그녀에게는 또 찾아간다고 말씀해 두신 것이오?"

악운이 고개를 저었다.

"아뇨, 아무 약조도 하지 않았습니다."

밤이 되자 악운은 삼림 깊숙한 곳에 있는 그녀의 장원으로
향했다.

처음이 그랬듯 그녀의 위사들을 지나 잠행하는 건 크게 어
려운 게 아니었다.

사박--!

그녀의 처소로 들어선 악운이 뭔가를 발견한 것처럼 잠시
걸음을 멈춰 세웠다.

"저를 기다린 것인지요?"

그녀는 누군가를 기다리는 것처럼 침상이 아닌 등불 하나
없는 탁자에 오도카니 앉아 있었다.

"그냥…… 잠이 오지 않아서 침상에 오르지 않은 것뿐이에
요."

사실 그녀도 악운이 또 찾아올 줄은 몰랐다.

하지만 그가 다녀간 후로 그가 또 찾아올지 모른다는 미묘
한 기대감 같은 것이 생긴 건 부정할 수 없었다.

물론 기다렸다는 말이 쉽사리 입 밖으로 나오지 않아서 아닌 척 굴었지만.

악운이 다시 찾아온 것에 그녀는 내심 기쁜 감정을 느끼고 있었다.

"그렇군요. 잠깐 앉아도 되겠습니까?"

"네."

창백한 얼굴로 그녀가 고개를 끄덕였다.

"오늘은 별일 없으셨습니까?"

악운이 그녀와 마주 앉으며 평소와 다르게 시답잖은 말을 건넸다.

"실로 오랜만에 꽃밭을 돌아보았어요. 제가 아니면 아무도 들여다보지 않는 화원이죠."

"새로 심으셨는지요?"

"네."

"꽃을 좋아하시나 봅니다. 어떤 꽃을 좋아하시는지 여쭤봐도 되겠습니까?"

이곳에 온 목적을 잊은 것 같은 악운의 반응에 공연은 잠시 말을 멈추고 악운을 바라봤다.

"저는 아마 소가주의 제안에 응하지 않을 거예요."

"상관없습니다. 이미 전에 얘기했듯이 처음 이곳에 온 목적은 접어 두기로 했으니까요."

"그게 무슨 말씀이시죠?"

"소저를 치유하고 가솔로 영입하는 게 처음 찾아온 목적이었다면, 지금은……."

악운이 희미하게 미소 지었다.

"소저의 이야기만 들어 보려 합니다."

"어째서 제게 이런 호의를 베푸시나요?"

"솔직히…… 연민입니다."

"내가 불쌍한가요?"

"네, 저는 소저가 불쌍합니다. 그것도 아주 많이. 그래서 되도록 많은 이야기를 들어 주고 싶습니다."

"소가주가 내 이야기를 들어 준다고 해서 달라지는 건 아무것도 없는걸요."

"그간 외면했던 꽃밭에 다녀왔다고 하지 않으셨습니까?"

공연의 눈이 순간적으로 잠깐 커졌다.

"그랬네요. 화원을…… 갔네요."

"후일 제가 떠난 후에도 화원은 자주 들르시는 게 좋겠습니다."

"왜요?"

"누군가를 위해 하는 것이 아니라 소저가 좋아하는 일이지 않습니까?"

악운은 마주 앉아 있는 그녀를 통해 많은 무게를 견뎌 왔던 천휘성이 보였다.

"또 좋아하는 것이 있습니까?"

잠시 아무 말 없던 그녀가 잠시 아미를 찌푸렸다.

'좋아하는 것이라……'

너무 오랫동안 떠올리지 않았던 생각이었다.

"어렸을 땐 비파를 종종 다뤘어요."

"많이 좋아했습니까?"

"네, 그랬던 것 같아요. 할아버지께서 제 연주를 참 좋아하셨어요. 처음에는 할아버지의 칭찬이 너무 신나서 시작했지만 점점 비파를 다루는 것에 흥미가 일었죠."

악운은 그녀의 방 안을 둘러보았다.

방 안에 비파의 흔적은 보이지 않았다.

"비파가 있다면, 다시 연주해 보실 수 있겠습니까?"

"못할 거예요, 아마."

"해 보지 않았잖습니까."

"너무 오래된 일인걸요."

"충분할 겁니다."

"어떻게 그리 확신하시나요."

"좋아하는 건 몸이 기억할 테니까요."

천휘성에게는 무공이 그랬다.

한때 그에게 무공은 혈교를 무너트리기 위한 수단만으로 쓰이던 게 아니었다.

때로 유희였고 삶의 원동력이었으며 수많은 인연을 맺게 해 준 매개였다.

'하지만 잊어버렸지.'

천휘성은 혈교 교주를 무너트리는 것에 매몰되어 삶을 도외시하고 모든 것을 잃었다.

'두 번 다시 그리 살지는 않아.'

악운은 천휘성의 삶을 거듭 떠올리며 다짐했다.

투쟁하고, 누리며, 시간 속에 쌓인 인연들과 함께 삶이란 성(城)을 쌓아 갈 것이라고.

악운은 그녀도 그러길 바랐다.

"절맥도, 그간의 아픔도, 지금의 처지도, 모두 소저가 선택한 것들이 아니지만 좋아하는 것 정도는 소저가 선택할 수 있습니다."

더 나은 삶을 위한 선택은 마음가짐에 따라 무한한 가능성을 가질 수 있다.

시작은 고작 화원을 돌보는 일, 비파를 연주하는 일이라도 그것들이 모이고 모이면…….

언젠가 달라질 수 있다.

"원한다면 언제든 비파를 가져오겠습니다."

"이곳에 오신 걸 들킬 거예요."

"상관없습니다."

그녀의 눈빛이 세차게 흔들렸다.

"소저가 뭐든 시작할 준비만 되어 있다면 언제든 가져다드리겠습니다."

"대체…… 어쩌려고 그러세요?"

악운이 피식 웃었다.

"그러게 말입니다."

그리고 그날 동이 트기 전, 자리에서 일어나려는 악운에게 그녀는 조심스럽게 말했다.

"자유롭게 비파를…… 연주하고 싶어요."

악운은 큰 선택을 해 준 그녀에게 고마움을 느꼈다.

"다시 오겠습니다."

이번에야말로 악운이 약조했다.

꽃

공연은 옷장 앞에 섰다.

걸려 있는 얼마 되지 않는 의복 중에 오랫동안 입지 않았던 의복이 보였다.

열여덟이 된 해.

할아버지가 생일에 선물로 준 능소화 문양의 치마다.

일찍 부모를 여읜 그녀에게 있어 일가친척과 할아버지는 부모이자 형제였다.

—우리 귀한 손녀, 이리 온.

어린 시절 무릎에 앉히며 머리를 쓰다듬어 주던 할아버지의 목소리가 선명했다.

"할아버지……."

나직이 읊조린 그녀가 능소화 치마를 허리에 두르고 방 안의 등불까지 직접 밝혔다.

동경 앞에 앉은 그녀는 지그시 눈을 감았다.

웅성웅성!

갑작스레 켜진 등불 때문일까?

밖이 소란스러워졌다.

앞으로 펼쳐질 일이 두려웠지만 아직도 귓가에 맴도는 듯한 그의 목소리를 떠올리며 견뎌 낼 수 있었다.

ㅡ좋아하는 것 정도는 소저 스스로 선택할 수 있습니다.

그 말을 들었던 그날.

몸이 낫기를 바라며 살기 위해 노력했던 한때를 기억할 수 있었다.

하지만 그 모든 집념은 가족들이 자신을 위해 죽었단 죄책감으로 인해 와르르 무너져 버렸다.

'왜 그랬을까?'

가족들은 아무도 자책을 강요치 않았다.

그저 자신이 더 나은 삶을 살아가길 바랐을 뿐이다.

−이 할아비는 그저 네가 오늘보다 나아지길 바란단다.

그래, 가족은 한 치 앞이 보이지 않는 미래에 굴복하기 위한 핑계였다.

자책도, 고립도, 모두 스스로 택한 길이었다.

황보정은 그저 그런 자신을 조금 더 흔들어 놨을 뿐이다.

"나는…… 나는……."

그녀의 두 눈에서 뜨거운 회한의 눈물이 뚝뚝 떨어지기 시작했다.

그 순간.

콱!

문이 거칠게 열리며 위사들이 방 안에 들이닥쳤다.

그저 불을 켰을 뿐인데도 흉흉한 인상의 검객들이 그녀의 방을 마구잡이로 헤집기 시작했다.

뒤따라 갈운정의 아들 갈지평이 들어왔다.

그는 황보정의 전폭적인 신임 아래, 공연을 감시하는 임무를 받았다.

저벅저벅.

침소에 성큼성큼 들어온 그는 느릿하게 주변을 둘러본 후 동경 앞에 앉아 있는 그녀의 어깨에 손을 올렸다.

"왜 이렇게 울어? 슬픈 일 있어?"

"그저 등을 켰을 뿐이야."

"알아, 아는데……. 지금은 잘 시간이잖아. 그럼 자야지."

갈지평이 조금씩 공연의 어깨를 세게 쥐기 시작했다.

"인형처럼 숨만 쉬라고 했잖아. 그게 힘들어?"

"여길…… 떠나겠어."

갈지평이 웃음을 터트렸다.

"푸하하, 뭐? 떠나? 네년은 숨 쉬는 것도 가주님께 허락받아야 해. 그 꼴을 당하고도 아직도 모르겠어? 가주님과 합궁할 날이나 기다려."

"나는……."

그녀는 어깨를 옥죄는 갈지평의 악력을 이겨 내며 입술을 파르르 떨었다.

"살고 싶어."

때마침 동경을 통해 한 사내가 문을 지나 걸어오는 게 보였다.

여길 지키는 위사 따위가 아니었다.

방갓을 썼지만 그녀는 누가 왔는지 단숨에 알아볼 수 있었다.

등에 비파를 짊어졌으니까.

앞을 가로막은 수많은 산을 넘어 그녀의 일생을 바꿀 비파였다.

검은 방갓, 검은 장포.

등에 짊어진 갈색빛 도는 비파까지, 하지만 아무도 그를 악사(樂士)로 보는 이는 없었다.

오히려 문턱을 넘어 방 안에 들어선 괴인을 보며 검객들은 일제히 긴장된 표정을 지었다.

괴인이 모습을 드러내기 전까지 방 안에 있는 누구도 그의 기척을 느끼지 못했기 때문이다.

저벅저벅.

악운은 문 사이를 가득 채운 달빛 위에서 걸음을 멈춰 세웠다.

비스듬히 쓴 방갓 아래로 고집스레 다물린 입매가 드러났다.

"네놈은 누구냐."

오만하게 굴던 갈지평이 괴인을 향해 천천히 돌아섰다.

"그새 기둥서방이라도 생긴 모양이지?"

갈지평은 애써 태연한 척 굴며 악운을 도발했다.

그러나 아무 반응도 없는 악운.

갈지평은 무시당했다고 느꼈는지 더욱 크게 소리쳤다.

"감히 여기가 어디라고 함부로 침입을 해? 여긴 대황보세가에 속한 장원이다! 당장, 호각을 불어서 저놈을 내 앞에 무릎 꿇려라! 어서!"

눈치를 살피던 검객 한 명이 재빨리 호각을 꺼냈다.

그가 호각을 입에 문 그때였다.

번쩍!

괴인의 손끝에서 피어오른 한 줄기 빛이 검객의 정수리를
단숨에 관통했다.

나머지 검객들이 눈을 부릅떴다.

감히 저항하지 못할 만큼 벼락같았다.

"지……지공(指功)?"

악운은 그들을 차분히 응시했다.

지공.

깊은 내공 이해도를 바탕으로 한 세밀한 내공 운용과 출중
한 내공량이 뒷받침되지 않으면 수련조차 불가능한 기예.

'수백의 기류(氣流)를 응축하는 탄(彈)은 집착하면 나를 해칠
수도, 상대를 해칠 수도 있다. 때가 되면 집착을 놓아라.'

악운의 손끝에 연꽃 형태의 돌개바람이 피어오르며 다섯
손가락 옆에 또 하나의 손가락처럼 번져 나왔다.

'번뇌의 결(結)은 결국 공(空)에 이르니, 사사로운 악귀가 스
며들 수 없게 투명하다.'

악운의 양손이 마침내 항마인(降魔印)의 수결을 맺은 그때.

쿵. 쿵. 쿵.

남은 다섯 명의 검객이 전부 정수리가 꿰뚫린 채 바닥에
쓰러지고 있었다.

'혜가(慧可)께서 이를 탄지신결(彈指神結)이라 하더라.'

소림칠십이절예 중 하나로 손꼽히는 최상급 지공(指功)이
악운의 손끝에서 완벽히 펼쳐지는 순간이었다.

지공은 양날의 칼이다.

웅축 과정에서 기가 역류하여 주화입마에 이를 수도 있고, 내공 제어를 실패해서 상대방이 아닌 시전자가 다칠 수도 있다.

절정 고수조차 지공은 기피하는 기예다.

하지만 갈지평이 놀란 건 지풍을 사용해서가 아니라, 지풍의 내력을 알아봤기 때문이다.

항마인과 연꽃 형태의 돌개바람.

그리고 일류 고수 다섯을 무참하게 꿰뚫어 버린 파괴력과 속도.

"탄지……신결."

오만하던 갈지평의 눈빛에 두려움이 실렸다.

순식간에 그의 말투, 눈빛, 행동거지가 바뀌었다.

"대체…… 소림의 귀인께서 어찌하여 본 가의 안가(安家)를 습격하신 것인지요."

북존(北尊) 소림사.

현세대의 일천이성팔우(一天二聖八宇) 중 이성(二聖)의 한자리를 차지한 불성(佛聖)의 사문.

하남성에 군림한 그들은 여전히 경외의 대상이었다.

꿀꺽.

갈지평의 머릿속은 미친 듯 복잡해졌다.

대체 무슨 생각일까?

소림이 세력 확장을 위해 움직인 것인가?

설마 그럴 리가.

소림이 움직이면 강호에 광풍이 몰아친다.

오대세가와 남존 무당까지 움직인다.

대체 우리 가문을 망가트려 무엇을 얻으려는 것인가?

갈지평은 입술을 잘근잘근 씹었다.

어떤 의도인지 알아야 황보세가가 이 커다란 폭풍 속에 희생되지 않을 수 있었다.

그때였다.

"침입자다!"

뒤늦게 나머지 장원 위사들이 몰려왔다.

갈지평이 서둘러 소리쳤다.

"아무도 검을 뽑지 마라! 그 누구도 내 허락이 있기 전까지 귀빈께 손을 대지 말란 말이다!"

중첩되는 오해 속에 악운이 무겁게 입을 열었다.

"너희의 원죄를 아느냐."

탁하지만 깊고 낮은 음성이 장내에 울려 퍼졌다.

악운은 본래의 목소리가 아닌 새로운 목소리에 만족했다.

축골공(縮骨功) 중엔 윤마후토공(尹摩喉吐功)이란 것이 있다.

성대를 통째로 건드려 원하는 목소리를 낼 수 있는 기공이다.

오랜만에 떠올려 보는 돌아가신 방장 스님의 음성이다.

작금의 소림과 달리 과거의 소림은 북존에 어울리는 곳이었다.

"황보세가는 저 아이를 건드리지 말았어야 했다. 아니, 황보의 성씨를 이어받은 공씨 일가는 너희가 감히 죽음을 내릴 수 있는 가문이 아니었느니라."

"그…… 그것은……."

"듣기 싫다. 너무 늦게 온 것이 한스럽구나."

변명하려는 갈지평의 무릎에 악운의 발끝이 내리꽂혔다.

역근경과 양혼지무를 바탕으로 다양한 외공을 수련해 온 악운의 발끝은 만근의 힘을 품고도 남았다.

콱! 빠각!

무릎뼈가 박살이 나며 갈지평이 비명을 질렀다.

"끄아아악!"

악운은 이어서 달마쇄지공(達摩鎖指功)을 펼쳤다.

날카로운 칼날처럼 쭉 뻗은 악운의 두 손가락이 고통스러워하는 갈지평의 전신을 두드렸다.

"그, 그만! 그마아아안!"

"너희도 이 아이에게 그랬던가? 벗어나고 싶다는 말에 귀 기울여 보았느냐 말이다."

콰콱, 콱! 콰콰콱!

수백 개의 수인(手印)이 연결된 달마쇄지공의 초식이 갈지평의 안면과 전신을 두드렸다.

순식간에 갈지평의 온몸이 화상을 입은 것처럼 뜯겨 나가는 모습이 마치 화인(火印) 같았다.

"쿠에에엑!"

갈지평이 그 자리에서 무릎 꿇으며 검은 피를 토해 냈다.

"흉측한 몰골을 마주하며, 두고두고 기억하거라."

악운은 그 모습을 차갑게 내려다보며 말했다.

"은원은 이것으로 끝낸다. 더는 공씨 일가를 찾지 마라. 혼란의 중심에 황보세가가 서고 싶지 않다면 북존이 나섰다는 것 역시 잊으라. 잊지 않겠다면……."

악운이 한 손으로 그녀를 안아 들며 덧붙였다.

"태산북림(太山北林)을 마주할 자신이 있다는 것으로 알겠노라. 나는 소림의 지장보살(地藏菩薩), 나를 다시 보는 날, 너는 지옥에 가리라. 오늘의 자비를 기억하라."

갈지평은 희미한 의식 속에 마지막 음성을 기억했다.

"태산북림(太山北林)……."

소림의 구중심처, 소실봉을 뜻하는 이명(異名).

갈지평은 무작정 고개를 끄덕여야만 했다.

그렇게 악운이 그녀와 함께 떠나는 순간까지도 장원의 누구도 그들의 앞길을 막아서지 못했다.

"대체 소가주는 누구죠? 아니, 산동악가의 소가주가 맞긴 한가요?"

공연은 달리고 있는 악운의 품에 안긴 채 나직하게 물었다.

악운은 호흡 한 점 흐트러지지 않은 채 본래의 음성으로 입을 열었다.

"네, 맞습니다. 저는 산동악가의 소가주 악운입니다."

본래 듣던 그의 목소리에 공연은 토끼처럼 놀란 표정을 지었다.

약조를 위해 가져온 비파, 아래에서 보이는 그의 얼굴과 음성까지…… 악운은 달라진 게 아무것도 없었다.

하지만 방금 전 장원에서의 악운은 마치 딴사람에 빙의라도 된 거 같았다.

악운이 든 비파가 아니었다면 그녀는 악운이 정말 악운인지 의심했을 것이다.

"그렇군요."

"왜 더 묻지 않으십니까?"

"어떤 걸 더 물어야 하나요?"

"산동악가의 소가주가 소림의 무공을 어떻게 익히고 있는지 정도는 물어보실 줄 알았습니다."

"중요하지 않으니까요. 소가주에게 내가 공씨 일가의 유일한 후계자이자 생존자인 것이 중요한 문제인가요?"

"아뇨."

악운은 피식 웃었다.

그녀의 말이 옳았다.

악운은 단 사흘뿐이긴 했지만 목적을 버리고 온전히 그녀
의 진심과 마음을 들여다보기만 했다.

"오래도록 궁금했어요. 장원 바깥의 세상이⋯⋯."

"머지않아 마주하게 될 겁니다."

"나를 정말 살릴 수 있어요?"

그녀가 눈물이 그렁그렁해진 채 악운에게 물었다.

악운은 그 어떤 때보다 단호히 대답했다.

"네, 반드시."

"고마워요."

그녀는 환하게 웃었다.

설령 그러지 못하더라도, 아니 거짓말이었더라도 그를 원
망하진 않을 것이다.

자유로운 시간을 선사해 준 것만으로도 충분했으니까.

바람이 참으로 시원했다.

꽃

다그닥, 다그닥!

호사량은 낡은 마차를 악운과 약조한 시각에 맞춰 이동시켰다.

그때였다.

덜컹.

마차 뒤쪽에서 문 열리는 소리가 난 지 얼마 되지 않아 마차 안에서 낯익은 음성이 들렸다.

"공 소저와 함께 왔습니다."

무표정하던 호사량의 입가에 빙긋 미소가 서렸다.

악운이 무사히 돌아올 건 믿어 의심치 않았지만, 그녀를 기어코 설득해 내 동행할 줄은 예상치 못했다.

사람이 별호 따라간다더니.

불굴(不屈)이란 별호가 사람 설득에도 통하나 보다.

"나는 산동악가 보현각의 부각주 호사량이라고 하오."

"공연이에요."

"반갑소, 공 소저. 먼 길 편안하게 모시리다."

잠깐 정적이 흐르더니 그녀가 울먹임 가득한 목소리로 대답했다.

"고맙……습니다."

"별말씀을. 자, 소가주, 이제 어디로 모시면 되겠소?"

"추성. 내고산 서태량의 처소로 가지요."

"알겠소. 으랴! 가자."

말을 채찍질하는 호사량의 입가에 잔잔한 미소가 걸렸다.

악운이 그의 처소로 향하는 이유를 알고 있었기 때문이다.

어쩌면 황보세가는 이제 무한한 가능성을 품게 될 고수와 척지게 될지도 모르겠다.

뇌옥 안에서는 온갖 비명이 울려 퍼졌다.

"끄아아악! 나백! 이 더러운 협잡꾼!"

"저승에 가신 가주께서 그대를 벌하실 것이다. 끄아악!"

비명 속에 담긴 온갖 저주가 축축한 뇌옥 안을 가득 채우고 있었다.

그럼에도 나백은 표정 하나 변하지 않고, 뇌옥 더 깊숙한 곳을 향해 걸음을 옮겼다.

저벅저벅.

마침내, 가장 깊은 곳에 도착한 나백은 봉두난발이 된 한 사내와 마주할 수 있었다.

나백의 눈에 보인 사내는 양팔, 양다리가 족쇄에 묶인 채 온몸의 살가죽에 고름이 맺혀 있었다.

인두 고문의 흔적이었다.

"어떤가, 정곤 그 친구의 고문을 직접 받아 보고 나니."

정곤은 동진검가 내의 고문을 담당하는 뇌옥 간수였다.

진엽의 지시로 그가 해 온 고문만 수십 차례, 그의 고문을 겪고 나온 생존자들은 하나같이 말했다.

-여기가, 지옥인 거 같더이다.

장설평이 희미해진 눈동자를 움직이며 입을 오물거렸다.

주륵.

그 와중에도 그의 입가에서는 이가 섞인 핏물이 뚝뚝 떨어져 내렸다.

"자네의 모든 것을 샅샅이 뒤졌네. 방, 그간의 동선, 기록, 모든 것들을 전부 다."

"……."

"없더군. 아무것도."

"크흐흐! 으하하하!"

장설평이 뭐가 그리 우스운지 웃음을 터트렸다.

나백의 의도가 뻔히 보였기 때문이다.

"아무것도 없음에도 나를 계속 붙잡아 두고 고문하는 건…… 가주님의 대행 권력이 달콤해서요, 아님 다른 이유가 있는 것이오?"

"내 형제를 위한 싸움을 시작한 내게 권력의 달콤함을 운운할 수는 없다네."

"우습군. 그 입에서 가주님을 위해 싸우고 있다는 소리가 나오고."

나백은 장설평의 노기 섞인 눈빛을 마주하며 말했다.

"나는 물증이 나오지 않은 것이 더 의심스럽네. 아니, 의심할 거리조차 나오지 않고 깨끗한 게 더욱 의심스러워. 누군가 의도적으로 정리한 것 같질 않은가."

"가두고 짓밟는 것으로 부족하시던가?"

"조만간 집의전을 비롯해 나와 뜻을 같이하지 않은 수장들을 자네와 함께 참수할 계획이라네. 첩자 노릇을 했다는 죄목으로 말이야. 물론 뜻을 같이한다면 살려 줘야겠지."

"했든 안 했든 중요하지 않은 것이로군. 당신은 당신에게 반하는 모든 세력의 수장들을 이 말도 안 되는 죄목으로 전부 정리할 참인 것이야."

"그래, 맞네. 하지만 너무 슬퍼하지는 말게. 나는 그대들이 죽은 후에도 가주를 저리 만든 자들을 계속 쫓을 것이고 끊임없이 추궁할 것일세. 그게 소가주이건 가주의 부인들이건 간에 말이야."

"그 전에 황보세가에 사지가 찢겨 죽길 고대하지."

"걱정 말게나. 이미 우리는 얼마 전에……."

나백의 눈에 광기가 실렸다.

"황보세가에 굴복했네."

장설평이 눈을 부릅떴다.

'맙소사.'

그러지 않길 그토록 바랐건만.

산동성의 정세가 산동악가에 있어 최악의 상황으로 치닫
고 있었다.

෴

악운은 혼절하듯 잠에 든 공연을 끌어안아 방 안에 눕히고
이불을 덮어 주었다.

이곳은 서태량의 모옥.

서태량이 동평으로 떠나며 비게 된 이 모옥은 잠시 몸을
감추기에 최적의 장소였다.

"가뜩이나 심적으로 지쳐 있었을 테니 여로가 제법 노곤했
을 겁니다. 일다경만 편안히 잘 수 있게 두시지요."

"그러시오. 그보다 어떻게 된 것이오?"

"제가 이미 태양무신의 심득서를 취했다는 것을 기억하시
지요?"

"그렇소."

"그곳에서는 소림 절학에 대한 심득서도 있었습니다. 형
(形)을 이해해 풀이하는 것 정도는 충분히 가능했지요. 해서
신분을 감추고 소림의 승려인 척 굴었습니다."

호사량은 깜짝 놀랐다.

"소림의 절학까지 익혔단 말이오?"

"예, 형(形)만 겨우 이해했을 뿐입니다."

"최근에 너무 많이 놀라서 당분간은 크게 놀랄 일이 없을 줄 알았는데, 오늘도 내 예상은 어김없이 빗나가는구려."

"미리 말씀드리지 못해 송구합니다."

"아니오. 이런 중한 일은 많은 이들이 알아 봐야 말이 새어 나갈 뿐이라고 생각하오. 잘하셨으니 괘념치 마시오."

호사랑은 고개를 내저은 후 이어서 물었다.

"한데 굳이 그럴 필요가 있었소?"

이미 황보세가와의 충돌을 각오했던 동선이었다.

"혼란을 주려 했습니다."

"혼란이라……?"

"예, 소림은 혈난 이후에도 여전히 쉽게 범접하기 힘든 영역을 구축하고 있습니다."

"그렇소. 그들은 태양무신의 유산 중 상당수를 취했다고 알려졌으니."

"예, 황보세가 입장에서 그들이 개입했다는 건 꽤나 큰 혼란을 야기할 겁니다."

"현재로서는 충분한 대의명분을 갖고 있는 황보세가요. 제아무리 소림의 개입이 있었다고는 하지만 쉽게 움츠러 들지는 않을 것이오."

"글쎄요. 저는 달리 생각합니다."

"어째서?"

"직접 만나 보지는 못했으나 황보정은 예민하고 날카롭다

들었습니다. 게다가 조금이라도 변수가 생기면 눈치 보기 바쁜 성정이라 하더군요."

"흐음……."

호사량은 동평 삼파 회합 당시 대화에 참여했던 황보정의 표정, 어투, 행동 등을 떠올렸다.

'하긴…….'

대화 중에도 진엽은 때때로 과감한 면을 보였지만, 황보정은 확실한 협의점을 찾을 때까지 기회만 엿보았다.

황보정은 눈치를 많이 본다는 뜻이다.

'어쩌면 소가주의 말이 맞을지도 모르겠군.'

어느 정도 확신이 생긴 호사량은 새삼 악운이 놀라웠다.

"직접 보지도 않은 인물의 성정까지 파악하여 이 모든 일을 진행했단 뜻이오?"

"오십 대 오십이었습니다. 맞든 틀리든 상관없다고도 생각했고요. 어찌 됐건 그녀의 뒷배와 소림이 어떤 연관성이 있는지 황보세가는 쉽게 밝혀내지 못할 테고, 그동안 그녀는 자유로울 수 있습니다. 쉽게 추적하지 않을 테니까요."

"늦게라도 알아낸다면?"

"잊으셨습니까? 그 장원은 황보정의 관리하에 있던 안가입니다. 황보정은 스스로 적절한 때가 되면 그녀를 자신의 내공 상승을 위한 대법 제물로 쓰려 했고요. 공식화하고 싶어도 명분이 없습니다. 하물며……."

악운이 피식 웃었다.

"황보정같이 정통성에 대한 열등감이 강한 작자가 황보세가의 안가가 소림의 고수에게 된통 당했다는 이야기가 세간에 떠도는 일을 자처하겠습니까?"

호사량은 헛웃음을 흘렸다.

"늙은 능구렁이가 따로 없구려. 황보세가는 그야말로 스스로 족쇄를 채운 셈이로군. 황보정 그 사람, 그녀를 잃어버린 것에 꽤나 배 아프겠어."

"기왕지사, 화병이라도 났으면 좋겠군요."

"내 말이."

피식 웃은 호사량이 이윽고 그녀가 자고 있는 방으로 시선을 돌렸다.

"그런데…… 정말 그녀의 절맥을 고칠 수 있겠소?"

"환경은 충분합니다."

"소가주가 위험하진 않겠냐고 묻는 것이오. 나는 소가주의 가솔이지, 그녀의 가솔이 아니잖소."

호사량에게는 악운의 상세가 최우선이었다.

악운이 이를 모를 리 없었다.

"크게 염려 마십시오. 대법은 별 탈 없이 끝날 것입니다. 다만 이 시간부로 아무도 들이지 말아 주십시오. 하루……
아니, 이틀은 꼬박 걸릴지도 모릅니다."

"눈 부릅뜨고 호법을 서리다."

호사량이 허리께에 매단 검을 툭툭 쳤다.

시작이었다.

꿈

"으음……."

공연은 기지개와 함께 천천히 눈을 떴다.

오랜만에 잠에서 일어나서 개운함을 느꼈다.

"편히 쉬셨습니까? 옷부터 편한 것으로 갈아입으시지요."

"아, 네……."

"그럼 잠시 밖에 있겠습니다. 환복하신 후에 불러 주세요."

잠에 든 모습을 보여서일까?

그녀는 부끄러움에 작게 고개를 끄덕였다.

잠시 후 환복을 마친 그녀 앞에 악운이 다시 자리했다.

그녀는 헝클어진 매무새를 가다듬으며 말했다.

"너무 곤히 잠들었나 봐요."

"저를 신뢰해 주신 것 같아 되레 고마웠습니다."

미소로 화답한 그녀는 그제야 검박한 모옥 안을 둘러봤다.

"여긴 어딘가요?"

"가솔의 모옥입니다. 한동안은 이곳에 머물며 공 소저의
절맥을 치료할 생각입니다."

공연의 눈빛이 흔들렸다.

불가능할 거라고 생각했던 치료가 코앞에 와 있다고 하니 도무지 체감이 되지 않았다.

"믿기 힘드네요. 전대 가주님의 전폭적인 도움으로도 제 절맥을 극복하기는 힘들었는걸요."

"잠깐 소저의 맥을 짚어 봐도 되겠습니까?"

"네, 얼마든지요."

악운은 그녀의 가느다랗고 하얀 팔목을 조심스레 짚었다.

혼세양천공의 기운이 그녀의 맥문을 통해 조금씩 스며들었다.

사아아.

악운은 그녀의 상세를 완벽히 이해하기 위해 깊이 침잠해 갔다. 흘려보낸 혼세양천공의 기운이 도해(圖解)처럼 그녀의 몸을 선명하게 느끼게 했다.

예상했듯 그녀의 병세는 최악이었다.

혈과 세맥에는 순환하지 못한 영약 덩어리들이 탁기(濁氣) 와 뒤섞여 응축되어 있었다.

오랜 세월 그녀가 섭취해 온 음기의 영약들이 그녀의 오장을 그나마 지탱하고 있었던 것이다.

하지만.

'고인 물은 언젠가 썩기 마련.'

음기와 탁기가 뒤섞여 인위적인 균형을 맞추고는 있지만, 순환되지 않은 음기는 조만간 그녀의 세맥을 좀먹을 것이다.

아니, 이미 그 기운들은 곪아 가고 있었다.

'악순환의 고리를 끊어야 해.'

새로운 체계를 일으켜야 한다.

황보철은 이 부분에서 고심했을 것이다.

'그녀는 스스로 자생할 수 없어.'

해음절맥은 태어날 때부터 오장(五臟)이 약하여 건강할 수가 없다. 가뜩이나 심신이 지쳐 있는 몸이니 무작정 대법을 시행하면 힘든 과정을 견디지 못하고 사망한다.

영약을 통해 그녀의 음기를 북돋아 생명을 연장시키는 게 최선이었을 것이다.

'나는 다르다.'

악운에게는 혼세양천공을 창안할 수 있었던 근원, 태양진경이 있었다. 햇볕 아래 새로운 생명이 피어나듯이 태양진경은 생명의 활력을 일으킨다.

'양을 살찌워 음을 키운다.'

태양진경이 녹아 있는 혼세양천공이라면 약해진 그녀의 기력을 북돋워 그녀 안의 자생 체계를 일으킬 수 있다.

'환환대법(環換大法)의 시작은 그때부터야.'

악운의 관조는 그렇게 끝이 났다.

"후우……."

깊은 숨을 토해 내며 관조를 마친 악운의 이마에 송골송골 땀이 맺혔다.

기를 이동시켜 누군가의 신체를 관조한다는 건 결코 쉬운 일이 아니었다.

반면 천천히 눈을 뜨는 공연의 눈빛에는 처음과는 비교도 안 되는 활력감이 감돌았다.

"머리가 맑고 상쾌해요. 처음 느껴 보는 기분이에요. 놀랍네요."

"대법 이후엔 더 나아질 겁니다."

"정말 그랬으면 좋겠어요."

악운은 한결 편안해진 그녀의 미소를 보며 질문을 이어 나갔다.

"그간엔 영약 복용을 위해서 황보세가의 가전 심법을 익혀 왔나요?"

"네, 전대 가주님께 태산운중심법을 사사했어요. 다른 절학들은 사사하지 못하고, 서적으로만 익혀 왔고요. 어릴 적엔 천형을 스스로 극복하고자 노력해 왔거든요."

태산운중심법(太山雲中心法).

황보세가의 가솔이라면 반드시 익혀야 하는 기초 심법이다.

'기혈도 약화되어 있는 그녀가 기초 심법을 운용하는 것만으로도 벅차리란 것을 알았던 것이겠지.'

그녀의 상세를 살피고 보니 황보철의 노력이 상상 이상이었음을 깨닫게 된다.

악귀
무신

'황보정, 어리석구나.'

가주인 그를 부정하지 않고 존경하는 것이 오히려 가문을 하나로 단결시킬 수 있는 방법이었을 것이다.

'그러나 조급했겠지.'

먼저 나서지 않으면 권력을 빼앗길 거란 두려움이 놈을 혈난까지 일으키게 했으리라.

'네놈 때문에라도 그녀를 반드시 살려 주마.'

분명 그녀가 건강해지는 것이야말로 황보정이 가장 두려워하는 일이 될 것이다.

황보철이 아꼈던 공씨 일가의 생존자야말로 황보철에 대한 향수를 떠올리게 하는 먹먹한 존재일 테니.

"그럼 태산운중심법의 구결을 되새겨 보세요."

"예."

"아플 겁니다."

"늘 아팠는걸요."

쓰게 웃는 그녀에게 악운이 고개를 내저었다.

"단순히 아프기만 한 게 아니라 혼절 직전까지 내몰릴 거예요."

"예전과 같네요."

"아뇨, 예전하고는 달라야 해요."

"다르……게요?"

"네, 버텨야 해요. 전처럼 포기하면 다신 회복할 수 없어요. 처음이자 마지막 기회가 될 겁니다."

그녀는 말없이 마른침만 삼켰다.

'할 수 있을까?'

걱정부터 앞선다.

하지만 장원을 빠져나올 때 이미 마음먹었다.

"포기…… 안 할게요."

악운이 웃음 지으며 물었다.

"나아지면 가장 먼저 하고 싶은 게 있나요?"

"비파 연주요. 다시 연습해서 소가주께 들려드리고 싶어요."

"꼭, 약조 지켜 주세요."

"네."

그녀가 결연한 눈빛을 보였다.

"시작해 보죠. 도인이 아니고서는 직접 펼쳐 본 적이 없죠?"

"맞아요. 늘 영약 복용 때만 도인을 통해 운기를 해 왔어요."

"이번엔 직접 해 보는 거예요. 그리되면 배가 따뜻해지면서 조금씩 통증이 시작될 겁니다. 날 믿고 멈추지 말고 계속해야 해요. 그럼 세맥에 쌓인 탁기와 영약이 소저의 기운에 반응할 겁니다."

"네."

그녀가 차분히 호흡을 시작했다.

도인으로써의 운기가 아닌 스스로 자생하는 호흡이었다.

덜덜.

얼마 지나지 않아 그녀의 입술이 새파랗게 질리며 잘게 떨려 왔다.

'시작됐군.'

그녀 전신을 가득 메운 탁기들이 몸 안에서 쫓겨나지 않으려 날뛰기 시작하는 것이다.

탁기와 뒤섞인 영약의 기운도 그 영향을 받아 오장(五臟) 곳곳에서 날뛸 조짐이 보였다.

'기를 불어 넣을 때가 됐어.'

악운은 손바닥을 그녀의 명문혈에 댔다.

그녀의 탁기는 말하자면 독(毒)이다.

오랜 세월 쌓인 독이 너무 누적되어서 이것들을 빼내는 작업부터 선행되어야 한다.

'혼세양천공.'

악운은 특이하게도 탁기와 영약 기운이 몰리기 시작한 그녀의 내공을 도인하지 않았다.

대신 기운을 두 갈래로 나누어 한 갈래는 그녀의 오장육부를 휘돌게 했다.

콰콰콰—!

주입된 혼세양천공의 기운이 미약하게 뛰고 있는 오장육부 곁을 방패처럼 감싸 안으며 그녀의 양기를 북돋아 갔다.

'혼세양천공의 공능은 이제부터야.'

오장은 본래 음기의 공급이 필요하지만 혼세양천공의 양기는 단순히 양기만을 뜻하는 것이 아니다.

'양(陽)이 양(養)이 된다.'

음양은 둘인 듯 보이나 육신과 영혼처럼 함께하면서도 따로한다.

양은 언제든 길러지기 위해 음으로 치환될 수도 있는 것이다.

우우웅!

두 번째 갈래가 음으로 치환되어 부족한 오장에 기운을 북돋기 시작했다.

그 순간.

그녀의 내공에 몰려간 탁기들이 급격히 그녀를 뒤흔들며 본래 자리로 선회했다.

'이제 알았더냐.'

자생하려는 그녀의 운기에 자극되어 오장육부를 등진 탁기(濁氣)의 빈자리를 혼세양천공의 기운이 대신 차지한 것이다.

츠츠츠!

탁기가 본래의 자리를 되찾고자 세맥 곳곳에 있는 영약의 기운을 흡수하며 크기를 불렸다.

주요 장기와 요혈 그리고 세맥에 퍼져 있던 탁기와 잔존 영약이 한데 뭉쳐서 오장육부로 몰려왔다.

콰콰콰!

악운은 밀려드는 기운의 노도(怒濤)를 고요하게 관조했다.

만족할 만한 때가 올 때까지 웅크려야 했다.

"쿨럭."

운기 중이던 공연이 입안에서 검은 각혈을 죽을 것처럼 터트렸다.

그럼에도 악운은 기다렸다.

버텨 내리라는 그녀의 약조를 믿은 것이다.

갈수록 그녀의 고통은 심화되었다.

나아질 기미도 보이지 않았다.

하지만.

'버텨 내고 있어.'

그녀는 미약한 호흡을 멈추지 않았다.

한 호흡이 안 되면 반 호흡, 반 호흡이 안 되면 반의반을.

그렇게 계속 질긴 투쟁을 이어 갔다.

그녀는 약했지만 강인했다.

이제 악운이 그 처절한 인내를 지켜 줄 차례였다.

'이제 됐어.'

혼세양천공과 몰려든 탁기가 적아 구분 없이 뒤섞인 그 찰나.

그제야 돌처럼 버티고 서 있던 악운의 의지가 움직였다.

콰지지짓!

커다란 균열은 그 시작이었다.

오장육부를 감싸 안은 혼세양천공의 기운이 두 겹으로 나뉜 것이다.

속은 여전히 그녀의 오장육부를 감싸 안고 있었지만 겉은 순식간에 탁기와 영약의 기운을 그물망처럼 잡아 가두었다.

콰콰콰콰!

탁기가 뛰쳐나가려 했지만.

'이미 늦었다.'

혼세양천공은 강제로 강력한 기운들을 가둬서 원하는 곳으로 도인했다.

얼마 못 가둘 테지만 시간은 충분했다.

마침내 도인의 도착지가 보인다.

놀랍게도 그곳은…….

'오너라.'

악운의 일계(一界)였다.

악운은 애초부터 그녀의 신체 안에서 싸울 생각이 없었다.

그것이 무수히 많은 대법들 중 '환환대법(環換大法)'을 택한 이유였다.

시전자와 피시전자가 하나의 고리가 되어 내공을 주고받는다.

영약을 품은 독한 탁기가 악운에게 전해지면 악운은 그것을 대신 흡수하여 탁기를 제외한 영약의 기운을 다시 그녀에게 밀어 넣는다.

눈을 반개한 악운의 입가에 잔잔한 미소가 서렸다.

'싸울 전장은 내가 정해.'

순정한 악운의 신체에 있어 탁기는 사지로 뛰어드는 군대와 다를 바가 없었다.

마침내.

콰콰콰콰!

그녀의 평생을 억압해 온 천형(天刑)이 소멸되고 있었다.

사아아.

환환대법의 내공 순환은 시간이 갈수록 점점 그 속도를 높여 갔다.

그럴수록 탁기는 악운의 체외로 빠져나가고, 탁기에 결합되어 있던 영약의 기운은 악운을 통해 그녀에게 다시 주입되기를 반복했다.

웅! 웅! 웅!

혼세양천공의 기운이 영약의 기운을 통해 그녀의 운기를 돕기 시작했다.

본격적인 도인(導引)이 이뤄졌다.

그녀의 피부 위로 치솟은 청염의 불꽃이 절맥의 원인이었던 전신 세맥의 탁기를 소멸시키고 새로 탄생시켰다.

기혈과 세맥이 변형되고 오장육부가 전과 비교할 수 없이 약동했다.

뼈와 근질이 바뀐 내부에 맞게 재구성됐다.

새파랗게 질렸던 그녀가 거듭된 고통을 이겨 내고 환희의 순간을 맞이했다.

'이제 되었다.'

도인을 마친 악운은 그녀를 위해 혼세양천공의 기운 일부를 남겨 두었다.

혼세양천공의 기운이 오장육부와 세맥에 깃들어 환골탈태의 효과를 증폭시켰고, 잘 닦인 기혈을 따라 태산운중심법의 기운이 원활하게 축기를 시작했다.

하지만.

쿠쿠쿠.

대법을 통해 많은 양이 분해되었음에도 영약의 응축은 여전히 강력했다.

황보세가의 기초 심법과 그녀의 깨달음으로는 영약의 기운을 모두 소화할 수 없었다.

오히려 독이다.

균형을 되찾은 그녀 대신 악운이 감당해야 할 새로운 숙제였다.

콰콰콰!

악운의 양손이 그녀의 명문혈에서 떼어졌다.

환환대법이 정지되자 영약 덩어리가 악운의 전신을 휘돌며 날뛸 조짐을 보였다.

기다렸다는 양 일계(一界)의 수많은 기운들이 영약 덩어리 주변을 맴돌기 시작했다.

하지만 악운의 선택은 정해져 있었다.

'천붕심법(天崩心法).'

일계의 새로운 기둥이며 '금극목(金克木)'의 개방을 여는 기운.

금(金)에 속한 이 기운은 금으로 다양한 장식품을 만들어 낼 수 있듯 만변(萬變)이 가능하다.

무엇이든 될 수 있고 변할 수 있다는 뜻이다.

'지금처럼.'

츠츠츠!

일순간 놀라운 일이 벌어졌다.

응축된 영약 기운이 천붕심법의 기운이 스며드는 것을 전혀 눈치채지 못하고 방관하고 있었다.

'그런 게 아니야.'

실은 방관이 아니었다.

천붕심법의 기운이 영약 덩어리와 흡사한 기운처럼 위장한 것이다.

천붕심법의 기운은 잠행하듯 순식간에 영약의 중심으로 스며들었다.

'더 깊이.'

악운은 천붕심법의 기운을 통해 응축된 기운의 깊은 내부까지 흘러들어 갔다.

침잠된 천붕심법의 기운은 본색을 드러내지 않고 영약 덩어리 내부를 조금씩 잠식(蠶食)했다.

'영약의 응축은 그저 응축일 뿐, 유기화된 게 아니야. 수백 가지의 영약들이 그저 하나의 덩어리로 뭉쳐져 있을 뿐, 내부에 균열이 일면 모래성처럼 무너진다.'

탁기가 해체된 이후의 순수한 영약 기운은 그야말로 천붕심법의 완벽한 사냥감이었다.

우우웅!

악운의 생각대로 천붕심법의 기운이 커질수록 영약 기운의 내외부가 빠른 속도로 분열하기 시작했다.

콰콰콰콰!

더 이상 천붕심법의 기운은 모습을 감출 필요가 없었다.

콰지짓!

천붕심법은 맹수가 되어 수백 조각으로 해체된 영약 기운을 휩쓸고 삼켰다.

마침내.

무한한 성장을 예고하는 끝없는 진화가 악운의 일계(一界) 안에서 이뤄지고 있었다.

금극목(金克木)의 무공이 일계 안에 완벽하게 제자리를 갖춰 가는 순간이었다.

공연은 시원한 바람을 느꼈다.

그 바람을 따라 시선을 옮기니 무릉도원같이 새파란 초원 한가운데에 정자가 보인다.

정자엔 가족들이 다과를 먹으며 웃고 있었다.

그곳을 향해 무작정 걸었다.

아니, 뛰었다.

이상하게 정자는 다가갈수록 멀어졌다.

숨이 가빠 오고 가족들의 웃음소리가 사라져 갔다.

눈물이 나왔다.

또 혼자가 된 것이다.

두려움이 물밀듯 밀려왔다.

하지만…….

그녀는 주먹을 움켜쥐었다.

이젠 포기하고 싶지 않았다.

잡을 수 없다고 해도 계속…… 계속 움직이고 싶었다.

'그거면 돼.'

그때였다.

누군가 어깨에 부드럽게 손을 올렸다.

반사적으로 시선을 돌린 등 뒤엔 할아버지가 흰 수염을 쓸어내리며 웃고 있었다.

하고 싶은 말이 그토록 많았건만, 마음과 달리 눈물만 하염없이 흘러내린다.

그리웠고 보고 싶었다.

입을 벙긋거리던 찰나.

그토록 듣고 싶었던 할아버지의 음성이 은은하게 남겨졌다.

　–찾을 필요도, 두려워할 필요도 없다. 이미 네 곁에 있지 않으냐.

그녀는 오열하며 웃음 지었다.

그리고…… 눈을 떴다.

❦

그녀가 깨어난 후 악운은 그녀의 상세를 살폈다. 절맥은 완벽히 치유되었고 대법의 부작용도 남아 있지 않았다.

악운은 성공적이라고 언급하며 반나절 정도 그녀가 변화한 신체를 체감하기를 권했다.

그날 밤.

'환골탈태…….'

그녀는 방 안에 홀로 앉아 악운이 남긴 말을 떠올렸다.

-반나절 정도는 되찾은 활력과 몸에 흡수된 내공을 느끼고 체감하는 수련을 하는 것이 좋습니다. 달라진 신체 변화로 인한 이질감을 최소화해 보세요.

몸 안에 흐르는 충만함은 악운의 조언처럼 이질적인 느낌마저 줬다.

다른 사람의 신체로 바꾼 기분이다.

'분명한 건, 난 일생일대의 기회를 잡은 거야.'

전대 가주님조차 해내지 못한 일을, 악운이 어떻게 해냈는지는 중요치 않았다. 그는 결국 약조를 지켜 줬다.

홍색 무복을 입은 그녀는 악운의 조언 그대로 가부좌를 틀고 몸 안을 관조했다.

츠츠츠!

단전의 기가 기혈을 통해 혈도, 세맥으로 퍼져 나가며 오장육부와 인당혈에 이르러 순회했다.

태산운중심법의 길을 따라 한차례 순회한 기가 단전에 찰랑이는 내공으로 다시 합류했다.

무려 반 갑자까지 차오른 내공량.

신체의 단련과 적절한 깨달음이 따른다면 절정 고수로 거듭날 수 있는 지고한 수준이다.

그녀는 온몸에 전율이 일었다.

누군가의 도움 없이 스스로 해낸 운기였기에 더욱 그랬다.

반개한 그녀의 눈에 은은한 기광(氣光)이 스쳤다.

꽁

그동안 악운은 호사량과 숲속 공터로 향해 있었다.

그간 개인 연공에 집중하느라 미처 돌아보지 못한 호사량의 수련을 집중 조언하려던 차였다.

쐐액!

호사량이 검을 뻗자마자 악운이 손바닥으로 검신을 때렸다.

검이 팅, 하고 낭창하게 휘자 호사량이 콧김을 뿜었다.

"타합!"

호사량이 칠성보의 보보를 밟았다.

미끄러지는 발끝으로 검력을 키웠다.

칠현풍원검(七絃風遠劍).

회회반천(回回反踐).

호사량은 악운의 사정을 조금도 고려하지 않았다.

그에게 있어서 악운은 돌아가신 어머니 이후 유일한 무공 스승이었다.

쐐액.

악운이 물러나지도 않은 채 어깨만 비스듬히 내리는 것으로 검을 피했다.

'피할 줄 알았다!'

호사량은 기다린 사람처럼 칠성보를 밟고 깊숙이 파고들었다.

쏴아악!

순식간에 좁혀진 거리.

호사량의 검이 악운의 목젖을 향했다.

이번에도 악운이 목을 옆으로 넘겨 피한 후 호사량의 검을 때렸다.

텅!

똑같이 낭창거리며 튕겨 나간 호사량의 검 끝이 사납게 좌우로 흔들렸다.

칠성보는 물러남이 없었다. 되레 튕겨 나간 검 끝이 강하게 떨리며 세 개의 검영(劍影)이 되었다.

'됐나?'

호사량의 눈이 살짝 떨린 그때.

턱.

악운의 손가락 두 개가 어느새 호사량의 검영을 지나, 그의 검을 콱 낚아챘다.

회심의 일격이었기에 검을 회수할 틈도 없었다.

"이런……."

악운의 손가락에 잡힌 검을 빼내려고 해도 꿈쩍도 하지 않았다.

"후우, 후우……. 이제 좀 놔주시겠소?"

"그럴까요."

악운이 웃음 지으며 손가락으로 쥐고 있던 호사량의 검을 놓아주었다.

호사량은 그제야 봉두난발이 된 머리를 쓸어 넘겼다.

"일취월장하셨군요."

악운의 칭찬에 호사량이 슬그머니 미소 지었다.

"어떻소?"

"차력미기의 묘리를 검공에 덧입히는 데 익숙해졌을 뿐 아니라, 탄탄해진 내공을 바탕으로 초식의 연결이 더 탄력 있게 진행되는군요. 증속(增速)에 이어 환검(幻劍)을 가미한 시도는 만족스러웠습니다. 단."

호사량은 말없이 입맛을 다셨다.

보나 마나 칭찬은 끝났다.

"초식이 너무 경직되어 있습니다."

악운이 허리께에서 흑룡아를 펼쳤다.

쇄악!

그가 검초를 구사하며 걸음을 뗀 순간 위압감이 달라졌다.

호사량은 순식간에 압도되어 말없이 침음만 삼켰다.

"상대가 허실을 가늠하지 못하게 해야 합니다."

"실을 늘려야 하겠구려."

"아뇨."

"그럼?"

"허와 실이 바늘과 실처럼 공존해야 합니다. 실을 고르면 허가, 허를 택하면 실이. 그러려면 검의 수발이 훨씬 자유로워야 합니다."

호사량은 그제야 악운의 경직되었다는 조언을 조금이나마 이해할 것 같았다.

"일전에 가문의 창법을 가르쳐 드린 적이 있지요."

"그렇소."

"제가 드린 말씀이 하나 있었지요."

"무공은 다양한 묘리를 통해 성장한다. 검공 수련이 막힌 순간엔 가문의 창법을 들여다보라 하였소."

"그때의 조언이 도움이 될 것입니다."

호사량은 잠시 검을 늘어트리고 우두커니 섰다.

악운이 남겼던 이야기들이 머릿속을 가득 메웠다.

한참 동안 골몰한 생각에 잠겨 있었던 그때.

호사량이 반사적으로 되뇌었다.

"창의 수발이 자유로우려면 호흡에 집중하라. 창은 당겨진 화살과 같고, 나는 활이어야 한다. 화살은 적중할 때까지 내 호흡의 영향을 받는다. 창도 그래야 한다. 그럼 검은?"

악운과 호사량이 동시에 말을 이었다.

"모든 움직임에 호흡이 깃들어야 하고, 원하는 곳에 호흡이 실릴 수 있어야 한다."

이어서 악운은 앞으로 호사량이 밟고 나가야 할 심득을 전했다. 천휘성의 깊이가 담긴 안배였다.

"음률도 바람도 무형으로 보이지만 자연의 형태가 있지요. 호흡 또한 그렇습니다. 호흡의 형태화가 바로 초식인 겁니다."

눈을 부릅뜬 호사량은 악운이 했던 말을 되뇌며 검초를 펼쳐 가기 시작했다.

얼핏 춤을 추듯 엉망이었다.

하지만 악운은 천천히 돌아섰다.

이제 호사량이 호흡을 무공에 덧입히는 것에 고심하게 된다면 지닌 검공을 어떻게 펼쳐야 할지 감이 잡힐 테고, 그렇게 한 발 내디디면 비로소 절정에 이를 것이다.

호사량은 모르겠지만 이 모든 과정은 제갈세가 검공을 통해 펼칠 단 하나를 위해서다.

'검기.'

호사량의 절정 입문이 머지않은 거 같다.

❧

악운은 호사량을 두고 다른 공터로 이동했다.

그녀의 절맥을 구원하였고, 대대 창설에 필요한 최소한의 인원을 편성했다.

'백훈, 서태량, 금벽산까지.'

이 세 사람은 앞으로 창설한 대대의 핵심이 될 것이다.

한때, 산동악가가 자랑했던 삼대무군 중 마지막 조각.

'악가뇌혼대(岳家雷魂隊).'

그들은 산동악가의 그림자였으며 각별히 신경 써야 하는 은밀한 일에 주요하게 쓰였었다.

'공연도 합류하면 좋겠지만.'

당장 그녀의 길을 정하면 안 될 거 같다는 생각이 든다.

그녀는 그저, 흘러가는 대로 둘 생각이다.

이미 그녀는 악가뇌혼대에 합류하는 것보다 더 큰 선물을 줬다.

천붕심법의 기운이 '금극목'에 완벽히 자리를 잡았고 천산파의 놀라운 절기들을 더 깊이 이해할 수 있는 기회를 얻은 것이다.

그로 인해 목(木)의 기운을 이루고 있는 제갈세가와 공동파의 두 무공 역시 안정화에 이르렀다.

악운의 보보가 잔영을 일으켰다.

천금칠신보(天禽七身步).

'천산파를 관통하는 묘리는 만변(萬變).'

걸음을 내딛는 악운이 잔영을 남기며 다섯 걸음 앞으로 이동했다.

'이형환위(移形換位).'

압축한 기운을 발끝에 실어 순간적으로 극한의 증속(增速)을 일으켜야 한다. 사방에 흐르는 기를 개인의 권역(權域) 아래 자유자재로 활용할 수 있어야 가능한 기예다.

악운은 여기서 한 발 더 나섰다.

스릭!

열 걸음 앞선 악운의 잔영이 수십 개로 나뉘었다.

단순히 증속만으로 이뤄 낸 게 아니었다.

권역의 확장이었다.

수십 개의 잔영이 공터 안에 가득해진 순간.

악운의 음성은 공터가 아닌 나무 위에서 들려왔다.

"파동이 가능해지기 시작했어."

신형을 이동해 어느새 작은 나뭇가지 위를 평지처럼 디디고 있었던 것이다.

그새 온몸이 땀에 전 악운은 지친 기색이었지만 꽤나 만족스러운 표정이었다.

'혼세이십문까지 타동 되어 중재력이 훨씬 강해졌다. 일계(一界)가 완성되어 가는 게 느껴져.'

권역의 확장이 가능해진 것에 담긴 의미 때문이었다.

높은 경지에 이를수록 경지를 이해하고, 완숙해지는 과정은 험난해진다.

선대 태양성인들은 그러한 과정들을 태양진경에 맞게 정립하여 익혀 왔다.

천휘성이란 목표를 향해 다가갈 '화경 파동편(波動編)'의 첫 장이 열린 것이다.

대비

모옥에서 연기가 뭉게뭉게 피어오를 때쯤, 과자(鍋子, 솥) 앞은 바빴다.

악운은 그간 동생들에게 해 줬던 요리를 가감없이 발휘했다.

산에서 따 온 먹을 만한 풀은 순식간에 객잔에서 먹을 법한 소채(素菜)거리가 됐고, 털을 벗긴 산계(山鷄) 여섯 마리는 과자 안에서 향신료와 함께 알맞게 삶기고 있었다.

"우와……."

운기 수련을 마친 직후에 향긋한 냄새에 이끌리듯 찾아온 공연은 악운이 보이는 솜씨에 깜짝 놀랐다.

"조금만 기다려 주세요."

이미 그녀가 다가오는 것을 느낀 악운이 돌아서며 빙긋 미소 지었다.

공연이 두 팔을 걷어붙였다.

"제가 도울 건 없을까요?"

"괜찮아요. 거의 다 됐어요."

악운의 만류에도 그녀는 눈에 보이는 젓가락과 그릇을 챙기며 악운의 곁에 남았다.

"언제 준비하신 거예요?"

"입이 심심해서 같이 먹을 음식을 준비해 봤어요."

"아…… 네."

모른 척 넘어갔지만 굳이 새벽녘에 밥상을 차린 것이 그의 배려라는 걸 그녀가 모를 리 없었다.

'진짜 배고프다.'

공연은 그녀도 모르게 군침을 꿀꺽 삼켰다.

사실 오랜 시간 호화로운 음식이 있어도 젓가락 한 번 대기가 힘들었다.

음기가 빠져나가는 해음절맥은 오장을 위축되게 했고, 제대로 된 소화마저 힘들게 했다.

매일을 벽곡단으로 때우거나 통증이 심하면 빈속으로 견뎌야 했다.

"이제 식사하시죠."

악운은 음식을 담은 그릇을 쟁반 위에 담아 부엌을 빠져나갔다.

공연은 그 뒤를 쫓으며 환하게 웃었다.

"네."

무엇이 됐건 계속 그의 뒤를 따르며 조금이나마 빚을 갚고
싶었다.

꒰꒱

"으음……."

호사량이 만족스러운 얼굴로 젓가락을 내려놓았다.

그릇 안에는 뼈만 남았을 뿐, 국물 한 점 남지 않았다.

"깔끔한 정찬에 감탄이 나오는구려. 소가주가 요리를 이
리 잘할 줄은 꿈에도 몰랐소. 제때 맞춰서 돌아온 걸 보니 내
가 먹을 복이 있긴 있나 보오."

"그러게 말입니다. 부각주께서 돌아올 시간을 가늠하고
준비한 것이긴 한데 이리 시간을 잘 맞춰 돌아오실 줄은 몰
랐습니다."

"잘 먹었소."

"별말씀……."

와그작!

대답하려던 악운은 뼈까지 씹고 있는 공연을 쳐다봤다.

"그건…… 먹는 거 아닌데."

"고소……하던데요."

공연의 양 볼에 홍조가 서렸다.

그녀는 여전히 닭 뼈를 놓지 않고 있었다.

"으하하! 많이 드시오."

그녀가 귀여웠던 호사량이 시원하게 웃음을 터트렸다.

화기애애한 분위기가 세 사람을 편안하게 감싸 안았다.

식사를 마친 후 세 사람은 떠날 채비를 하고 모옥 밖으로
나섰다.

"자, 가시죠."

악운은 별말 없는 그녀가 동행하리라 미루어 짐작했다. 하
지만 공연은 함께 걷지 않고 고개를 저었다.

"아뇨."

"함께 가시지 않을 것이오?"

호사량도 의외라는 듯 물었다.

"네, 저는 이쯤에서 잠깐 동행을 멈춰야 할 거 같아요."

"이유를 물어도 되겠습니까?"

악운의 반문에 그녀의 표정에 결연함이 묻어났다.

"가문의 잊힌 어른들을 찾을 거예요."

호사량의 눈에 이채가 흘렀다.

잊힌 어른들…….

일가친척이 모두 죽은 공씨 가문 말고 황보세가와 연관된 누가 있단 말일까?

악운도 호사량도 그녀가 가진 슬픔을 건드릴까 싶어서 쉽게 입을 열지 못했다.

그 마음을 읽은 탓일까?

그녀가 먼저, 말문을 열었다.

"태산배사가 일어났을 때 저는 어리고 무기력했어요. 조부께서는 충분히 가주님의 빈자리를 메울 수도 있었지만, 그 대신 가문의 분열을 막고자 분투하셨어요. 황보정은 그 점을 적극적으로 활용했고요."

모두가 아는 사실 위에 그녀가 감춰진 비사 하나를 보탰다.

"황보정은 조카였던 소가주를 독살하고, 소가주를 지키려는 일가친척과 방계 출신들 그리고 식객까지 처형하고 내쫓았어요. 혼자서는 불가능한 일이었죠."

호사량이 눈을 번쩍 떴다.

"외부의 개입이 있었다는 것이오?"

"네, 있었어요."

"대체 어떤 집단이기에 알려지지 않고 황보정을 도왔단 말이오?"

"중원의 무리가 아니라 해상을 건너와 자리 잡은 동영(東

瀛)의 살수들이에요.”

섬과 섬을 두고 치열한 각축전을 벌인다는 동영의 땅은 종종 권력에서 밀린 적들이 노략질을 일삼거나 중원에서 살수 방파를 차렸다.

특히 바다와 인접한 산동성도 그들이 자주 찾는 성이었다.

“그들이 황보정을 조종하기라도 했다는 것이오?”

“아뇨. 황보정은 그들을 휘하로 거두고 그림자처럼 사용해요. 소가주의 독살도 정황상 그들이 한 게 틀림없죠.”

악운이 나지막이 물었다.

“그들을 뭐라 부릅니까?”

“암낭패(暗狼狽)라고 불러요. 드러나지 않은 황보정의 진짜 수족이죠.”

활력이 가득 찬 그녀의 눈동자에 잠시, 노기가 일렁였다.

“그 사실을 저를 비롯한 내부 인사들이 알았을 때는 세가의 분열을 막기 위해 많은 가솔들이 희생되거나 제거당한 뒤였어요. 그렇게 더 이상 맞설 수 없자 떠나는 이들이 생겼죠.”

악운은 이제부터 그녀가 언급한 ‘어른’이란 존재들의 이야기가 나오리란 걸 직감적으로 알 수 있었다.

“황보정과 재종형제의 관계에 있던 분이 계세요.”

재종형제는 방계, 즉 당숙의 아들을 가리킨다.

악운은 천휘성의 기억 속에 묻혀 있던 이름 하나가 떠올랐다.

'황보제근.'

뇌린호장(雷燐號掌), 황보제근.

천휘성이 황보세가를 통해 기억하는 얼굴 중 하나였다.

선한 눈매가 매력적인 젊은 청년이었다.

'그가…… 그리되었나.'

악운은 세월이 무심하다 여기며 이어지는 그녀의 말을 경청했다.

"황보제근이라는 분이에요. 그분께서는 당시 당신을 따르는 이들과 함께 가문을 은밀히 떠났어요. 그분께서 이끌었던 '뇌후대(雷吼隊)'와 그 일가족도 함께요. 황보정은 추격대를 편성했지만, 놓치고 말았죠."

"황보정조차 놓친 그들을 대체 어디에서 찾는다는 말이오?"

호사량의 질문은 당연했다.

황보정조차 잊은 이들이며 아직 발본색원하지 못한 세력이다.

"찾을 수 있어요. 떠나실 때 그분께서 제게 말씀해 주신 단서가 있어요. 저는 그 단서를 따라가 볼까 해요."

이쯤 되자 악운은 그녀가 지금 와서 이런 선택을 하는 이유가 궁금해졌다.

"소저, 단순히 복수 때문에 이 길을 택하는 것이라면……."

"그런 건 아니에요. 여러 가지 이유가 있어요. 물론 그중에는 소가주에게 빚을 갚고 싶다는 이유도 있죠. 처음에 소가주가 나를 찾아온 건…… 제가 과거의 황보세가를 그리워하는 분들을 자극하고, 정당한 명분을 쥐고 있어서가 아니었나요?"

"어느 정도는요."

"그럼 뜻대로 계속 밀고 나가세요. 이미 저는 소가주가 제게 베푼 은혜만으로도 소가주의 뜻을 도울 생각이에요."

그녀가 비장한 눈빛으로 마저 말을 이었다.

"또한 산동악가는 상처 입은 이들의 집이 될 수 있다고 들었어요. 그리고 그분들은 집을 잃었죠. 만약 제가 그분들을 설득해 산동악가에 도착할 수 있다면…… 가주께서는 저희들을 도와주실까요?"

그 질문에 대한 대답을 들은 순간.

호사량은 그녀와 장설평이 겹쳐 보였다.

"본 가의 문은 언제든 열려 있을 것이오. 안 그렇소?"

"예. 가주님께는 제가 미리 말씀드리겠습니다. 그러니 염려 말고 다녀오시지요."

"네. 그럼……."

인사를 나눈 그녀가 돌아서려던 찰나.

"잠깐. 공 소저."

"예?"

"잠시만요."

그녀를 멈춰 세운 악운이 이번엔 호사량을 쳐다봤다.

"부각주님."

"눈치를 보니 대충 알겠군."

"무림 초출인 데다 오랜 시간 장원에 갇혀 세상을 등지고 떠나 있었으니 길을 찾는 것이 쉽지 않을 겁니다. 소저의 길잡이가 되어 주십시오."

"나도 공 소저가 눈에 밟히던 차였소. 그러리다."

"또 한 번 신세를 지겠네요."

"부담스럽다며 거절하실 줄 알았소만."

"아직은 세상 밖의 길눈이 어두워서요. 그리고……."

그녀가 악운을 마주 보며 환하게 웃었다.

"금방 다녀올게요."

"비파와 조부님의 유품은 제가 간직하고 있겠습니다. 무사히 돌아오세요."

작별 인사를 마친 악운은 그들의 뒷모습을 한동안 지켜보다가 이내 모옥에서 없었던 것처럼 사라졌다.

마지막 종착지는 동평이었다.

백훈은 새벽녘, 연무장들이 훤히 보이는 지붕 위에 앉아 있었다.

기루와의 일은 의외로 큰 충돌 없이 정리됐다.

그들이 별다른 억지를 부리지 않고 순순히 거래에 응했기 때문이다.

'자신들을 비호할 백우상단을 못 믿어서였겠지.'

진엽이 죽고 난 후의 여파는 이미 산동성 각지로 퍼져 나가고 있었다.

그간 동진검가를 믿고 배짱을 부렸던 이들은 세력의 약화를 두려워하는 중이었다.

당연한 결과였다.

게다가 그런 불안감은 그간 동진검가가 적대시한 산동악가의 비약적인 성장과 맞물려 있다.

'하기야 동평에 도착한 나도 놀랐으니……'

산동악가는 매일매일 변화하고 있었다.

백훈은 연무장 주변의 건물을 돌아봤다.

본래 휘경문의 건물을 토대로 증축된 고층 전각들은 물론이고, 사방에서 장원을 넓히기 위한 확장 공사를 벌이고 있는 중이었다.

지켜본 결과 사치를 부리는 게 아니다.

악운의 믿기지 않는 활약상은 순식간에 산동성을 준동시켰고, 가솔이 되고 싶어 하는 수많은 이들이 문전성시를 이뤘다.

가솔의 증가 속도만 봐도 확장 공사는 반드시 필요한 일이다.

그뿐인가?

장원 내에 대규모 물자 이동은 산동상회(山東商會)의 규모가 더는 중소 규모 상단 수준이 아니라는 것을 보여 줬으며 여기에 더해 외원 내에 이단(二團)까지 증편하고야 말았다.

'동호단(東護團)이라고 했던가.'

무수히 많은 노력이 있었겠지만 이 모든 게 고작 일 년 만에 이뤄 낸 성과라는 것에 절로 혀가 내둘린다.

하지만 가장 무서운 건 가솔 모두가 안주하지 않고 있다는 점이었다.

현재의 산동악가를 이끄는 각(閣), 당(黨), 대(隊)의 수장들은 밤낮이 없이 가문을 위해 힘쓰고 있었다.

일부는 각자의 상처를 보듬고자.

일부는 좌절했던 야심과 꿈을 이루고자.

일부는 함께하는 것에 기쁨을 느끼며……

그렇게 더 나은 날을 위해 매일을 살아가고 있었다.

그리고 그 중심에 모두의 존경과 신뢰를 받고 있는 가주님과…….

'소가주.'

악운이 있었다.

악정호가 귀감이 되고 수많은 존경을 받는 존재라면 악운은 '표상'이다.

이제 가문 내의 수많은 후학들은 악운처럼 되길 꿈꾼다.

악운이 의도했건 의도하지 않았건, 그는 오르고 싶은 산이 되었다.

그리고 그건 하나의 불길이 된다.

'지금처럼.'

비어 있던 연무장 위에 가솔들이 하나둘씩 모인다.

정해진 훈련 시각도 아닌, 잠이 들어야 할 시간.

누가 시키지도 않았는데 가솔들은 하나둘 모여 각자의 수련을 시작했다.

그렇게 가솔들은 수련에 열을 올리며 비어 있던 연무장 내에 훈풍을 채우고 어두운 밤을 밀어낸다.

그중엔 서태량과 금벽산이 각자의 수련을 시작하며 서로 친분을 쌓고 있었다.

수련의 방법은 다양했다.

권장술부터, 검법과 창술까지…….

산동악가, 유원검가, 곤륜파, 진주언가 등 다양한 이들이 모여서일까?

그 어떤 가솔도 정해진 수련의 형식에 구애받지 않았다.

노력과 열정만 있다면 다양한 가르침 속에 각자의 무로(武路)를 찾는 기회를 얻고 있었던 것이다.

'비슷한 곳이 있었지.'

과거에는 막강한 권위를 가졌던 한 단체.

백훈은 생각 끝에 그곳을 떠올린 후 쭈뼛 전율이 일었다.

'무림맹(武林盟).'

태양무신이 맹주로 취임했던 와룡지처, 산동악가는 점점 그곳을 닮아 가는 것 같다.

백훈이 나지막이 읊조렸다.

"내가 설 곳이 있으려나."

그 순간 허공에 한 줄기 음성이 울려 퍼졌다.

"물론이야."

기척도 느끼지 못했던 백훈이 깜짝 놀라 옆을 돌아보자 어느새 달빛 아래 서 있는 악운이 보였다.

바람결에 흩날리는 머리카락이 악운의 분위기를 더욱 신비롭게 했다.

백훈은 혼잣말이 들킨 것에 부끄러웠는지 못 들은 척 화제를 돌렸다.

"언제…… 온 거야?"

"지금."

"호가는?"

"차차 설명할게. 그보다…… 아까 그 말 말이야."

백훈이 자리를 털고 일어나면서 쓰게 웃었다.

"그냥 한 소리야."

"기회가 있다면 도전해 보겠어?"

"그게 무슨 말이야?"

악운의 반문에 백훈의 눈빛이 흔들렸다.

"나는 백 형이……."

악운은 그의 눈을 마주 보며 말했다.

그의 갈망과 열의가 느껴졌다.

때가 온 거 같다.

"새로 창설할 대대의 수장이 되길 바란다는 뜻이야. 이미 이 계획의 시작부터 내 머릿속의 수장은 백 형이었어."

꿀꺽—!

상상 못 한 제안에 백훈은 아무 말도 못 하고 입만 벙긋거렸다.

과거 산동악가의 위명을 책임져 왔던 삼대무군 중 하나.

'악가뇌혼대'의 수장이 정해지는 순간이었다.

악운이 돌아온 다음 날.

악정호가 태평전으로 악운과 백훈을 불러 앉혔다.

이미 진즉에 '악가뇌혼대'의 창설을 허락했지만, 그 수장 자리에 누굴 앉힐지는 순전히 악정호의 선택에 달려 있었다.

"백 대협, 그대가 수장 자리를 맡겠다는 것이오?"

악정호의 물음에 백훈은 긴장된 기색을 보였다.

수백의 적 앞에서도 기백 한번 꺾인 적 없었던 사내가 긴장을 하고 있는 것이다.

"긴장되는 것 같소."

"예, 실은 무언가를 책임진다는 것이 제 삶에는 낯선 일입니다."

"흐음, 그렇단 말이지."

수염을 쓸어내린 악정호가 함께 앉아 있는 악운을 쳐다봤다.

"그런데도 그를 천거한 이유가 듣고 싶구나."

악운이 조금도 지체 없이 입을 열었다.

"악가뇌혼대는 가문의 밀명(密命)을 주요 임무로 수행하기 위해 창설을 준비했습니다. 그 수장이 되려면 담력과 임기응변, 다양한 경험과 이를 뒷받침할 실력이 필요합니다. 그가 적격입니다. 하지만……."

악운이 단호한 눈빛으로 마저 말을 이었다.

"가문의 소임을 맡을 각오가 필요합니다. 그 각오가 준비되어 있는지는 스스로 대답해야 할 거 같습니다."

결국 결정을 내리는 건 백훈이다.

악운은 그에게 마지막 선택권이 있다는 것을 알린 것이다.

악정호의 시선이 자연스레 백훈에게로 향했다.

"소가주가 그렇다는군."

백훈의 눈빛이 가라앉았다.

늙은 기녀의 아들로 태어난 후 일곱 살쯤 되는 해에 어미가 죽고 기루에서 쫓겨났다.

그 후엔 잘 알던 파락호 방파에 들어가 싸움질만 하다가

열두 살에 눈밭에서 칼침을 맞았다.

　운 좋게 사부를 만나 무공을 사사한 게 그때다.

　하지만 사부는 지병이 있었고, 스물이 되던 해에 죽었다.

　사부의 유언이 아직도 생생했다.

　　-부평초처럼 떠돌아다니는 것이 지겨워질 때쯤, 너를 거두는 것이 내 삶에 남은 소명이란 걸 느꼈다. 이제 네 소명은 네 스스로 찾아라.

　그 유언을 듣고 크게 변한 건 없다.

　사부의 말처럼 오랜 시간 방탕하게 놀며 꿈이란 걸 지웠다.

　부평초를 택한 건 스스로다.

　'한심하게 보셨겠지.'

　산동성 내의 걸출한 고수들을 논하는 산동십대고수란 명성을 얻으면 뭐 하겠나.

　무기력한 모습은 어린 시절과 다를 바 없었다.

　하지만…….

　사부 이후로 처음 '소명'이란 단어를 언급하는 사내를 만났다.

　그 후 끊임없이 생각했다.

　'내 소명은 뭔가?'

　이제 그 질문에 대답을 해야 할 때가 온 거 같다.

"제 사부는 제 삶을 구원하고 만족스럽게 떠나셨습니다. 사부보다 나아지면 나아졌지, 더 못하게 살고 싶지는 않습니다. 저는⋯⋯."

백훈은 울컥 솟아오르는 격한 감정을 느꼈다.

문득 죽을 뻔했던 고비들이 주마등처럼 머릿속을 스쳐 지나갔다.

'나는 왜, 발악하며 살고자 했나.'

거창한 이유는 아니나 한 가지만은 확실한 이유가 있었다.

칼을 제대로 쓸 기회를 기다렸다.

백훈이 눈에 힘을 주고 또렷이 말했다.

"그저 그런 놈이 되어 허무하게 죽고 싶지 않습니다. 부족할 테지만 허하신다면 악가뇌혼대의 수장이 되고자 합니다."

의자에서 벌떡 일어난 백훈이 검대(劍帶)를 풀어 헤치며 악정호 앞에 무릎을 꿇었다.

"그리될 수 있다면 소신의 칼은 이제 가주님을 위하여 쓰일 것입니다."

검을 두 손으로 떠받든 백훈을 악정호가 그윽한 눈길로 내려다봤다.

근엄하던 악정호의 표정에 슬며시 미소가 감돌았다.

"나, 악정호가 아닌 가문을 위해 싸우시오."

"예."

"또한 스스로의 명예를 더럽히지 말 것이며 매 순간 오늘의 다짐과 결의를 잊지 마시오."

"그 말씀은……?"

"금일부터 그대는 악가뇌혼대의 수장이오. 그대들은 소가주의 직속 대대로 활동할 것이며, 다양한 외부 활동이 그대들의 주요 임무가 될 것이오. 그래도 받아들이겠소?"

현재 가문의 주요 대대들은 각각 막중한 임무를 수행하고 있었다.

악가진호대는 동평 내외 활동과 가주의 호위를 맡고 있었고, 악가상천대는 주요 인사의 호위나 외부 지원이 필요한 곳에 파견되는 임무를 도맡았다.

문제는 외부 파견의 인력 부족.

악정호는 악운의 열정을 말리지 못할 거라면 악가뇌혼대가 악운의 곁을 따르며 가문의 외적 지원을 해 주길 바라는 것이었다.

마침 악운의 곁에 머무르는 건 백훈 역시도 원하던 바였다.

"사력을 다해 수행하겠습니다."

"나 역시 그래 주길 바라오."

악정호는 흐뭇하게 미소 지은 후 악운을 바라봤다.

경악스러운 성취를 이룬 아들이다.

오만해질 법도 하건만…….

더욱 정진하며 곁에 자기 사람을 만들어 가는 큰아들이 뿌

듯하고 대견했다.

⬥

악운이 백훈과 함께 집무실을 빠져나왔다.

아버지와는 오래 대화를 나누지 못했다.

급변하는 정세에 따라 아버지의 최종 결정이 필요한 일이 많았기 때문이다.

한가득 쌓인 서류만 봐도 알 수 있는 일이었다.

악운은 내심 서류 더미에 파묻힌 아버지에게 안쓰러움을 느끼며 복도를 나섰다.

복도 중간중간에 자리 잡은 악가진호대의 위사들이 떠나는 악운에게 짧게 고개를 숙였다.

잘 벼려진 칼날 같은 기세가 느껴진다.

'아버지와 각 대의 대주들이 고생한 덕택이겠지.'

악운이 고마움을 느끼며 태평전 정문을 빠져나가려던 찰나.

"가주님과의 일은 잘 끝나셨소?"

태평전에 출입할 때 미리 인사를 나눴던 언 대주가 다가왔다.

"예. 악가뇌혼대의 수장 천거를 가주님께 정식으로 허락받고 나오는 길입니다."

"잘됐구려. 그럼 수장이……."

언 대주의 시선이 자연히 백훈에게로 향했다.

"예, 부족하지만 그리됐습니다."

"가주님께서 허하신 수장이니 부족하다는 말은 어울리지 않소. 앞으로 잘 부탁하오. 정식으로 인사하오. 언성운이외다."

백훈은 호사량에게 보였던 모습과 달리 깍듯하게 예의를 갖췄다.

어째 호사량과는 인연의 첫 단추를 잘못 끼워서 그런 것 같기도 하다.

"백훈입니다. 한때 호붕권(虎崩拳)으로 불리시던 대주님의 무용은 익히 들어 왔습니다."

"무용은 무슨! 허명이오. 부디 소가주를 물심양면 도와주시오. 내가 애지중지하는 분이오."

"예, 물론입니다."

"그럼…… 이만 가 보겠소."

"그러시지요."

악운의 대답과 함께 언 대주가 태평전 내부로 향했다.

그제야 백훈이 다시 입을 열었다.

"생각보다 애지중지 자라셨네."

"생긴 것만 봐도 그럴 텐데. 백 형은, 흐음……."

악운이 피식 웃으며 앞서갔다.

"내가, 뭐! 왜 뜸을 들여! 하던 말 계속해 봐! 나도 사부께서 애지중지 키웠거든?"

백훈이 인상을 와락 구기며 그 뒤를 재빨리 쫓아갔다.

우연찮게 두 사람의 대화를 들은 악가진호대 가솔들이 조용히 웃음 지었다.

긍정의 미소였다.

～✖～

수장이 결정된 후 악운은 서둘러 새로 영입한 일원을 소집했다.

외곽의 소형 연무장으로 그들을 부른 악운은 주변의 가솔들에게 잠시 동안 아무도 진입하게 하지 말라며 신신당부를 했다.

얼마쯤 흘렀을까?

금벽산과 서태량이 모두 모였다.

금벽산은 비어 있던 오른팔이 의수로 채워졌고 서태량은 절뚝거리던 다리가 다 쾌차한 모양새였다.

훈련하기엔 최적의 상태였다.

"얘기했던 대로 두 사람은 악가뇌혼대에 합류할 겁니다."

금벽산이 삐딱한 시선으로 물었다.

"수장은 소가주요?"

"아뇨."

"나요."

악운이 따로 입을 열기 전에 백훈이 가운데 섰다.

"내가 대주인 것에 이의 있소? 실력이든 경험이든, 불만이 있다면 도전하시오. 뒤에서 투덜거리는 것보단 그게 나으니까."

백훈의 낭인으로서의 소문은 나름대로 탄탄했다.

경험과 실력 모두 만만한 수준이 아니란 것쯤은 둘 모두 알고 있었다.

하지만 금벽산은 의외의 질문을 던졌다.

"그럼 우리는 어디로부터 지시 사항을 받소? 소가주요?"

백훈이 단호히, 말했다.

"맞소. 우린 소가주 직속 대대요."

"실력이야…… 진엽을 꺾을 만큼 대단한 건 알겠지만, 우리 세 사람을 이끌 수 있는 경험을 지닌 건지는 솔직히 모르겠소. 안 그런가?"

금벽산이 동조해 달라는 것처럼 서태량을 쳐다봤다.

하지만 서태량의 대답은 금벽산의 기대를 무너트렸다.

"왜 그리 생각하는지 모르겠소. 소가주께서는 동진검가 가주를 벨 수 있는 담력과 실력을 갖춘 데다 내 다리를 주변 환경 안에서 치료할 수 있을 만한 의술까지 갖춘 분이오. 나이로 평가할 분이 아니시오."

서태량이 오히려 악운 편에 서자 금벽산의 입장이 머쓱해졌다.

그때 오히려 그를 배려한 건 악운이었다.

"내 경험이 미천하다 생각된다면 생각해 본 시험 같은 것이 있습니까? 내 역량에 의심을 품는 것보다는 지금 해결하는 것이 낫겠습니다."

"있다면 해 보시겠소?"

"뭐든 상관없습니다."

"질문 하나면 되오."

"해 보세요."

"우리가 퇴각하고 있소. 적의 숫자는 많지만 선봉을 꺾는 바람에 적들의 추격이 소극적이 됐소. 그때 우린 협곡 절벽을 지나는 다리 하나를 발견했소. 주변에 다리는 이곳 하나밖에 안 보이오. 어찌할 것이오?"

서태량이 덧붙였다.

"추격을 늦출 수 있게 끊는 것이 당연하오."

"소가주께 여쭤본 것이네만."

장내에 묘한 긴장감이 내려앉은 찰나.

악운이 얼마 지나지 않아 입을 열었다.

"나라면 그대로 두겠습니다."

"어째서?"

"다리를 끊고 난 후의 효과는 적의 추격을 늦추는 것 말고는 없지요. 반면 다리를 끊지 않고 이동했을 때의 효과는 훨씬 큽니다. 적에게 고민거리를 주는 셈이죠."

"아!"

그제야 악운의 의중을 이해한 서태량이 감탄했다.

"먼저 어째서 다리를 끊지 않았는지 의아해할 겁니다. 그럼 유인 매복이나 함정을 고려하게 되겠죠. 굳이 다리를 끊지 않아도 그들은 다리를 건너지 못합니다."

백훈이 꿀 먹은 벙어리가 된 금벽산에게 되레 물어보았다.

"어이, 금 형, 감탄해서 할 말을 잃은 것이오?"

"아니오."

"그럼?"

"감탄하다 못해 경악했소. 난 생각지도 못한 대답이라서."

금벽산은 시원시원한 성격인지 빠르게 납득하고 손뼉을 쳤다.

"끝내주는 대답이었소."

악운이 미소로 화답한 후 말했다.

"그럼 본격적으로 수련을 시작하시지요. 이제 여러분이 제 주도로 이뤄질 수련을 견디셔야 할 차례입니다."

백훈은 갑자기 호사량이 해 줬던 이야기가 스쳐 갔다.

─조심해라. 수련에 있어서는 독사가 따로 없다.

'뭐, 그래 봤자 할 만은 하겠지.'

백훈은 호사량이 엄살을 부린 것이라고만 치부하고 그 상념을 접어 버렸다.

❧

본격적으로 수련이 진행됐다.

"서 대협은 이제, 대대의 좌의장(左依將)입니다. 금 대인은 우의장(右依將)이 될 거예요. 여러분은 대주의 부관으로서 새로 영입될 대대원을 관리 감독하게 될 겁니다. 그러려면 여러분의 역량이 지금보다 배는 성장해야 합니다."

"이런 단체 훈련은 오랜만인걸."

"시키시는 건 뭐든 해내겠습니다!"

"뭐부터 하면 돼?"

과거를 회상하는 금벽산과 열정 가득한 서태량, 흥미로워하는 백훈까지.

각양각색의 반응이었다.

"최선을 다해 저를 공격하시면 됩니다. 합공을 하든 따로 덤비든 상관없습니다. 아무도 들이지 말라 하였으니 활을 쏴도 다칠 이는 없을 겁니다. 그저 사력만 다하시면 됩니다."

"후회하지 마쇼."

"소가주께서 하명하신 일이니 최선을 다하겠습니다."

"비수도 쓴다?"

악운은 셋 모두에게 고개를 끄덕인 후 십 보 앞에 자리를 잡았다.

백훈의 실력이야 이미 알고 있으나 남은 둘의 최선은 아직 들여다보지 못했다.

그들의 실력이 궁금하다.

스륵.

먼저 움직인 이는 금벽산이었다.

그는 화살통에 있던 화살 수십 개를 바닥에 내리꽂은 후 한 발을 빼 들었다.

벼락같이 활의 활시위를 당긴 금벽산의 눈이 뱀처럼 가늘어진다.

데엥!

활시위를 놓을 때 들리는 소리와 함께 활이 쏘아졌다.

'피할 테니 틀리든 맞든 예상 이동로에 쏜다.'

금벽산이 두 번째 화살을 활시위에 넣으려던 순간.

콱!

악운이 화살을 통째로 낚아채 부러트리는 게 보였다.

십 보 안쪽에서 쏘인, 기가 실린 화살을 잡아 부러트린 것이다.

꿀꺽―!

실제로 악운의 신위를 마주한 금벽산의 눈에 긴장감이 실렸다.

반면 악운은 여유 있게 감탄했다.

"그간 의수가 능숙해지도록 노력하셨나 봅니다. 만족스럽습니다."

"방금 자존심을 꺾은 것치고는 쓸데없이 다정하시구려. 이쯤 되니 내게 비싼 의수를 무상으로 제작해 준 보람이 없을까 봐 송구스럽소. 다시 해 보겠소."

"좋습니다. 단."

악운이 웃음 지었다.

"제 옷깃을 베거나 뚫지 못하면 당분간 잠은 물론이고 식사도 없이 수련합니다. 모두 그런 줄 아세요."

갑작스러운 통보에 얼이 빠진 세 사람이 말없이 서로의 얼굴을 마주 봤다.

애초에 봐줄 생각 따위 없었지만 새삼 사력을 다해야겠다는 생각이 세 사람 머릿속을 스친 것이다.

금벽산이 단번에 두 개의 화살을 집어 들며 이를 갈았다.

"내 오늘 기어코 소가주의 소매에 화살 한 발을 박아 넣어 주겠소이다."

다시 활시위를 당긴 금벽산과 함께 백훈이 서태량과 함께 검을 꼬나 쥐었다.

"백 대주, 나는 굶는 게 세상에서 제일 싫소!"

"나도 그래!"

끼니를 건 세 사람의 혈전이 시작됐다.

"카악, 퉤!"

백훈이 거칠어진 숨을 토해 내며 침을 뱉었다.

악운은 그야말로 철옹성이었다.

사부로부터 전수받은 강수검결(江邃劍決)의 전반부 초식을 전부 쏟아부었는데도 제자리에서 꿈쩍도 하지 않았다.

오히려 여유 있게 조언을 보탠다.

"백 형의 검은 충분히 화려해. 누군가의 것을 따라 하려는 것처럼도 보이고."

백훈은 대답도 못 하고 호흡을 다스리는 데 집중했다.

"후우, 후우……!"

악운은 애초에 대답 따윈 상관없었는지 계속 말을 이어 나갔다.

"본떠 이룬 초식은 모래성처럼 무너질 뿐이야."

백훈은 골몰히 생각에 잠겼다.

악운의 뒤꽁무니를 쫓아다니며 검을 휘두른 자기 움직임을 되새기기 시작한 것이다.

방금 전 악운을 향해 휘두른 검획들이 머릿속에 수놓인다.

'그럴지도…….'

언젠가부터 고민해 왔던 부분을 악운이 정확히 꿰뚫어 본 것이다.

그래, 맞다.

악운의 말대로 모든 검초는 사부를 닮기 위해 펼쳐 온 검초들이다.

하지만 이제 그 한계가 보인다.

'나는 더 이상 사부가 거두었던 철부지가 아니야. 산동악가 대대를 책임진 백훈이다. 나만의 검로(劍路)를 찾아야 해.'

이미 사부는 따라잡았다.

그 이상이 되려면 사부가 가지 않은 길을 가야 한다.

그리고 그 한계는 강한 벽과 부딪칠수록 점점 드러나는 법.

악운이란 벽은 그런 면에서 완벽했다.

백훈은 밑바닥까지 탈탈 털어 덤벼 보기로 마음먹었다.

그러기 위한 최적의 판을 짜기 위해서는 동료들이 필요했다.

"서 형, 금 형."

"말씀하시오."

"왜 부르쇼."

백훈이 가운데 서며 말했다.

"따로 싸우지 말고 같이합시다."

악운은 나서지 않고 백훈이 하는 행동을 조용히 지켜봤다.

'그래, 그래야지.'

이 수련은 단순히 각자의 실력을 돌아보는 것 이상의 수련이다.

신뢰도를 높이는 것이다.

그 중심에 백훈이 있었다.

"금 형, 몇 발 더 쏠 수 있소?"

"최대 다섯 시(矢). 그 전에 결단 내시오. 지금 몸으로는 그게 한계요."

금벽산이 떨리는 손끝으로 물소 뿔로 제작한 활을 집어 들었다.

그가 펼치는 궁술은 '비격탄금공(飛擊彈錦功)'.

군의 절학 중 하나인 이 궁술은 내공을 다룰 줄 알면 능히 백 장 안의 사물도 맞힐 수 있는 절학이었다.

'금 형은 이미 지쳤어.'

활을 쏠 땐 기동성, 안정성 그리고 활시위를 밀고 당기는 것을 버틸 근력과 내공이 필요하다.

속사(速射)면 더욱 그랬다.

백훈은 그가 말한 다섯 발도 가까스로 가능하리라는 걸 직감했다.

"그럼 두 번째 시(矢)까지는 내 뜻대로 움직여 주고 그다음부터는 임의대로 쏴 주시오. 되도록 속사로."

옆에 있던 서태량도 거친 숨을 몰아쉬며 물었다.

"후욱, 나는 어찌하면 되겠소?"

그의 독문 무공은 중도(重刀)의 묘리가 담겨 있는 '백강도(百姜刀)'.

느린 대신, 동수의 실력을 가진 자들보다 파괴력이 높다.

"서 형은 소가주고 뭐고, 닥치는 대로 부수고 베시오. 나머지는 내가 할 테니."

"좋소."

악운이 그제야 기다림을 깨고 물었다.

"판은 다 짰습니까?"

"그래, 혼신을 다해 놀아 보자고."

백훈이 온몸에 흠뻑 젖은 채 씨익 웃었다.

이번 공격이 그의 옷깃을 베어 낼 마지막 기회다.

"쏴!"

백훈의 외침과 함께 금벽산이 활시위를 당겼다.

"일 시(一矢)!"

한 발의 화살이 그들의 어깨 너머를 지나쳐 쏘아졌다.

"달려!"

기다리고 있던 서태량이 백훈의 외침을 따라 땅을 박찼다.

콰직!

화살이 먼저 악운에게 도달하자마자 바닥을 뒹굴었다.

그 앞으로 서태량의 도가 쇄도했다.

펑!

악운의 손바닥이 도신을 때리자 서태량이 멈칫했다.

그 빈틈을 백훈의 검이 채웠다.

서태량이 물러날 시간을 벌어 준 것이다.

"금 형! 연환사!"

백훈의 말이 끝나기 무섭게 두 발의 화살이 동시에 쏘아졌다.

　쐐애액!

　악운이 양손으로 두 발의 화살을 걷어 내던 찰나.

　추혼접(追魂蝶)!

　백훈이 벼락처럼 일 수를 뻗었다.

　비수가 악운의 시선을 끌어냈다.

　"서 형, 베어 버려!"

　서태량이 대답 대신 다시 돌진했다.

　하지만 악운은 경이로웠다.

　도가 닿기도 전에 두 발의 화살을 부러트리고 비수까지 튕겨 버렸다.

　서태량은 그것을 보고도 멈칫거리지 않고 사력을 다해 도를 뻗었다.

　"하아압!"

　지근거리의 백훈이 시간 차를 두고 합공했다.

　그 와중에도 악운의 눈은 흔들림 없이 고요했다.

　콰득!

　백훈이 이를 악물었다.

　이대로라면 결과는 또다시 뻔했다.

　'그래, 어디까지나 이대로라면!'

　그 순간 백훈이 악운이 아닌 서태량의 몸을 밀어 무게중심과 도의 방향을 바꿔 버렸다.

'한 손은 열 손을……'

무게중심이 달라진 도가 악운의 예상을 웃돌아 급격하게 방향을 바꿨다.

악운의 일 장을 피해 바깥쪽으로 휜 것이다.

목표는 악운의 옷자락이었다.

"어림없습니다."

악운은 침착하게 양손의 방향을 바꾸려 했다.

그 순간.

'못 막아!'

회심의 미소를 짓는 백훈의 어깨 위로 속사로 쏘아진 두 발의 화살이 스쳤다.

'이제 소가주의 양손은 묶였다!'

한 손은 변수를 만들어 낸 서태량의 도를 막기 위해 뻗혔고, 다른 한 손은 또 다른 변수인 두 발의 화살을 막아야 한다.

최적의 판이 짜였다.

'내 일 검을 뻗을……'

화려하게 만개한 검초들이 머릿속에서 거미줄처럼 떠오른다.

아니, 아니다!

이것들은 전부 사부의 것이다.

사부는 틀렸다.

강수검결의 검초들은 화려한 꽃 따위에 비견될 수 없다.

'내 검은!'

백훈의 검기가 검을 감싼 것도 모자라 위로 솟구쳤다.

'격렬한 강이다.'

화아아악!

그의 검로가 지반을 따라 굽이칠 때마다 위로 솟구쳐 오르는 강물이 되었다.

악운이 지반이라면 백훈의 검은 강물이었다.

콰콰콰콰!

격렬한 검로가 악운을 거침없이 찢어발겼다.

검기에서 인 검풍이 주변에 사납게 휘몰아친다.

혼신의 혼신을 담아, 마지막 절초까지 뻗었다.

그렇게 마지막 일 검에 이르러…….

풀썩-!

백훈은 한쪽 무릎이 꺾였으나 쓰러지지 않기 위해 검에 지탱했다.

그리고 천천히 위를 올려다봤다.

악운은 여전히 건재한 채 그를 내려다보고 있었다.

"하……!"

백훈은 헛웃음을 흘렸다.

옆을 돌아보니 서태량은 이미 가슴을 가격당해 바닥에 대자로 뻗어 있었고, 금벽산은 활도 내팽개치고 주저앉아 있었다.

그래, 전부 상관없었다.

중요한 건 결과였다.

"……베었냐?"

악운은 단호하게 고개를 저었다.

"아니."

"빌어먹을, 거짓말이라도 좀 해라."

백훈은 악운이 어떻게 해낸 건지 하나도 궁금하지 않았다.

애초에 독문병기가 창인 놈이 양손만 쓴 마당이다. 알아봤
자 실력의 차이만 체감할 뿐이다.

"허탈하네."

"왜 허탈한지 이해가 안 되는데."

"결국 베지도 못했잖아."

악운이 한쪽 무릎을 꿇고 앉아 백훈과 마주했다.

"내 옷가지 좀 자른다고 달라질 건 아무것도 없어. 변화하
는 것이 있느냐 없느냐의 차이가 중요한 거지."

"그래서?"

"백 형은 동료들을 변수로 활용하고 절초를 쏟아부을 최
적의 판을 짰지. 그간 백 형이 해 온 여러 실전과는 달랐을
거야."

"그렇기야 했지……."

"그러면서 자연히 동료들의 역량과 한계를 마주하게 됐
어. 그럼 이다음은?"

"더 나아지도록 바꿔 가야지."

"그래, 같이."

악운은 백훈의 어깨를 툭툭 두드리며 다시 일어났다.

해 줄 대답은 충분한 거 같다.

남은 건 그들의 땀과 노력.

합을 맞추며 그들을 이끌어 나갈 백훈의 몫이다.

"그리고 마지막 일 점……."

"그건 뭐……."

악운이 진심을 담아 말했다.

"다른 변수는 다 예상했지만 그 검초는 진짜 놀랐어. 백형의 검초가 몇 마디 조언으로 그렇게 순식간에 달라질 줄은 진짜 예상 못 했거든. 소질 있네."

"그럼 뭐 해. 내기는 졌는데."

"내기는 없던 걸로 하자. 기력 회복을 위해 미리 준비해 놓은 단약과 기침(氣針)을 놓아 줄게. 휘하 가솔들 인솔해서 내 처소로 와."

그 말을 끝으로 악운이 막 돌아서려던 그때.

"다음엔."

백훈이 악운의 뒷모습을 보며 말했다.

"간담을 서늘하게 해 줄게."

"기대할게."

잠시 돌아섰던 악운은 백훈에게 환하게 웃어 준 후에 다시 걸음을 옮겼다.

그 모습을 지켜보던 서태량이 감탄했다.

"하…… 방금 웃음 보셨소? 우리 소가주님, 진짜 잘생기긴 하셨네. 사내인데도 떨리네."

금벽산도 고개를 주억거렸다.

"무공을 펼칠 땐 독사가 따로 없는데, 웃는 건 꽃이 따로 없군그래."

백훈이 혀를 내둘렀다.

"그러게 말이오. 갈수록 끼까지 부리는군. 점점 같이 다니기 싫어지고 있소. 얼굴 크기부터 비교되잖아."

금벽산과 서태량이 조용하게 고개를 끄덕였다.

❧

피식─!

악운이 웃었다.

시야에서 안 보일 만큼 멀어지기는 했지만 파장력을 통해 그들의 농담(?)을 전부 듣게 것이다.

'사실을 알아도 저렇게 농담이 나오려나 모르겠네.'

의미심장하게 미소 지은 악운이 소매 안감을 가볍게 털었다.

그러자 끊어진 실밥 두 가닥이 잠시 허공에 나풀거리며,

악운이 내민 손바닥에 놓였다.

"좌절 대신 독기를 품은 것 같으니, 진실을 모르는 편이 열의에 훨씬 보탬이 되겠지."

악운이 진실을 일부러 감춘 건 꿈에도 모르는 백훈은 그래도 굶진 않겠다며 행복해하고 있었다.

이번 수련으로 말미암아 악가뇌혼대에 무엇을 지원해 줄지 조금 더 명확해진 거 같다.

기대되는군.

'그나저나……'

악운이 먼 산을 바라보듯 남쪽을 향해 시선을 돌렸다.

먹구름이 껴서 그런가.

동료들의 성과와는 별개로 좋지 않은 기분이 묘하게 신경을 거슬리게 했다.

그 시각 악정호는 사마 각주가 직접 들고 온 보고를 받고 있었다.

"소가주의 제안으로 시작된 화홍단 추적과 연관 사건들이 이제야 드러난 거 같습니다."

"개인이오, 아니면 단체요?"

"각자 다른 단체에 속한 인물들이긴 하지만 그 인물들의 행동이 속해 있는 단체와 같은 뜻이라고 보기는 어려울 거 같습니다."

"개인적인 움직임일 수도 있다는 것이오? 어째서 그리 생각하시오?"

"우선 그 말씀을 드리려면 이 인물들이 드러난 경위부터 말씀드려야 합니다."

"듣고 있소."

사마 각주는 가래 낀 목소리를 한차례 가다듬은 후 한결 깔끔해진 음성으로 말을 이어 갔다.

"저희는 우선 소가주의 의견을 토대로 복밀검 연진승의 움직임을 쫓는 한편 화홍단에 첨가된 재료를 사들였던 상단을 탐색했습니다. 그리고 최근 산동성 임평의 백마상회라는 상단을 찾아냈습니다."

"백마상회라⋯⋯."

"예, 황보세가, 동진검가 그 어디에도 연관이 없는 신진 상단인데도 재료를 구입하는 역량을 보면 자금력이 상당합니다. 그리고 더 이상한 건 그 상단의 수장이 한 인물의 심복이란 점입니다."

"그게 누구요?"

"석가장 장주의 막내아들 석균평입니다. 석가장은 현재 지병이 깊어진 장주로 인해 그 아들들의 난이 예고되고 있으며 저마다 세를 넓히려고 충돌 중에 있습니다."

"석가장의 막내아들이 심복을 통하여 신진 상단을 설립했고 화홍단의 일부 재료를 사들인다라⋯⋯."

"그것이 끝이 아닙니다. 복밀검 연진승은 석균평과 친분 있는 관계입니다. 석가장이 항산파에 도납(都納)을 결정하는데 석균평이 크게 힘을 썼다지요. 그리고⋯⋯."

말을 잇는 사마 각주의 눈빛이 날카로워졌다.

"연진승은 나백과 황보정, 그 두 사람과도 관계가 깊습니다. 최근 산동성에 모습을 비치기도 했지요."

"그럼 운이의 말대로일 가능성이 높아졌구려."

"아닙니다."

"아니라니?"

"가능성이 아니라 실제로 그 일이 일어난 거 같습니다."

"그게 무슨⋯⋯."

"나백이 자신을 따르는 위맹각과 식객들을 이끌고 동진검가를 장악했으며 연진승의 중재로 황보세가에 투항했다고 합니다. 조만간 그 두 가문의 결의서가 진엽과 죽은 위맹각 무인들의 합동 장례에서 발표되리라 추정하고 있습니다."

"그럼 이 모든 판이 석균평이 우리 악가를 향해 내민 복수의 칼날이라는 것이오?"

"예. 정황뿐 아니라 모든 물적증거가 맞아떨어지고 있습니다. 분명히 결의서가 발표되는 날에 그들은 우리를 향해 전력을 쏟아부을 것입니다."

이쯤 되자 악정호는 동진검가 내부 판도가 궁금해졌다.

"장 대인은 어찌 됐소?"

"동진검가 내부 뇌옥에 갇힌 것으로 추정됩니다."

악정호는 말없이 골을 짚었다.

예상은 했지만 실제로 예상했던 일이 일어나자 머리가 아파진다.

"각 부처의 수장들을 불러 긴급 회동을 하셔야 할 거 같습니다."

"그렇게 합시다. 그리고……."

"예."

"운이와 독대해야겠소. 따로 불러 주시오."

사마 각주의 눈빛에 이채가 흘렀다.

하필 지금 시점에 악운을 부른다는 건 분명…… 단 한 가지 이유밖에 없을 것이다.

"하명하신 대로 하겠습니다."

사마 각주가 복잡해진 눈빛으로 물러났다.

❧

악정호의 부름에 따라 악운은 태평전을 찾았다.

"악가뇌혼대의 수련이 혹독하다더구나."

"예, 그래서 빠른 회복을 위해 비력단(肥力丹)을 복용시키고, 추궁과혈(推宮過穴)을 통해 뭉친 근육과 보조적인 치료를 위해 기침까지 놓아 주었습니다."

"병 주고 약 주고를 반복한단 뜻이로구나……."

악정호는 하필 독한 아들에게 붙잡힌 악가뇌혼대 희생양(?)들을 생각하며 안쓰러운 눈빛을 보였다.

"다들 좋아합니다."

"그건 아들, 네 생각이고……."

"……."

악정호의 맞는 말에 할 말이 없어진 악운이 자연스레 화제를 돌렸다.

"듣자 하니 곧 화룡각에서 긴급 회동이 열린다고 들었습니다. 그 전에 저를 부르신 연유가 무엇인지요?"

"사마 각주에게 어디까지 들었느냐."

"그저 아버지께서 찾으신다는 이야기만 들었습니다."

"그랬구나. 그럼 간략히 설명해 주마. 운이 네 추측이 옳았다. 모든 정황과 물증이 네 의견이 옳았다는 것을 가리키고 있어."

악정호는 사마 각주에게 받은 보고를 바탕으로 악운에게 현재 상황을 전달했다.

악운은 그제야 아버지가 따로 독대를 원했던 이유를 알 거 같았다.

"제가 독단적으로 행동할까 싶어 저를 따로 부르신 것이군요."

"부정하지 않으마. 잠깐 동안은 장 대인의 구금 사실을 네게 함구하게 할까도 고민했다."

"그런데도 제게 이리 말씀해 주시는 이유가 무엇인지요."

"그건 우리 가문의 신념에 어긋나니까."

"아버지."

"그래."

"저는 세 살짜리 어린아이가 아닙니다. 아버지가 합당한 이유로 제 단독 행동을 허하지 않으셨다면 저는 움직이지 않았을 겁니다."

"거짓말 같긴 하지만 꽤나 좋게 들리는구나."

"진심이에요."

"알아, 윤석아."

악정호가 악운의 머리를 쓰다듬고는 자리에서 일어나 방에 있는 창(窓)을 열었다.

은은한 미풍이 들어오며 악운의 머리카락 끝을 스쳤다.

"나백은 후환을 남겨 두지 않을 게다. 결의서가 선포되는 대로 구금되어 있는 인사들을 모조리 처형할 테지."

"네, 그렇게 되겠죠……."

"장 노야는 너희를 예뻐했다. 그리고 그 아들인 장 대인은 네 목숨을 구했고, 이유야 무엇이건 우리 가문을 위해 힘썼지. 아비는 그들이 결의서를 선포하고 본격적인 전면전에 돌입하기 전에 그를 구해 주고 싶다."

"제가 가겠습니다."

"누가 너를 혼자 보낸대?"

"예? 그런 말씀 아니셨습니까?"

"아냐. 아비 역시 나설 생각이다."

악운의 눈에 이채가 흘렀다.

"아비는 그간 네가 내 아들이란 이유로 험난한 일에 나서지 않길 바라 왔지만, 너는 아랑곳하지 않고 네 실력을 증명해 왔지. 이제 네 뛰어남은 가문의 수뇌들도 인정하는 바야."

악정호가 악운을 뜨거운 눈길로 바라보며 말을 이었다.

"해서 아비는 이번 전면전의 선발대에 널 세울 거야. 그리고 결의서 선포 전에 가문의 전력을 이끌고 제남을 공격할 거다. 너는 그 틈에 장 대인을 구출해. 내키지 않는다면 하지 않아도 좋고."

"이미 제 대답…… 알고 계시잖아요."

"내심 네가 못하겠다고 말하길 바라는 마음에서 한 번 더 물어본 게야. 자랑스럽기도 하지만 걱정을 떨치기가 쉽지는 않구나."

"우리 가문이 이제껏 전면전을 시작하지 않은 건 못해서가 아니라 '때'를 기다려 온 거잖아요. 너무 염려 마세요. 우리의 전력은 더 이상 그들에 비해 약하지 않아요."

악정호가 고개를 끄덕였다.

"그래, 준비는 끝났다."

악운이 자리에서 일어나며 씨익 웃었다.

"그 말씀, 기다리고 있었습니다."

~&~

화룡각의 긴급 회동이 시작됐다.

의외로 각 부처의 수장들은 크게 동요하지 않았다.

오히려 올 게 왔다는 반응들이었다.

회동을 주도하는 사마 각주가 간결하고도 일목요연하게 현재 상황을 전달했다.

"현재, 유 대주가 이끄는 악가상천대와 외원의 동호단(東護團)은 백우상단의 안가(安家)를 습격하기 위해 파견되어 있습니다."

백우상단의 안가.

이곳은 첫째 공녀가 회계장부를 조작해 빼돌린 물자들이 집결하는 곳이었다.

일전에 사마 각주의 의견을 귀담아 둔 악정호가 은밀하게 대대를 파견 보낸 것이다.

"습격이 성공리에 끝날 시 현재 노쇠한 시아버지와 유약한 남편을 쥐락펴락하고 있는 진엽의 딸 진려인은 크게 피해를 입습니다. 몰래 착복해 오던 재물인지라 되찾을 명분도 없고 그 피해 액수에 따라서 어쩌면 백우상단의 자금 사정이 크게 위태로워질 수 있습니다."

조 총관이 고개를 주억거렸다.

"백우상단이 흔들리면 그들의 막대한 도납으로 세를 유지해 오던 동진검가 입장에서는 꽤나 곤란한 입장이 되겠구먼."

"예, 그리되면 현재 자기 뜻을 거스른 가솔들을 무자비하게 가두거나 죽인 나백은 점점 더 고립무원의 처지가 될 겁니다."

지켜보던 언 대주가 물었다.

"그럼 가장 시급한 문제는 황보세가인 것입니까?"

"언 대주의 말씀대로 우리 악가를 가장 위협하는 것은 황보세가와 그들과 손잡을 항산파, 석가장 그리고 그 휘하의 태호상단이오. 그들의 개입을 고려하여 전력의 동선을 계획해야 하오."

"이보오, 사마 각주. 상황에 따라서 황보세가가 동진검가와의 연맹을 꾀하지 않을 가능성도 있지 않은가?"

보정각주 성 의원이 묻자 사마 각주가 고개를 저었다.

"저라면 그러지 않을 것입니다. 자비로 동진검가를 복속시키고, 평화롭던 산동성의 평화를 깬 공적으로서 산동악가를 택할 테지요. 황보정은 반드시 이번 기회를 활용할 것입니다."

장내에 잠시 침묵이 흘렀다.

쉽지 않은 일이었다.

현재 제남에는 나백과 손잡은 황보정이 황보세가의 주요 전력을 상주시켰는데, 나백의 편에 선 동진검가의 가솔들도 함께하고 있었다.

그뿐인가?

항산파의 검수들도 합류할 가능성이 높았다.

최근 동평에 합류한 삼당주 중 맏형 알하가 의견을 보탰다.

"가주님, 동평의 방비를 위해 전력을 나누게 된다면 전체적인 전력 면에서는 우리가 밀리게 될 겁니다."

둘째 어울이 고개를 끄덕였다.

"저 역시 큰형님 말씀에 동의합니다. 막내 너는 어찌 생각하느냐."

"사실 상황이 너무 번잡스러워서 성미에 안 맞습니다. 머리 쓰는 건 원래도 못하니 접어 두고, 당장 직접 키운 말을 타고 가서 쳐 죽이고 싶은 심정입니다."

술 좋아하는 단순한 노르의 대답에 장내에 잠깐 웃음이 감돌았다.

하지만 단 한 사람, 악운만은 그 말을 진지하게 생각했다.

"저, 한 말씀 올려도 되겠습니까?"

"해 보거라."

악정호의 허락에 악운이 노르를 쳐다봤다.

"저는 방금 삼당주께서 말씀하신 의견이 일리가 있다고 생각합니다. 우리가 그간 말에 많은 투자를 해 온 건 자금력 확보라는 문제를 해결하기 위해서였지만, 실은 가문 무인들의 기동력을 높이기 위함도 있지 않았습니까? 자금력 대부분을 털어 사들인 명마들이지요."

사마 각주의 눈빛에 묘한 이채가 감돌았다.

"기동력이라?"

"예. 더구나 세 분의 삼당주께서는 특히 지리에 밝으시지요. 어딜 가든 최단 거리가 머릿속에 있고, 날개가 될 수백 마리의 명마가 돕는다면 우린 빠른 기습과 후퇴가 가능한 가문입니다. 차라리…….."

좌중의 시선이 자연히 악운에게 쏠린 그때.

악운이 심중의 말을 마저 토해 냈다.

"태산을 치시지요."

예상 못 한 의견에 사마 각주의 눈이 번쩍 뜨였다.

오로지 제남으로의 전면전에 편중되어 있던 눈이 개안되는 기분이 든 것이다.

그 찰나 악정호가 고개를 저었다.

"안 된다. 그리되면 장 대인의 구출 계획을 대대적으로 수정해야 해."

"그럴 필요 없으실 겁니다."

"설마 세 명뿐인 악가뇌혼대만 이끌고 적진 안에 들어가기라도 하겠다는 게야?"

"예, 가능성이 있다면 걸어 보려 합니다. 사마 각주님, 쓸 만한 방법이 없겠습니까?"

악운은 더 입을 열지 않고 물러났다.

방향을 제시했으니 그에 맞게 길을 닦는 건 수뇌들이 해 주어야 할 몫이었다.

그리고 악운이 생각하기에 사마 각주는 그 기대에 부응할 수 있는 인물이었다.

호사량이란 걸출한 인물을 키워 낼 만큼의 그릇을 지닌 사내니까.

"있소. 아니, 있을 것이오. 가주님."

"말씀하시오."

"소가주 의견대로 우리 악가의 전력은 기동력을 통해 황보 세가의 본진을 타격하는 것이 현명해 보입니다."

"장 대인을 포기하자는 것이라면 나는 받아들일 수 없소. 미안하지만 그건……."

"저 역시, 그런 뜻으로 말씀드린 것이 아닙니다."

"하면 운이와 악가뇌혼대만 사지로 밀어 넣자는 것이오?"

"솔직히 말씀드리면…… 예, 맞습니다."

장내의 수뇌들이 웅성거렸다.

언 대주조차 눈살을 찌푸렸다.

"그건 말도 안 되는 일입니다. 가주님, 신(臣)이 함께 가겠습니다."

장내를 정리한 건 악운이었다.

"더 들어 보고 싶습니다만."

"그러십시다."

조 총관도 악운의 편을 들자 언 대주도 어쩔 수 없이 고개를 끄덕였다.

사마 각주가 그제야 입을 뗐다.

"제남으로 진입할 '관(棺)'을 활용하시지요."

'관'이란 단어를 듣자 악운의 미소가 짙어지기 시작했다.

사마 각주가 어떤 뜻으로 관을 언급했는지 알 것 같았기 때문이다.

악운은 이 순간 쓸 만한 인물이 하나 떠올랐다.

태산 출전에 대한 논의가 본격적으로 급물살을 타기 시작했다.

*　*　*

긴급 회동이 끝나고, 악운은 자리를 뜨는 조 총관에게 잠깐 시간을 내 달라고 요청했다.

당연히 조 총관은 허락했고 두 사람은 달빛이 은은한 정자로 향했다.

작은 연못 한가운데 자리 잡은 정자는 기존의 명칭 대신 '가은연(暇闇淵)'이라 쓰인 새로운 현판을 매달고 있었다.

"바쁜 시간을 빼앗는 것인 줄은 알지만 소가주와 이리 시간을 보내는 것이 오랜만이라 차 한잔 나누고 싶었다오."

"아닙니다. 저 역시도 화급을 다투는 일이 아니었다면 술 한잔 청했을 것입니다."

"늙은이를 이리 신경 써 주니 고마울 따름이오."

"저와 제 형제들에게는 조부와 같은 분이신걸요."

조 총관은 악운의 찻잔에 차를 따라 주는 것으로 대답을 대신했다.

"자, 소가주가 바쁜 와중에 괜히 나를 찾았을 리는 없고. 무슨 도움을 드리면 좋겠소?"

"대대에 속한 가솔들을 지원하고 싶어 총관님께 청할 것이 있습니다."

가문 내의 자금 관리는 대부분 정계각에 영입된 가솔들이 하고 있었지만, 가문 군수품의 출납 권한은 총관이 관리하고 있었던 것이다.

"병장기가 필요한 것이오?"

"예."

"모두 독문병기가 있지 않소?"

"그렇긴 합니다만 지금 것보다 품질이 나은 병장기들로 바꿔 줘야 할 거 같습니다."

"알겠소. 즉시 출입을 허가할 테니 직접 고르게끔 하시오."

"감사합니다."

"함께 싸우지 못해 송구한 건 나요. 별말씀을 다 하시오. 더 도울 것은 없겠소?"

"없습니다. 남은 건 성 각주께 말씀드릴 참입니다."

"무슨 이유로든 찾아가면 좋아하실 게요. 종종 내게 찾아와서 굳이 바쁜 나를 붙잡고 소가주 얘기를 많이도 하셨소."

"그러셨습니까……?"

"소가주가 말했듯이 소가주는 나나 그분에게나 친손자나 다름없소. 그러니 늘 신경 쓰이는 게지. 알고는 있겠지만 새삼 알려 줘야 할 거 같아 말하는 게요."

"예, 늘 명심하고 있습니다. 감사드리고 있고요."

"자, 차 식기 전에 더 드시오. 소가주를 믿고 동의는 했지만 제남에 홀로 보내는 것이 무척 신경 쓰이는구려."

"혼자가 아니니 크게 걱정 마십시오. 제 곁에는 가솔들이 있지 않습니까?"

"맞는 말이오."

악운은 조 총관과 마주 웃으며 동평을 떠나기 전 마지막 밤을 맞이했다.

문득 장 대인의 얼굴이 스쳐 지나갔다.

'만약 장 대인이 죽었다면……'

악운은 질끈 입술을 깨물었다.

그들은 그에 대한 여파를 감당해야 할 것이다.

"이제 가 보겠습니다."

"그러시오."

악운이 자리에서 일어나 성 각주가 있는 보정각으로 향했다.

오늘 밤이 가기 전에 제남으로 향할 본격적인 준비를 시작해야겠다.

오랜만에 만난 성 각주는 별 탈 없이 건강했고, 최근에는 후인을 양성하는 데에 많은 시간을 보내고 있다고 근황을 전했다.

"너도 알다시피 최근에는 치료 환단 생산량을 삼분지 일로 줄였지 않으냐."

"예, 동진검가와 거래를 끊은 지 얼마 되지 않아 황보세가 역시 더는 치료 환단을 구입하지 않겠다고 통보해 왔으니까요."

당연히 이제 남은 비력단과 은정단은 악가의 가솔들에게 보급되고 나머지는 가문에 보관될 예정이었다.

"덕분에 아이들이나 가르치고 오랜만에 유유자적 편히 쉬니……."

"편안하셨습니까?"

"아니, 죽을 맛이구나. 심심해서 그런지 머리도 더 빠지는 것 같다."

그녀는 하얗게 센 머리를 깔끔하게 빗어 올리며 투덜거
렸다.

악운은 말없이 웃음만 지었다.

하기야 마을을 구한 이후에도 쉬지 않고 치료 환단 조제와
보정각의 일에 매진해 온 분이다.

갑자기 여유로워진 일상은 적응하기 힘드셨으리라.

"그럼 부탁 하나 드려도 되겠습니까?"

"그러려고 온 거잖느냐."

"서운합니다. 꼭 목적 때문에 각주님을 뵙는 건 아닙니
다."

"못 보던 새 너스레만 늘었구나. 그래서 뭔데?"

그녀는 자세까지 고쳐 앉으며 흥미로운 눈빛을 보였다.

악운이 이리 찾아올 때마다 눈이 휘둥그레질 만한 일감을
갖고 왔었기 때문이다.

"별건 아닙니다."

"이제 안 믿는다."

"하하……!"

겸연쩍게 웃은 악운이 담담하게 의중을 털어놨다.

"비력단에 쓰인 재료로 새로운 환단을 조제해 보려 합니
다."

"비력단의 재료로?"

"네."

"이미 그 재료들을 통해 뛰어난 가성비를 지닌 조제법을 창안했지 않으냐."

"쓰임새의 목적이 다르다면 같은 재료라도 충분히 달라질 여지가 있습니다."

"흐음, 해 봐야 알겠지만 성분상 내공 증진과 같은 비약적 인 효과는 기대하기 힘들지 않겠느냐."

"내공 증진은 기대하지 않습니다."

"그럼 생각해 놓은 술식이라도 있느냐?"

"고안해 본 것은 있습니다만, 실제로 그게 가능한지는 각 주님의 조언을 얻어 실행해 보려 합니다."

"오, 그래? 어서 말해 보거라."

"비력단은 활력을 북돋우며 진탕된 기혈을 안정되게 하는 효과에 집중되었지요."

"그래, 그랬지."

"안정화시킬 때 가장 중요했던 재료는 방초(芳草)의 한 갈 래인 역성초(逆性草)였습니다."

방초란 향이 짙은 풀로써 삼켰을 시 강한 열기를 품고 있 는 것들을 의미했다.

그중 역성초는 독기라고 느낄 만큼 강한 열기를 지닌 약초 였다.

"역성초는 잘못 쓰면 열기가 머리로 끓어올라 광증(狂症)을 유발해 주화입마를 만드니까."

"예, 그래서 우리는 그것을 중화하여 역성초가 가진 열기를 다중 술식을 통해 여러 치료 효과로 바꿔 버렸지요. 저는 그 부분에 주목했습니다."

"계속해 보거라."

"열기를 가진 독초나 약초로 역성초의 열을 강화시키는 술식을 창안해 봤습니다."

"극열(極熱)을 내겠다……? 그리고."

"순수한 열은 가볍고 승합니다. 만약 그 열이 머리로 승하지 않고 순환을 택한다면 어떻겠습니까?"

"극열을 순환시킨다……. 설마……?"

"순환을 통해 나쁜 열은 빠져나가고 이로운 열만 남아 유사한 성질의 양기로 흡수되겠지요. 적당한 양기의 증강은 신체의 다양한 내성을 강화시켜 줄 겁니다."

대개 극열의 기운은 강력한 음기를 품게 하는 영약이나 약초 혹은 독초로 조화를 이루게 하고, 내공심법을 통해 남은 기운을 흡수하게 한다.

하지만 악운의 언급에 따르면 비싼 보조 재료들은 필요 없어지는 것이다.

"극열의 기운을 위로 승하게 하지 않고 순환시키는 술식을 찾은 것이구나."

"맞습니다. 열을 무겁게 하여 승하지 못하게 만드는 술식입니다."

"가벼운 속성의 열을 무겁게 할 수 있는 방법이라. 인체를 휘도는 건 기(氣)뿐만이 아니지. 피, 인체를 순환하는 혈로(血路)에 열을 실어 보내려는 게야."

악운은 고개를 끄덕였다.

열은 가벼워서 승한다.

하지만 피와 결합해 무거워진다면.

상승하지 못한 열은 본래의 성질을 버리고, 양기로 변형된다.

성 각주가 눈을 번쩍 떴다.

"성공만 한다면 양기의 증강으로 근골의 내성이 성장할 뿐 아니라 선천적 활력이 두세 배는 증강될 게다. 문제는 열을 어떤 재료를 통해 피와 결합시키느냐, 이것이구나."

"예, 가장 고심하고 있는 부분이었습니다."

"네 표정을 보니 그것까지 가닥을 잡은 거 같은데?"

악운이 긍정하듯 희미하게 미소 지었다.

"죽은 고독(蠱毒)을 써 보려고 합니다. 죽은 고독은 피에 결합하는 성질이 있고, 이를 통해 지혈용 약재로 많이 쓰인다고 알고 있습니다. 환단 조제에 그것이 포함된다면 제가 원하는 연단술식이 성공할 가능성이 높다고 봅니다."

"글쎄. 확답은 못 하겠지만 가능성은 충분히 있는 술식처럼 들린다. 한번 해 보자꾸나."

"첫 시제품은 제가 직접 시험해 보겠습니다."

"위험할 텐데?"

"괜찮습니다. 한두 번 해 본 것도 아닌걸요. 충분히 감당 가능합니다."

악운은 확신에 찬 눈빛을 보였다.

그건 그간의 공부를 통해 생긴 확신이었다.

태양연목, 국화귀서 그리고 성 의원의 가르침까지…….

배움은 충분했고 천휘성의 조제 경험도 함께한다.

결코 실패할 리 없었다.

"떠나기 전에 각주님께 조제를 부탁드려도 될까요?"

"내게? 직접 하지 않는 걸 보니 달리 준비할 것이 남아 있는 모양이구나."

"예, 아시다시피 갑자기 잡힌 일정이어서요."

"오냐, 알았다. 네가 만들어 놓은 술식에 큰 문제가 없다면 보인루의 재고를 통해 새벽 안에 끝내 놓을 수 있을 게다."

'보인루(寶絪樓)'는 약재, 환단 등의 재고와 품질을 관리하는 전각으로 현재 이곳은 성 각주와 보정각의 가솔들이 책임지고 있었다.

"늘 감사드립니다."

"별소리를 다 한다. 되레 심심했던 차에 소일거리를 가져 다준 것이 고마울 따름이야."

성 각주가 시원한 미소를 지으며 소매를 걷어붙였다.

"간만에 실력 발휘 좀 해 보겠구나."

연단술식만 틀리지 않는다면 그녀는 약조한 그대로 환단을 조제해 줄 것이 분명했다.

다음 행로는 대장간이었다.

❧

동평 동쪽 부지.

한동안 동림(東林)과 서림(西林) 두 곳으로 구분되었던 이 부지는 예전과 다르게 냉랭한 분위기 대신 활력이 감돌고 있었다.

동진검가와 황보세가가 전면전을 개전하자마자 대부분의 병장기과 인력을 철수시킨 게 가장 큰 이유였고.

동진검가와 전면전을 선포한 산동악가가 동림(東林)을 제압한 것이 두 번째 이유였다.

그 후 황보세가까지 산동악가에 서림(西林) 부지를 본래 구입했던 가격의 절반 가격에 팔아넘기고 떠났다.

그들로 인해 벌어졌던 갈등 상황이 종식된 것이다.

분위기가 삽시간에 변했다.

먼저 밀려들던 탄원서가 씻은 듯 사라졌으며 그들이 세웠거나 혹은 세우다 멈춘 건축물을 중심으로 산동악가의 군수 창고와 대장간이 빠른 속도로 증축됐다.

문제는 대장간을 운영시켜 나갈 야장(冶匠)의 숫자였는데, 그 문제는 의외로 쉽게 해결되었다.

　유준이 재야에 묻힌, 알고 지내던 야장들을 산동악가의 가솔로 영입시킨 것이다. 대부분 명성이 자자하지는 않아도 실력이 괜찮은 야장들이었다.

　그리하여 동쪽 부지는 이제…….

　"철명루(鐵明壘)라……."

　한 관문 앞에 선 악운은 목조 관문에 걸린 커다란 현판을 올려다보고 있었다.

　동쪽 부지로 진입하는 초입길.

　벌써부터 밤낮을 가리지 않고 병장기를 두드리는 장인들의 망치 소리가 들린다.

　다시 생각해 봐도 기회가 왔을 때 유준을 영입한 건 현명한 선택이었다.

　오랜 세월을 버텨 온 암상에게는 살아남을 많은 패들이 준비되어 있었고, 그건 악가에 다양한 활로를 제시할 수 있는 길잡이 역할을 했다.

　"뭘 그리 흐뭇하게 웃어?"

　백훈이 곁에 서서 물었다.

　악운이 철명루 초입으로 악가뇌혼대를 소집한 것이다.

　"아냐, 아무것도."

　악운은 고개를 저은 후 다시 걸음을 옮겼다.

"그나저나 철명루로 온 걸 보아하니 우리 셋 모두 무장시켜 주러 온 거 같은데."

"맞아."

"갑자기 왜?"

백훈의 반문에 악운은 금벽산과 서태량을 함께 돌아봤다.

현재 상황을 전해 줘야 할 때가 온 거 같았다.

"우린 현재 중요한 시점에 와 있습니다. 언급한 대로 조만간 황보세가는 동진검가를 복속시킨 것도 모자라 우리 가문을 향해 칼을 들이밀 겁니다."

갑작스러운 악운의 이야기에 세 사람의 표정이 눈에 띄게 굳어졌다.

"우린 그 전에 움직이려 합니다. 오늘 가주님의 하명이 떨어졌고 우리는 제남에 갇혀 있는 인질을 구하기로 했습니다."

잠자코 듣고 있던 백훈이 나직이 물었다.

"인질? 누구?"

"동진검가의 집의전주 장설평."

백우상단과 원한 관계에 있는 서태량의 표정이 심상찮게 변했다.

"소가주님, 대체 우리가 그자를 왜 구해야 합니까?"

"장 대인은 진엽과 나백에 의해 친부가 주검이 되어 버리는 것을 무기력하게 지켜봤습니다. 그 후 첩자로 활동하며 우리 악가가 기틀을 잡는 데에 많은 도움을 주었습니다. 저 역시 목숨을 빚졌지요."

악운의 눈빛이 가라앉았다.

"제가 그분을 구해야 할 이유는 가솔로서도, 개인으로서
도 충분합니다. 내키지 않는다면 이번 일에 참여하지 않아도
이해하겠습니다."

사실 이 이야기는 서태량 단 한 사람에게만 해당되었다.

금벽산과 백훈은 오히려 환영했다.

"나야 뭐…… 황보세가와 한판 붙겠다는데 피할 건 없겠
지."

"금 형, 기세 좋은데? 서 형은 어쩔 거요?"

백훈의 물음에 모든 일행의 시선이 서태량에게로 모아졌
다.

서태량은 인상을 구긴 채 잠시 아무 말도 없었다.

얼마쯤 흘렀을까?

고민하던 서태량이 악운에게 단도직입적으로 물었다.

"하나 물어도 됩니까?"

"네."

"그가 소가주님에게 그리 중요한 사람입니까?"

악운은 지체 없이 입을 열었다.

이미 이 질문에 대한 대답은 예전부터 준비되어 있었다.

"가문과 가솔들을 위해 필요한 사람이 될 겁니다. 크게 쓰
이리라고 장담하지요. 아니, 장 대인은 반드시……."

악운이 힘주어 덧붙였다.

"산동악가의 가솔이 되어야 합니다."

그렇게 정했으니까.

"좋습니다."

결국 서태량이 동의하듯 고개를 끄덕였다.

"내키진 않지만 저는 소가주님께 큰 은혜를 입은 몸입니다. 어디에서도 받을 수 없는 은혜를 입은 분께서 아끼는 사람이라면 반드시 구해 내야겠지요."

"아마 동진검가의 폐부를 찌를 계획이 될 겁니다."

"그럼 더욱 좋고요."

서태량이 굳은 표정을 풀고 씨익 웃었다.

"가죠."

그제야 네 사람은 같은 방향으로 걸음을 옮길 수 있었다.

"여기인가."

황보정은 동호각, 가주의(家主椅)를 보고 있었다.

동진검가의 가주전인 동호각은 모든 구석구석이 진엽의 손때가 묻은 장소였다.

"조각품, 청자, 그리고 벽에 장식된 검이 전부 다 날카롭게 벼린 칼날 같구려. 진 가주의 대쪽 같은 성정을 보는 것 같소."

곁에 선 나백은 아무 말도 하지 않았다.

사실 참담하기 그지없었다.

이런 꼴을 보려고 진엽과 함께 살아온 세월이 아니었다.

언젠가 양분한 황보세가를 집어삼키고 산동성의 완벽한 패주로 자리 잡자고 수천 번 결의를 반복했건만…….

'내 형제는 어디 있는가.'

잿빛이 된 나백의 눈동자에서는 더 이상 과거의 활력은 찾아보기 힘들었다.

그는 침묵 속에 황보정이 가주의 앞으로 다가가는 걸 바라만 봤다.

"나 대인, 굳이 이 자리를 마다하는 이유가 무엇이오? 무슨 이유로든 소가주와 그 일가족을 처형시키면 이 자리를 얻는 건 게 눈 감추듯 쉬운 일이잖소."

"내 자리가 아니기 때문이오. 그 자리는 오로지 내 형제를 위한 자리였어야 했소."

나백은 일전의 일이 스쳤다.

진엽의 모든 부인과 후계자들을 포함해 함께하지 않은 자들을 참하거나 가둬 버린 일들이…….

백우상단에 있는 첫째 공녀는 크게 신경 쓰지 않았다.

어차피 출가외인이다.

가문의 사정을 들었을 테니 몸을 웅크리고 눈치를 볼 것이다.

기껏해야 백우상단을 통해 장례에 필요한 관이나 제남으로 보내 놓는 게 그녀가 할 수 있는 전부이리라.

"과연 대단한 충정이오. 나 대인, 나는 그대가 점점 더 탐나고 있소."

"다 늙어 빠진 자를 뭐 하러 그리 탐내시오? 나는 이미 본가의 많은 것을 내드렸소. 약조만 지켜 주신다면 나를 제외한 본 가의 나머지 것들도 모두 다 내드릴 참이오. 그만하면 충분하시지 않겠소?"

"은거할 것이오?"

나백은 고개를 저었다.

"그럼?"

"산동악가의 놈들을 모두 다 도륙한 후 자결할 것이오."

나백이 하얀 이를 드러내며 환하게 웃었다.

준비는 끝났다.

구출

주저리주저리 혼자 신세 한탄을 떠든 것도 잠시, 그새 그
게 지겨워진 구석출은 옆에 앉은 기녀를 못마땅하게 쳐다
봤다.

꿀꺽꿀꺽.

술을 들이켠 구석출이 트림을 하며 말했다.

"꺼억. 앵앵이를 데려와라. 네년 얼굴 보고 있자니 지겨워
죽겠다."

"구 대인, 앵앵이는 요새 얼마나 바쁜데요. 오늘은 소녀로
만족하셔요."

점박이 기녀가 화사한 미소를 지으며 그를 달랬지만 구석
출의 얼굴은 점점 더 붉어졌다.

"이년이……! 네깟 년도 날 무시해?"

한때, 백우상단을 주름잡는 거물이 되겠다고 야망을 품었던 구석출은 강한 열등감에 사로잡혀 있었다.

처음에야 좋았다.

산동악가 소가주에게 죽을 뻔했지만 위기를 잘 넘겼고 송검문을 옭아맬 증좌까지 넘겨받았다.

그리고 소가주와의 약속대로 진려인을 통해 이 모든 일을 전달했다.

그때까지만 해도 큰 꿈에 부풀어 있었다.

진려인의 심복이 되어 백우상단을 휘젓는 꿈!

하지만 현실은 개차반이었다.

되레 진려인은 필요한 증좌들만 냉큼 빼앗아 가고, 산동악가와 거래를 한 첩자 취급을 해 댔다.

행수 자리는 보존됐지만 좌천됐다.

그 꼴을 본 휘하의 호병(護兵, 상단 위사) 놈들 역시 부리나케 떠났다.

그리고 돌고 돌아 정착한 곳이 관을 제작하고 실어 보내는 안구 지부다.

겨우 시체 옮기는 관의 운송이나 맡게 된 것이다.

'겨우겨우 말이지.'

구석출의 눈에 광기가 돌았다.

그 순간, 기녀가 인상을 찌푸렸다.

"어이."

"어이?"

"네가 예전에나 백우상단 뒷배를 믿고 까불었지, 요즘도 똑같은 줄 알아? 기녀는 돌아가는 사정도 모르는 줄 아나. 백우상단 완전 망했어, 덜떨어진 새끼야!"

그녀에게 그릇을 던지려고 했던 구석출이 헛웃음을 흘렸다.

"이년이……! 갑자기 실성이라도 했나!"

그래 봤자 여긴 보호비를 낼 돈도 없어 쩔쩔매는 작은 기루다.

'여기를 지키는 인력이라고 해 봤자 파락호 출신들뿐인데……?'

혹시나 싶어 잠깐 주춤했던 구석출이 다시 손에 힘을 주고 상을 통째로 엎었다.

"네년 오늘 아주 잘 걸렸다. 네년 몸뚱이 하나 죽는다고 이 잘난 기루가 어디 꿈쩍이나 하나 보자."

벌떡 일어난 구석출이 널브러진 그릇을 그녀에게 던졌다.

"꺄악! 살려 주세요!"

"살려 주길 뭘 살려 줘, 이년아!"

구석출이 그녀가 쓰러지는 꼴을 기대한 그때였다.

쾅!

문을 박차고 들어온 검객이 엎어진 상을 반으로 베어 버린 후 여세를 몰아 구석출의 가슴을 걷어찼다.

"커헉!"

구석출은 벽에 한번 부딪혔다가 음식과 함께 바닥을 나뒹굴었다.

"끄으으……!"

구석출은 가슴뼈가 으스러진 거 같은 화끈한 통증을 느끼며 벌벌 떨었다.

"나, 배, 백우상단 행수 구, 구석출이야! 누, 누가 나를 건든단 말이냐!"

구석출은 애써 두려움을 감추고 발악했다.

"닥쳐라. 이를 다 뽑아 짓이기기 전에."

콰악!

난입한 검객은 그런 건 신경도 쓰지 않는지 구석출의 머리채를 잡아채 그대로 들어 올렸다.

번쩍!

그 찰나 구석출의 소매 안에서 칼날이 튀어나왔다.

"어설프다."

검객은 검을 역수로 취해 비수를 튕겨 내고, 다시 구석출의 안면을 주먹으로 내리찍었다.

퍽! 쿠당탕탕!

한 번 더 바닥을 나뒹굴자 구석출은 순식간에 정신이 혼미해졌다.

"사…… 살려 주시오. 대인, 제발!"

구석출은 줄줄 새어 나오는 핏물을 닦아 낼 생각도 못 하고 바닥에 냉큼 엎드렸다.

살아야겠단 생각밖에 들지 않았다.

"에라이, 퉤! 쓰레기 같은 놈."

기녀는 한껏 의기양양해진 눈빛으로 구석출의 뒤통수에 침을 뱉고 돌아섰다.

"송구합니다. 대인께서 아끼시는 기녀인 줄 모르고……."

구석출은 감히 대들지도 못하고 싹싹 빌었다.

"수고하셨소. 여기 보답이오."

서태량은 딱히 구석출은 신경 쓰지 않고, 기녀에게 돈주머니를 건넸다.

"어머, 많이도 넣으셨네. 종종 들르세요. 아셨죠?"

기녀는 주머니를 품에 넣으며, 나가기 전까지 추파를 던졌다.

그 후 방갓을 쓴 세 명의 사내가 방 안으로 합류했다.

"고개 들어."

동시에 구석출의 귓가에 낯익은 목소리가 들렸다.

'방금 난입한 괴인의 목소리가 아니다.'

자주 듣던 목소리는 아니지만 기억 속에 강렬하게 남은 목소리였다.

구석출은 천천히 고개를 들며 눈을 뒤룩거렸다.

"날 알아보겠나?"

수장으로 보이는 사내가 슬쩍 방갓을 들어 올려 얼굴을 드러냈다.

그제야 구석출의 눈이 휘둥그레졌다.

누군지 단숨에 알아본 것이다.

"소, 소가주……!"

어찌 기억하지 못하겠나.

그의 삶을 성공 가도에 올려 놓은 사내이며, 동시에 바닥으로 추락하게 만든 사내이기도 했다.

그를 만나지 않았다면 좌천되지 않았을 테니까.

"기대도 안 했지만 여전히 쓰레기같이 사는군."

악운은 벌벌 떠는 그를 내려다봤다.

애초에 옆방에 있던 악운은 매수한 기녀를 통해 그가 자기 정보를 주저리주저리 떠들게 했다.

확실히 그의 속마음은 백우상단을 향해 적대적으로 변해 있었다.

'백우상단 내에서 요직을 맡으리란 내 예상과는 다르게 흘러간 건가.'

사실 악운이 그를 수소문해 찾아온 건 지금과 같이 백우상단이 흉흉한 마당이라면 그가 단숨에 배신을 택하리라는 확신이 있어서였다.

곪은 종기 같은 인물을 매수할 셈이었던 것이다.

그런데…….

'굳이 설득할 필요도 없겠군.'

진려인은 모든 이익을 독식하고, 구석출을 땅바닥까지 추락시켰다.

악운이 예상 못 한 이로운 변수였다.

"한탕 크게 하고, 백우상단에 복수하고 싶지 않나?"

"……?"

예상 못 한 제안에 구석출이 꿀꺽 마른침을 삼켰다.

'나를 필요로 한다?'

생각할 것도 없는 일이었다.

"저, 저를 어디에 쓰시려고……."

"마침 장례를 위한 관의 출납을 이곳에서 한다고 들었어. 이를 통해 내 사람들을 동진검가 안으로 들이고 무사히 빠져나오는 걸 도왔으면 좋겠는데?"

"그, 그럼 제남에?"

구석출은 머릿속이 복잡해졌다.

이건 단순한 일이 아니었다.

자칫하면 황보세가와 동진검가 모두를 적으로 돌릴 중차대한 일이었다.

"상당한 금액의 착수금을 주지. 감히 만져 보지도 못할 금액이야."

구석출은 말없이 마른침만 삼켰다.

그 당시 약조를 지킨 이는 악운뿐이었다.

백우상단도, 동진검가도 오히려 빼앗기만 했다.

"그들에게 사실대로 고하고 큰 보상을 받을 것이란 아름다운 생각은 더는 하지 않는 게 나을 거야. 그게 안 된다는 것쯤은 충분히 경험해 봤을 텐데?"

구석출의 떨림이 조금씩 잦아들고 흐리멍덩했던 눈동자에 번들거리는 욕망이 들끓었다.

"뭐든, 뭐든 하리다. 소가주께서 시키시는 일은 뭐든 하겠소."

납작 엎드린 구석출과 함께 악운이 고개를 돌렸다.

"이제 갑시다."

사마 각주가 촘촘히 짜 놓은 계획 위에 악운이 심어 놓은 구석출이란 변수가 감초 역할을 하기 시작했다.

❧

황보정은 동호각 내에서 황보세가의 가솔들만 소집하여 회동을 진행했다.

한때 진엽이 머물던 동진검가의 대장원은 이제 황보세가의 전력이 장악한 지 오래였다.

황보정은 가주의에 앉아 수염을 쓸어내리며 물었다.

"진행하라."

"예, 가주님."

갈운정이 일어났다.

그는 황보세가의 정보 수집과 중요한 전략을 세우는 집단, '태형각(太烔閣)'의 수장이다.

암묵적으로 회의는 늘 그를 중심으로 진행되어 왔다.

"제남에 주둔하기 시작한 이후 우리 가문은 나 대인의 도움을 통해 이미 충분한 성과를 거뒀습니다."

촤락-!

갈운정은 대청 가운데 세워진 거치대에 제남, 동평, 태산 등 주요 거점지가 그려져 있는 전도를 펼쳤다.

"백우상단의 도납과 제남 일대의 보호비는 우리 황보세가로 이전되기로 계약을 맺었으며, 현 동진검가의 인력과 가솔들은 현 상태를 유지하되 결의서 선포가 끝난 후에 여기, 평음에 진을 칠 것입니다."

갈운정이 지휘봉으로 평음을 가리켰다.

평음은 동평과 가까운 도시였다.

산동악가로 이동 중에 잠시 머무르기 위한 전초 도시로 활용도가 높았다.

동진검가와 황보세가가 주로 충돌했던 주요 도시 중에 괜히 평음이 껴 있었던 게 아닌 것이다.

"산동악가는 최근 그들의 힘이 닿는 영역에 최소한의 인력만 두고 동평으로 전력을 집중하고 있습니다. 이동하는 물자가 상당하다고 합니다."

황보정이 눈살을 찌푸렸다.

"대자사 습격을 통해 이룩한 금력(金力)을 기반으로 움직이고 있는 것인가."

"예. 큰 역할을 한 것 같습니다. 게다가 우리와의 교류가 끊어지기 시작한 시점부터는 경계 태세에 들어간 것으로 보입니다."

벽력성운단(霹靂星雲團)을 책임지는 계 단주가 말했다.

"분위기가 심상찮음을 느낀 것일 테지요. 가주님, 놈들의 기습적인 선공도 고려해야 합니다."

갈운정이 고개를 저으며 황보정에게 말했다.

"악운이 젊은 나이에 화경에 이른 것이 놀랍기는 하지만 그것만 믿고 진격해 오긴 힘듭니다."

황보정이 고개를 끄덕였다.

"오히려 문제는 외부 개입의 유무이겠군. 소림과 산동악가의 접촉 여부는 알아보았는가?"

"송구합니다. 지닌 모든 인맥을 동원하여 소림의 개입 흔적을 찾고 있지만 알아낼 길이 요원합니다. 어쩌면 소림의 뜻이 아니라 소림 내부 인사의 개인적인 행사가 아닐까 싶습니다. 산동악가와는 무관한 일로 보입니다."

황보정은 아직도 노여움이 쉽게 가시질 않는지, 손끝을 분노로 파르르 떨고 있었다.

와드득─!

이가 갈리고 노여움에 손까지 떨린다.

그녀 몸속에 담겨 있는 영약의 기운을 흡수하고자 오랜 시간 대법에 필요한 방중술을 익혀 왔다.

'머지않았건만.'

그런데 그것이 하루아침에 날아간 것이다.

"어떤 놈이 감히……."

갈운정은 그 모습을 보며 마른침을 꿀꺽 삼켰다.

이 일에 일부 고용되었던 낭인들은 가주의 친위대, 진청중검대(震淸仲劍隊)에 의해 처형됐으며 책임자인 갈지평과 호왕단의 일부 고수들마저 곤장 서른 대를 감내해야 했다.

'다행인 일이지.'

아들이 크게 다쳤지만, 갈운정은 그 일이 이 정도로 마무리된 것만으로도 다행이라 생각했다.

야망을 위해 친인척은 물론 형제까지 칼로 베고 짓밟으며 올라선 사내다.

자칫 갈지평을 잃을 뻔한 사건이었다.

"어떻게든, 계속 추적을……."

갈운정이 황보정의 눈치를 보며 입을 연 그때.

"되었다."

의외로 황보정은 좌우로 고개를 저었다.

"그만한 소림의 절학이 유출되었을 리 없으니, 그자는 반드시 소림의 중한 인물일 테고…… 괜히 소림을 건드렸다간 현재 우리가 앞두고 있는 거사가 흔들릴 여지가 있다. 추격은 이쯤에서 정리하라. 어차피 죽을 날 얼마 안 남은 년만 데려가고자 한다니 원하는 대로 해 줘야겠지."

갈운정은 재빨리 고개를 숙였다.

"하명을 받잡겠나이다."

"지금은 동진검가를 장악하고, 산동악가의 움직임을 파악하는 데 심혈을 기울여야 할 것이야. 제남 경계는 어찌 서고 있지?"

"현재 뇌진검대와 수미중정단(須彌中庭團)을 이끌고, 동진검가 내부 장악을 마무리 짓고 있습니다."

"그리고?"

"벽력성운단과 호왕단은 태산진검대(泰山鎭劍隊)와 함께 외부 경계 태세에 들어갔습니다. 그 외 항산파의 검수들과 석가장의 식객은 결의서 전날에 도착한다고 합니다."

황보정의 굳은 표정이 조금씩 풀어지고 있었다.

소림의 일을 제외하면 모든 일들이 뜻대로 되고 있었던 것이다.

하지만 그럼에도 황보정은 끊임없는 불안함에 사로잡혀 있었다.

세상에는 결코 믿을 놈이 없다.

"다들 안심하지는 말라. 항산파와 석가장의 지원이 있다지만 우리 가문이 약해지면 제일 먼저 우리의 것을 탐할 자들이다. 최선을 다해 대비해라."

황보정은 그리 말하면서도 내심 흡족했다.

동진검가와 산동악가를 단번에 복속시키고 산동성을 차지한 위대한 패주.

마침내.

황보철의 그림자를 모든 가솔의 머릿속에서 지워 버릴 날이 다가오고 있었던 것이다.

❧

"대주님, 두 번째 창고의 물자 또한 장부와 같습니다. 청자 스무 짝과 목계의 산수화를 포함한 명화(名畫) 열다섯 점……."

"부대주."

듣고 있던 황보여진이 부대주의 말을 끊었다.

"예."

"세 번째 창고로 먼저 이동해 있을 테니까 마무리하고 뒤따라와."

"알겠습니다."

황보여진은 그 말을 끝으로 세 번째 창고로 걸음을 옮겼다.

현재 그녀는 가솔들을 이끌고 동진검가의 내부 장악에 앞장서고 있었다.

말이 내부 장악이지, 실상은 동진검가에 넘겨받은 장부를 통해 재산을 몰수하는 과정일 뿐이었다.

이미 동진검가의 검수(劍手)들은 동진검가의 사정이 어떻게 돌아가든 크게 신경 쓰지 않는 눈빛들이었다.

마지막 결전을 앞둔 자들 같다.

하지만…….

'산동악가가 과연 예상하지 못했을까?'

물론 황보세가의 동진검가 복속은 갑작스러웠을지도 모른다.

항산파의 중재와 나백의 난으로 시작된 격변이었으니까.

그럼에도 황보여진은 황보세가에 그 어떤 협상 사절단도 보내지 않는 산동악가가 거슬렸다.

'돌아가는 정세가 불리하다는 걸 누구보다 잘 알 텐데, 어째서 아직도 차분하게 상황을 지켜보는 것일까? 대체 뭘 믿고?'

황보여진은 문득 산동악가에서 언급한 이야기가 스쳐 지나갔다.

─절명검마는 혈교의 전인이 아니었소.

그들은 절명검마의 진짜 사문을 산동악가가 알아낸 것처럼 굴었다.

부정했던 진엽과 달리 만약 그게 사실이라면?

'설마 그 사문의 합류를 믿고 있는 것일까?'

우뚝.

황보여진은 걸음을 멈춰 세웠다.

나백에게 가야 할 거 같다.

그녀는 곧장 위맹각으로 방향을 바꿨다.

❧

위맹각, 나백의 개인 연무장.

"나를 찾아온 이유가 무엇인가."

나백은 붉은 수건으로 이마의 땀을 닦았다.

수련을 멈춘 것이 짜증 나는 듯했다.

"물어보고 싶은 게 있어 찾아왔어요. 절명검마의 일에 대해 자세히 알 수 있나요?"

단도직입적인 그녀의 질문에 나백은 잠시 아무 말 없이 그녀를 응시했다.

"본 가가 해 온 그간의 행사들은 황보세가 측에서도 조용히 묻어 주기로 했네만."

나백의 눈빛에 날이 섰다.

"그건 어디까지나 내가 가주님께 보고드린 선 안에서의 내용이었을 뿐이에요. 절명검마의 일은 확실하지 않기에 언급하지 않았을 뿐이죠."

"그럼 계속 함구하면 될 것을, 굳이 이제 와 긁어 부스럼을 만드는 이유가 무엇이지?"

"동진검가 가주께서 돌아가시던 날, 산동악가에서는 이런 말을 했어요. 절명검마의 사문은 혈교가 아니며 모든 건 은폐되었다고요. 그 부분에 대해 더 자세히 듣고 싶군요."

"이 말도 안 되는 얘기를 계속 들어야 하나? 이미 난 치욕을 충분히 감내했고, 황보세가에도 편의를 봐줬네."

서서히 적의를 드러내기 시작하는 나백에게 그녀가 재빨리 말을 덧붙였다.

그녀도 나백과 갈등을 빚고자 온 게 아니었다.

"만약 그들이 진짜 진실을 알아냈고 그 사문이 산동악가에 합류하게 된다면요?"

나백이 피식 웃었다.

"우습군."

"왜 비웃는 거죠? 합당한 추론인데요?"

"천하의 황보세가가 이미 죽은 절명검마의 사문 따위를 두려워하는 게 웃기지 않나? 본 가의 전력까지 합류한 마당인데 말이야."

"……."

"아마 황보 가주께 말씀드려도 대답은 나와 똑같을 걸세. 이미 산동세가의 멸문을 향한 문파전은 그 누가 개입하든 거스를 수 없네."

묘한 긴장감에 황보여진은 마른침을 삼켰다.

나백의 말의 요지는 단 하나였다.

'막지…… 마라, 이건가?'

그녀는 결국 고개를 끄덕였다.

"틀린 말도 아니니 어쩔 수 없이 납득해야겠군요."

"악운, 그놈이 물건이긴 물건이었나 보군."

"그게 무슨 말이죠?"

"황보세가의 진영엔 우리뿐 아니라 장례일 전날 항산파의 검수까지 합류할 걸세. 거대 문파 정도는 움직여 줘야 우릴 막을 수 있단 얘기지."

나백의 눈빛이 뜨거워졌다.

"하지만 그만한 거대 문파가 세력 확장을 위해 개입한다면 대척점에 있는 다른 세력도 가만히 있진 않을 것이야. 그런데 근래에 그런 조짐이 있었나? 그 어떤 거대 세력도 산동악가에는 관심이 없지."

"……."

"조금만 생각해 보면 될 일을 이리도 긴장하고 있다니, 그놈에게 잔뜩 겁을 먹어 그런 것인가?"

치욕스러운 이야기에 황보여진의 얼굴이 붉어졌다.

그 찰나.

발끈한 마음에 진엽의 죽음을 언급하려던 그녀는 이내 그럴 생각을 접기로 했다.

갈등을 빚어 봤자, 어차피 그들은 산동악가와의 문파대전에 모든 걸 내건 패배자들일 뿐이다.

'철저히 이용할 때까지는 굳이 부딪칠 필요가 없겠지.'

그녀는 애서 마음을 다스리며 한 발 물러났다.

"좋은 말씀 잘 들었어요. 이만 가 보죠."

황보여진은 더 이상 나백과 대화를 길게 잇지 않고 자리에서 물러나는 것을 택했다.

솔직히 틀린 말도 아니었다.

악운의 신위는 그만큼 그녀에게 강렬했다.

그리고 빼앗긴 독문병기는 자존심상 돌려 달라고 청하지도 못했다.

'젠장, 개자식 같으니라고!'

그녀는 머지않은 결의서 날을 기다리며 이를 갈았다.

그래, 산동악가는 이 커다란 흐름을 막을 수 없을 것이다.

❦

산동성은 격동했다.

맹호지난(猛虎之亂)이라 명명된 나백의 반란 직후.

동진검가가 공식적으로 황보세가의 휘하 세력이 되겠다고 공식 성명을 발표한 것이다.

이로써 동진검가와 황보세가의 문파대전은 완전히 종전됐

고, 상호 합의의 예우로 그들은 진엽의 장례를 함께 치르기로 했다.

대규모 합동 장(葬)이 열린 것이다.

공식 발표 전에 전달된 부고장은 산동성 내의 전장, 표국, 상단, 기인 등에게로 향했고 한자리에 모이기 힘든 사람들이 하나둘 제남에 모여들기 시작했다.

마침내 황보정과 나백이 기다려 왔던 '결의서' 발표가 코앞으로 다가온 것이다.

꽃

다그닥. 다그닥.

진려인은 상복 차림으로 마차에 타고 있었다.

나백의 얼굴을 떠올릴 때마다 치가 떨렸다.

'대세를 거스르진 못할 테니 상단을 통해 관이나 만들어 보내라고?'

그 전서구를 받자마자 얼마나 분노했는지 모른다.

하지만 틀린 말이 없었다.

이미 나백과 황보세가는 동진검가를 완벽히 지배했다.

잘 보이려 했던 아버지도 돌아가셨으니 이제 그녀에게 남은 건 모친과의 재회와 백우상단을 완벽히 가지는 거였다.

그래서 그녀는 순순히 관과 관곽을 안구에서 직접 제작하여 이송하라고 하명하고는 상단이 있는 악릉에서 출발했다.

백우상단의 단주이자 그녀의 시아버지는 병환이 깊어 오지 못했지만 대신 그녀의 남편인 우종평은 그녀를 따라나선 상황이었다.

"부인, 괜찮으시오?"

우종평은 오는 내내 조용한 그녀의 눈치를 살피며 조심스럽게 물었다.

하지만 그녀의 반응은 싸늘했다.

"생각이 없나요? 난, 아버지를 잃은 데다가 어머니까지 나백 그 개자식에 의해 전각 안에 갇히셨어요. 내 아버지가 이룩해 온 가문은 송두리째 황보세가에 넘어가고 있죠. 근데 괜찮냐고 묻는 건가요?"

"나, 나는 그게 아니라……."

"무능력한 것도, 방탕한 것도, 계집년들 데려다 노는 것도 상관하지 않았어요. 그런데 오늘은 당신이 지겹네요."

"아무리 그래도…… 너무 말이 심하잖소."

우종평은 얼굴이 붉어질 만큼 화가 났지만 그녀에게 대놓고 분풀이는 하지 못했다.

"지겨워."

"뭐요? 오늘 아침만 해도 내게 차까지 따라 주며 다정했잖소. 갑자기…… 어째서……?"

갸우뚱하던 우종평은 문득 목이 칼칼한 것을 느끼고 기침을 토해 냈다.

"쿨럭."

황급히 소매로 입을 막은 순간.

소매 위에 검은 피가 번져 가는 것이 보였다.

그때부터 기침이 심해졌다.

"쿠헤헤헥!"

우종평은 가슴을 부여잡고 무릎을 꿇었다.

얼굴의 핏줄이란 핏줄이 전부 불거졌다.

"부, 부인…… 나 좀…….'

살려 달라며 손을 뻗던 우종평은 그제야 싸늘하게 웃고 있
는 진려인의 표정을 마주할 수 있었다.

그러고 나서야 깨달았다.

아침에 그토록 다정했던 이유가 독이 든 차를 마시게 하기
위해서였다는 것을.

"가문이 망한 이상 백우상단은 내가 완전히 가져야 속이
좀 풀리겠어. 마침 당신의 아비도 병환으로 앓아누웠으니 날
막을 이는 이제 당신밖에 없잖아?"

"이이이익!"

우종평은 눈가에 회한의 눈물을 흘리며 힘없이 모로 쓰러
져 갔다.

"이…… 악……귀!"

우종평의 희미한 독설에도 진려인은 표정 하나 변하지 않

고, 상복 치마 끝을 안쪽으로 끌어당겼다.

"피는 질색이야."

그 말이 끝나기 무섭게 우종평이 마차 바닥에 쓰러졌다.

쿵!

그녀는 아무 일 없던 것처럼 마차 창을 열었다.

답답하던 가슴이 조금 풀리는 기분이 든다.

"마차를 멈춰라! 소단주의 시신을 버리고 갈 것이다."

그녀가 아무 일 없던 것처럼 눈을 감았다.

장례식 전날.

제남은 불야성(不夜城)이 됐다.

어둠이 내려앉은 밤인데도 제남으로 드나드는 관문은 외부에서 진입하는 수많은 마차와 인파로 북새통을 이뤘다.

하지만 검문에 예외는 없었다.

벽력성운단과 호왕단이 각각 북쪽과 남쪽의 관문을 지키고, 무림첩이 있는 손님과 없는 손님을 구분 지었다.

다그닥다그닥.

구석출은 점점 줄어드는 줄을 보며 마른침을 꿀꺽 삼켰다.

예상은 했지만 훨씬 삼엄한 경비다.

'빌어먹을! 장례를 치르는 건지 천라지망을 펼친 건지.'

속으로 투덜거린 구석출은 차츰 다가오기 시작하는 위사들을 보고는 진땀을 닦았다.

　"워워."

　눈이 부리부리한 호왕단의 무사 열댓 명이 구석출이 이끄는 다섯 대의 마차들을 멈추게 했다.

　"신분 패."

　선두 마차의 마부석에 앉은 구석출이 서둘러 신분 패를 꺼냈다.

　"크흠! 백우상단 행수 구석출이오."

　신분 패를 낚아채듯 가져간 무사 한 명이 위조패의 흔적을 살펴보았다.

　동시에 나머지 무사들이 마차를 둘러쌌다.

　"내리시오."

　구석출은 시키는 대로 순순히 마차에서 내렸다.

　"뭣들 하냐! 대인들 말씀대로 안 내리고!"

　상단 내에서 잡일을 도맡는 보정(步程)이란 직책의 잡부들이 구석출이 시키는 대로 마차 뒤쪽에서 뛰어내려 줄을 섰다.

　잡부들의 몸수색은 당연했다.

　그동안 구석출은 호패를 확인한 무사와 독대했다.

　"저들의 신분은?"

　"관짝을 내리는 보정꾼들이오."

　"어째서 상수(商輪)가 직접 운송을 맡지 않고 그 위의 직책인 행수가 관의 운송을 맡은 것이오?”

상수(商輸)는 상단 내에서 수레 등을 활용하는 운반 책임자였다.

대개 행수들은 호병(護兵)이 참여하는 중소 규모 운송부터 참여했다.

“이게 어디 그냥 장례요? 본 상단을 수호하셨던 진 가주님의 장례요. 마차만 여덟 대가 왔소. 당연히 행수가 책임져야 할 일이외다. 게다가 이번 운송은 백우상단의 안주인이신 진 부인께서 직접 시키신 일이오.”

구석출은 애써 당당한 태도로 반응했다.

하지만 관문의 무사들은 썩 납득하는 눈치가 아니었다.

‘분위기가 안 좋은데.’

구석출은 내심 심장이 쿵쾅거렸다.

보통 죽은 사람을 위해 제작된 관은 수색을 거치지 않고 이송시키는 게 관례다.

괜히 건드리면 재수없다는 소문도 한몫하니까.

그런데 이놈들은 못 배워 먹은 놈들인지 그따위 것은 신경도 안 쓰는 눈치였다.

‘이러다 들키는 거 아니야?’

구석출의 눈이 좌우로 구르던 그때였다.

보정꾼의 몸수색을 마친 무사들이 구석출과 대화를 나누던 책임자에게 물어왔다.

"어찌할까요. 그래도 관인데……."

"예외는 없다. 싹 다 뒤져. 관은 관짝을 열어서 몸을 숨긴 자가 없는지 확인하고."

구석출은 등골에 진땀이 흘렀다.

'젠장! 제아무리 삼엄한 경비라도 진엽의 관은 건드리지 않을 줄 알았는데.'

일련의 상황이 구석출의 예상을 웃돌고 있었다.

하지만 그들을 막을 방법 따위가 있을 리 없었다.

그저 발만 동동 구르며 지켜보는 수밖에.

구석출은 꿀꺽 마른침을 삼켰다.

책임자인 무사가 소리쳤다.

"자, 어서 마차를 전부 뒤져라!"

구석출이 이를 지켜보면서 말리지도 못하고 안절부절하던 그때.

마차 뒤쪽에서 기가 실린 날카로운 음성이 터져 나왔다.

"누가 감히…… 아버님의 관에 손을 댄단 말이냐!"

무사들이 일제히 검병에 손을 댄 그때.

무사들의 앞으로 상복을 입은 여인이 묵직한 걸음걸이로 걸어왔다.

"나는 동진검가의 첫째 공녀, 진려인이에요. 황보세가의 위용은 모르는 바 아니나 고인의 명예까지 능욕할 셈인가요?"

황보세가의 명분은 진엽의 합동 장례에 경의를 표하는 것으로부터 시작된다.

당연히 그녀의 개입은 일개 무사들 선에서 처리할 수 있는 문제가 아니었다.

책임자인 무사도 더는 고집을 피우지 못하고 길을 열었다.

"가십시오."

"고맙군요."

그녀가 그제야 마차로 돌아가며 구석출에게 말했다.

"구 행수, 또 보는군. 아버님의 관 잘 모시도록."

"예, 대부인."

황급히 고개를 숙인 구석출은 내심 통쾌한 쾌재를 불렀다.

'쯧쯧, 제은 지금 무슨 짓을 했는지 조금도 모르겠지.'

산동악가의 소가주도 동진검가 진려인 따위에게 도움받을 줄은 꿈에도 생각 못 했으리라.

장담컨대 황보세가가 이 사실을 알게 된다면 진려인과 백우상단을 가만두지 않으리라.

꘠

두 개의 관문을 통과한 후.

마차는 도심 안의 관도를 통해 동진검가의 대장원으로 향했다.

"더럽게 많네."

구석출은 마차 좌우를 가득 채운 수많은 인파에 투덜거렸다.

앞서가던 마차들이 제대로 달리지 못하고 지지부진하게 움직일 정도였으니 말할 것도 없었다.

그때였다.

스륵.

인파 사이에서 방갓을 쓴 한 사내가 구석출의 옆에 자연스럽게 올라앉았다.

"벌써 도착하신 것이오?"

악운이 대답 대신 고개만 끄덕였다.

악운은 애초부터 마차 안에 있지 않았다.

언제든 대처할 수 있게 모든 상황을 지켜보고 있었던 것이다.

구석출이 낮게 속삭였다.

"경비가 삼엄하던데……."

어떻게 들어왔냐는 질문이었다.

악운이 팔짱을 끼며 담담하게 대답했다.

"내겐 아니야."

구석출은 충분히 수긍했다.

악운이 진엽을 베었다는 소문이 사실 산동악가 가주가 실력을 감추기 위한 것이라는 소문이 있긴 하지만…….

'나이를 뛰어넘은 특유의 위엄은 괜히 생기는 게 아니지.'

악운은 일반적인 상식선에서 생각할 수 있는 자가 아니었다.

"별것 아닌 소란에 크게 놀라더군."

"별거 아니라니! 진려인이 아니었으면 꽤나 난감해질 뻔했소. 걸리지 않게 관 아래를 이중으로 덮어 놓긴 했지만, 혹시 모르잖소."

"충분했어. 들키지 않았을 거야."

"뭐, 그렇게 생각하신다면 드릴 말씀이 없긴 하오만……."

구석출이 말끝을 흐리며 입을 다물었다.

악운도 더 말을 걸지 않고, 잠시 먼 산을 바라보듯 다른 곳으로 시선을 돌렸다.

구석출의 의심은 당연하다.

관문을 통과하기 위해 고안한 방법들이 악운이 오랜 세월 혈교를 통해 충분히 써 보고 성공했던 잠입 방법이었던 것을 모르니까.

일행의 잠입을 위해 악운이 고안한 방법은 두 가지였다.

이중 바닥이란 기관 장치의 설계를 통해 일행을 관의 장판과 장판 사이에 숨어 있게 한 방법이 첫 번째이며, 두 번째로는…….

'귀식공(龜息功).'

귀식공이란 체온을 낮추거나 혈류를 느리게 움직이게 하여, 일시적으로 반송장에 가깝게 만드는 것이다.

악운이 가르친 건 그 귀식공 중 한 갈래인 '체영흡(體影吸)'.

한때 소요파라 불리던 곳의 비공이다.

이 비공은 뛰어난 점이 많다.

반드시 소요파의 심법을 배우지 않아도 펼칠 수 있는 데다가 대부분의 귀식공과 다르게 시전 직후 일정 부위의 통증이 지속되는 등의 반작용이 없다.

숨을 체내로 받아들이는 것이 아니라 마치 식물처럼 호흡하기에, 최절정을 넘은 고수도 체영흡을 눈치채기는 힘들다.

충분히 검증된 비공과 기관 장치.

악운의 확신은 당연했다.

"오, 이제 좀 길이 트이나 보오."

악운은 조금씩 이동하는 마차의 흔들림을 느끼며, 자연스레 누군가의 이름을 떠올리게 됐다.

'천종야……'

그의 사문은 소요파(逍遙派).

혈교 발호 초기, 사문이 불타고 소수의 생존자만 남은 문파다.

이곳 대부분의 절기는 당연히 절전되었고, 살아남은 제자들은 일부 절기만을 유지한 채 작은 무관을 차리거나 독행했다.

천휘성이 만난 건 그중 한 사람이었던 '천종야(擅終爺)'란 별호를 가졌었던 부영이란 노인이다.

과거 치매에 걸린 것을 안 부영은 절친하게 지냈었던 천휘성에게 소요파의 절기가 끊어지지 않게 이어 달라고 부탁했다.

그 과거의 연이 현재의 산동악가에까지 전해진 것이다.

악운은 새삼 충만함을 느꼈다.

과거의 영령들이 늘 함께하고 있는 기분이 든 것이다.

'지켜봐 주십시오. 선배, 형제의 한이 모두 풀릴 때까지 나는 멈추지 않을 겁니다.'

마부석에 앉아 있는 악운의 눈빛에 은은한 기광이 흘렀다.

황보세가는 그저 시작일 뿐이다.

악운이 조금씩 흩어져 가는 인파를 보며 말했다.

"그럼 잘 부탁하지."

"맡겨만 주시오. 대신 약조한 금액은……."

"일이 잘 끝나면 약조한 전장을 찾아가."

"아, 그럼……."

앞을 보던 구석출이 다시 입을 벙긋거렸지만 어느새 악운은 마부석에서 사라지고 없었다.

※

구석출의 곁을 떠난 악운은 시끌벅적한 인파 사이를 걸었다.

구석출과 마지막 접선을 끝냈고, 마차도 별 탈 없이 관문을 통과했다.

　약 두 시진 후면 마차는 대장원으로 진입할 테고, 밤이 되면 관문 위사들은 내부로 이동하여 내부의 방비를 더욱 굳건히 할 것이다.

　그리되면 내부로 진입한 악가뇌혼대의 인원들이 자유롭게 활동할 수 없다.

　그들이 원활히 움직일 수 있게 시간을 벌어야 한다.

　'방법은 많지.'

　이제 악운의 차례였다.

　"대사형, 장로님께서 기다리실 텐데 장원으로 가지 않고 정말 여기서 이리 있어도 되겠습니까?"

　항산파의 최정예 검수인 복룡검수(伏龍劍手) 중 한 명인 유자명이 은근하게 물었다.

　"최근 수련에 열중하며 기루는 쳐다보지도 않았잖느냐! 장로님께서도 다 이해해 주실 게다."

　기녀의 옷고름 사이에 얼굴을 반쯤 파묻고 있던 오철이 슬그머니 얼굴을 들며 말했다.

　"하하, 그렇지요?"

"그래, 걱정일랑 접어 두고 마음껏 즐겨라. 이미 제남에 도착한 데다가 요 앞이 대장원인데 별걱정을 다 하는구나."

오철이 따라져 있는 술을 한 입에 들이켜자 기녀가 음식을 집어 오철의 입안에 대신 넣어 주었다.

"음, 좋다. 네 이름이 뭐라고?"

"소녀, 아경이라 합니다."

"그래, 아경. 근데 아경아."

"네, 대인."

"넌 왜 이리 **뻣뻣**하게 구느냐? 이쯤 했으면 적당히 옷고름 은 풀었어야지."

"예?"

"**뻣뻣**한 것도 적당히 해야지. 네년이 지금 나를 희롱하는 것이냐?"

"대, 대인, 송구합니다. 지금이라도…….."

벌벌 떠는 아경을 보고 나서야 오철이 피식 웃었다.

"푸힛, 농이다. 분위기를 타면 자연히 되는 게지."

그제야 한시름 놓던 아경이 긴장을 풀며 함께 웃은 그때.

"어맛!"

떨리던 그녀의 손이 들고 있던 술병을 그의 앞에 떨어트 렸다.

쨍강−!

술병이 깨지며 술이 튄 곳이 하필이면 오철의 무복이었다.

바지춤이 흥건히 젖은 오철이 이맛살을 찌푸렸다.

유자명이 피식 웃었다.

"이런! 대사형이 제일 싫어하는 게 실수인데."

아경은 그가 한 말이 농담인 줄 알고 서둘러 사과를 하면 넘어가리라 생각했다.

"대인, 용서하세요. 소녀가 어서 갈아입을 옷을 준비하겠습니다……."

그러나 오철의 표정이 심상찮게 변했다.

"이봐."

"예?"

"내가 왜 실수를 싫어하는 줄 아나?"

"잘, 잘못했습니다, 대인."

"대답해 봐. 왜 싫어하는 줄 아나?"

아경은 눈치를 살피다 조심스럽게 말했다.

"신경을 쓰이게 해 드려서가 아닐까요……."

"아냐, 실수는 언제나 해도 되는 줄 알고 착각하는 놈들 때문에 그래. 사과하고 넘어가 주면 또 하고, 또 하고…… 계속해도 되는 줄 알아. 무인에게 실수는 죽음인데 말이야."

아경의 입술이 떨리기 시작했다.

홍기 생활을 하다 보면 감이란 게 생긴다.

오늘은 처음 이 방에 들어오기 전부터 묘한 불안감이 머리를 사로잡았다.

꿀꺽―!

불안감이 적중한 순간이었지만 그게 맞아떨어지는 건 절대 바라는 바가 아니었다.

그녀는 넙죽 엎드렸다.

"사, 살려 주세요, 대인."

무복을 반쯤 풀어 헤치고 일어난 오철이 술에 취한 채 검을 집었다.

내리깐 눈은 비정하게 차가웠다.

"무인에게 실수는 곧 죽음. 어? 근데 내게 실수를 했네? 사제들, 그럼 어찌해야 하나?"

"으하하!"

한데 모인 항산파의 일대제자들이 벌벌 떠는 다른 기녀들을 끌어안은 채 왁자지껄 웃음을 터트렸다.

"대인, 소녀 부양해야 할 몸 아픈 동생이 있사옵니다. 제발…… 제발 선처해 주세요."

"실수를 만회하면 내 너를 친히 놓아주마."

"뭐든! 뭐든 하겠습니다! 제발!"

"자, 그럼 이 검을 가지고 네 손가락 하나를 잘라 보거라. 그래야 실수를 다시는 하지 않게 가슴에 새기지."

기녀에게는 다른 방법이 없었다.

목숨과 손가락.

둘 중에 경중을 두자면 손가락이 나았다.

그녀는 덜덜 떨리는 손끝으로 오철의 검을 받아 들었다.

서러워 눈물이 났다.

하지만 달리 방법이 없었다.

쿵, 쿵, 쿵.

그의 사제들이 어서 자르라며 손바닥으로 탁자를 내리쳤다.

신난 구경거리라도 생긴 표정들이었다.

마침내 그녀의 두 눈에서 눈물이 주르륵 떨어지던 그때.

드륵.

문이 열리며 낯선 목소리가 울려 퍼졌다.

"이런, 방을 잘 찾았나 모르겠네?"

싸해진 분위기.

자리에 앉아 있던 검수들이 일제히 일어났다.

"넌 뭐야?"

"여기가 어디라고 감히 함부로 들어와?"

의외로 오철이 흥분한 사제들을 달랬다.

"됐다, 취기에 그럴 수도 있지. 아니 그렇소?"

"아량이 넓으시군."

"가끔 그런 소리 듣는다오. 자, 대신 손가락 하나만 놓고 가면 내 없던 일 취급해 주리다. 마침 이쪽 년도 그러던 차거든."

"꺄악!"

오철이 아경의 머리채를 붙잡아 끌어당겼다.

분과 눈물이 범벅이 된 얼굴로 아경은 오도카니 서 있는 사내와 마주했다.

그 찰나 아경은 이상함을 느꼈다.

긴장하며 물러나야 할 사내가 오히려 다가오려는 듯 걸음을 떼고 있었던 것이다.

'도망……가요, 어서.'

아경이 입을 벙긋거린 찰나.

서걱―!

아경은 머리를 구속하고 있던 억센 악력이 사라지는 것을 느꼈다.

그리고 다섯 개의 손가락이 그녀 앞으로 후두둑 떨어졌다.

"끄아아악!"

순식간에 손가락을 잃은 오철이 고통에 몸부림쳤다.

놀란 아경의 온몸이 목석처럼 굳은 순간.

"도망은 저들이 가야죠. 나는 방을 제대로 찾아온 것 같으니. 어서 나가요. 보지 않는 게 나을 겁니다."

사내가 그녀를 지나치며.

퉁, 데구르르.

비명을 지르던 오철의 목이 떨어졌다.

검수들은 검을 찾을 생각도 못 하고 일제히 경악했다.

"대, 대사형이……!"

"말도 안 돼……."

혼란에 휩싸인 항산파 검수들.

"네놈들에게는……."

악운이 방갓 아래로 사나운 웃음을 지었다.

"단 일 검도 실수는 없을 것이다."

그의 손에 쥐인 흑룡아가 공명을 터트렸다.

쿠웅-!

⟨❦⟩

황보여진은 잠에 들지 않고, 배정된 처소 안에서 홀로 명상을 취하고 있었다.

낮의 일이 심마처럼 머릿속을 돌고 또 돌았다.

나백은 두려워하지 않았고 어쩌면 듣고 싶었던 대답을 해줬다.

그래, 이건 거대한 흐름이다.

산동악가는 헤쳐 나갈 수 없는.

하지만.

그럼에도 당당하던 악운과 산동악가 가솔들의 모습이 머릿속에서 지워지지 않는다.

'진엽의 죽음은 마치 시작이라는 것처럼 그들은 당당했어. 대체 뭘 믿고 있는 거지?'

나백의 얘기에도 불안감의 싹은 지워지지 않았다.

확실한 대답이 필요했다.

그걸 찾아야…….

그 순간 그녀가 눈을 번쩍 떴다.

'기척?'

"대주님!"

부대주의 외침에 그녀는 서둘러 채비를 하고 일어났다.

"여기 있어. 왜."

"서둘러 나와 보셔야 할 거 같습니다."

다급한 음성이다.

그녀의 뇌리에 묘한 위화감이 생겼다.

"무슨 일이지?"

"항산파에서 급파한 복룡검수 서른 명이 전부 사망했습니다."

"미친."

설마…… 아니겠지.

그녀는 문득 불안감의 실체를 마주한 기분이 들었다.

❧

바닥에 웅덩이처럼 흥건하게 고인 핏물.

그 위로 반나체였던 서른 명의 검수(劍手)들이 서로 겹쳐지듯 쓰러져 있다.

'최악이야.'

황보여진은 손으로 이마를 짚었다.

당장 내일이 합동 장례와 결의서 공표일이다.

그 전까지는 아무 문제가 없어야 했다.

일정을 늦추는 건 말도 안 된다. 그럼 각지에서 초빙한 명숙들에게 황보세가가 우스운 꼴이 된다.

말없이 골을 짚고 있는 그녀에게 현장을 살핀 부대주가 다가왔다.

"복룡검수 중에 생존자는?"

"없습니다. 모두 반항할 틈도 없이 일 검에 베였습니다. 암기나 독의 흔적도 없습니다. 오로지 검의 흔적뿐입니다."

"일 검에 전부 다?"

"예. 주로 목, 혹은 턱이 잘려 나갔습니다. 비명도 못 지르고 죽었을 겁니다."

황보여진의 눈에 이채가 흘렀다.

뼈와 살이 한꺼번에 베여 버릴 만큼 강력한 검기, 굉장한 솜씨다.

황보여진은 시체의 검흔들을 살피면서 말했다.

"깊이가 자로 잰 듯 균일해. 한 명에게 당했어."

"예, 맞습니다. 같은 자리에 있던 기녀들이 진술했습니다. 신장이 크고 목소리가 젊은 사내이며, 검을 썼다고 합니다."

황보여진은 입술을 질끈 깨물었다.

'검이라고?'

그럼 제일 유력하다고 생각했던 산동악가 소가주를 용의 선상에서 제외시켜야 한다.

하지만 젊고 신장이 크다는 게 못내 걸린다.

"항산파와 원한 관계에 있는 고수일 수도 있어. 그게 아니면 우리 가문이나 동진검가에 먹칠하고 싶은 자들이든지. 무공은 알아보겠어?"

"저는 모르겠습니다."

황보여진이 다른 검대 가솔들을 쳐다봤다.

"나머지는?"

기루로 급파된 뇌진검대가 모두 고개를 가로저었다.

황보여진은 고개를 끄덕인 후에 한 번 더 상흔을 자세히 살펴봤다.

'최소 실력은 완숙한 이류 수준, 그 수장은 절정에 가깝다고 들었는데……'

복룡검수들은 항산파의 미래를 책임질 신진 고수들이며, 일대제자들이 대부분이다.

그런데 그들이 반항도 못 하고 도륙당했다는 건 최소 최절정 이상에 이른 고수로 추정된다.

한때 진엽이 뇌진검대를 농락했듯이.

그녀의 생각이 빠르게 정리됐다.

"시신 한 구를 따로 옮겨서 은밀하고 신속하게 대장원으로 인계해. 소문 퍼지지 않게 기루 단속 잘하고, 이 일대 전부 다 봉쇄해."

"인계한 시신은 어찌할까요?"

"썩지 않게 보관해 둬. 나는 가주님께 직접 살펴봐 달라고 청하러 갈 테니……."

"그럼 대주께서도……."

"그래, 나 역시 이 검흔이 어떤 무공으로 이리됐는지 감이 안 잡혀. 내 식견으로는 파악이 안 된다고."

아미를 찌푸린 그녀가 시신을 남겨 두고 빠르게 방 밖으로 나갔다.

동이 트기 전까지 이 일을 해결하려면…… 뇌진검대로는 불가능했다.

더 많은 고수, 더 많은 대대의 지원이 필요했다.

그래야 도심을 뒤져서라도 흉수를 찾아낼 수 있었다.

"검흔은 적당히 매끈하고 유려하다. 또한 최소한의 검흔으로 상대를 제압할 만큼 실전적인 쾌검이지."

황보정이 뇌진검대가 가져온 시신을 살펴보며 읊조렸다.

황보여진은 차분하게 황보정의 다음 말을 기다렸다.

"이 백부가 아는 한 이 정도 실전적인 쾌검을 보유한 건 종남파와 점창파가 유일하다.”

곁을 지키던 황보여진이 말했다.

“저는 모용세가일지도 모른다고 생각했어요.”

“모용가는 아니다. 모용가는 선비족의 한 갈래인지라 거칠고 투박한 데가 있지. 하지만 이 검흔은 거칠긴 하지만 그보다 매끄럽다.”

황보정은 지그시 눈을 감으며 생각에 잠겼다.

‘실전적이면서 투박함과 유려함 사이를 걷는 검로라…….’

그의 생각은 점점 하나의 문파로 좁혀져 갔다.

“확언할 수는 없으나 도가 계열의 문파이나 군문 출신이 많은 종남파로 추정되는구나. 아님, 종남파의 기인과 연관된 자들일 수도 있겠지.”

종남파.

현 팔우(八宇) 중 한 명의 절대자가 둥지를 틀고 있는 구파 일방 중 하나이며, 섬서성 패주(霸主)를 언급할 때 늘 언급되는 곳이었다.

황보정의 이맛살이 찌푸려졌다.

“소림에 이어 종남의 인물까지 개입했다고?”

나지막한 읊조림은 분명, 밖으로 새어 나가서는 안 되는 극비였다.

그래서 장내에 모인 건 단 세 사람.

“어찌 생각하나.”

황보정이 갈운정을 쳐다봤다.

침묵하던 갈운정의 눈이 날카롭게 빛났다.

"군문 출신들의 영입으로 세력 확장을 시작한 종남의 세가 분명 전보다 커진 건 사실이나 섬서성에는 화산파를 비롯하여 그들을 견제할 세력이 많습니다. 그들의 입장에 있어 이건 좋은 선택이 아닙니다. 차라리 섬서성의 장악에 집중하는 것이 낫지요."

"그럼 이 일이 종남의 일이 아니란 것에 무게를 두는 건가."

"예, 모든 문파는 저마다의 이익 관계로 움직입니다. 종남이 우리를 도발했을 때 얻을 수 있는 이점은 전무합니다."

"산동악가와 손을 잡고 개입했다면 어찌할 테지? 둘 모두 군문과 연이 깊었던 이들 아닌가."

"그럴 가능성도 있겠지만 지금 종남파에 합류한 군문 출신들 중에 끝까지 황궁을 지켰던 충신들은 대부분 사망하거나 은거했습니다. 간교한 자들만 남았지요."

"살아남은 자들은 손익 계산에 더 능한 자들이니 충정에 얽매였던 산동악가와는 가는 길이 다르다, 이건가."

"예."

"그럼 대체……?"

황보정은 이해할 수 없는 상황, 즉 변수를 싫어하다 못해 증오했다.

모든 것은 손아귀 안에서 통제되어야 한다.

황보정의 눈빛에 노기가 실렸다.

"여진아."

"예, 가주님."

"이 일은 나백에게 공유하지 말고 본가에만 알려라. 다 잡은 사냥개도 이빨은 남아 있는 법이니 빈틈을 보이는 건 좋지 않다."

"하명하신 대로 하겠습니다."

"그동안 갈 각주는 지금 즉시 내 명에 따라 대장원의 모든 전력을 집결하여 최소한의 위사만 남기고 도심 내부를 샅샅이 뒤지도록 급파하라. 진청중검대(震淸仲劍隊)까지 허하겠다."

진청중검대는 황보세가 가주의 호위대이며 현 황보세가의 최정예.

그들을 파견한다는 건 반드시 이 일을 해결한다는 황보정의 강력한 뜻을 의미하는 거였다.

"기루부터 일반 민초들의 가옥도 샅샅이 뒤지도록 하라. 지휘권을 갈 각주, 그대에게 위임하겠다."

"가주님의 뜻을 받듭니다."

갈운정이 깊게 고개를 숙였다.

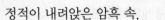

정적이 내려앉은 암흑 속.

번쩍!

백훈이 관 아래에서 눈을 떴다.

새파랗게 질렸던 안색이 본래의 신색으로 되돌아오기 시작했다.

별다른 소란 없이 마차가 고요한 것을 보면 오는 길에 악운이 가르쳐 준 체영흡이 제대로 효과를 발휘한 모양이다.

백훈은 손 아래쪽에 잡히는 쇠막대를 좌로 돌렸다.

철컥.

쇠 맞물리는 소리가 들리고, 가로막고 있는 나무 장판을 미닫이처럼 밀 수 있게 됐다.

드르륵.

백훈은 빠르게 나무 장판을 옆으로 민 후에 관곽을 위로 들어 올리며 일어났다.

동시에 다른 관곽에서도 서태량과 금벽산이 일어났다.

아무 말 없이 시선을 부딪친 세 사람은 준비한 복면을 쓰고는, 철명루에 들러 교체한 병장기를 손에 쥐었다.

예상대로 비어 있는 관 따위를 지키는 위사는 전무했다.

마차 밖으로 빠져나온 직후.

해야 할 일을 떠올리던 백훈의 머릿속에 자연히 악운과 했던 대화가 스쳐 지나갔다.

―입수한 동진검가 대장원의 전도들을 빠짐없이 숙지해

야 해.

　-외울 것도 없어. 고독 처먹을 때 이미 몇 번 들락거렸는데, 뭘.

　-잘됐네. 아무튼 사마 각주에 의하면 관과 관곽이 실린 마차들은 대장원 중에서도 북쪽 대문 외곽에 위치하게 된다고 해.

　-어딘지 대략 알겠군. 주변에 창고가 있는 부지였던 걸로 기억하는데…….

　-그래. 덕분에 초빙한 명숙이나 주요 인사가 머무는 남쪽 전각과는 거리가 있어서 크게 곤란한 일은 없을 거야. 문제는 장원을 지키는 검대(劍隊)야.

　-하긴 동진검가를 복속하자마자 각종 재화가 보관되어 있는 창고 주변에 포진할 테니……. 어쩌지?

　-도심에서 시선을 끌게. 주요 병력이 도심으로 급파될 수밖에 없게. 그동안 최대한 빠르게 움직여.

　-그래, 알았어.

　-주요 병력이 빠져나가면 상대적으로 남아 있는 병력은 창고와 대장원 외부 순찰에 집중하게 될 거야.

　-상대적으로 '검평뇌옥(檢平牢獄)'의 방비가 줄어들겠지. 결속한 데다 처형을 하루도 안 남긴 자들에게 병력을 포진해 봐야 뭐 하겠어.

　-내 말이 그 말이야.

'소가주가 성공했나 보군.'

백훈은 악운이 약조대로 외부 개입에 성공했다는 것을 직감적으로 느꼈다.

"자, 이제 우리 차례요."

악가뇌혼대의 첫 임무가 시작됐다.

꿍

지상 일 층부터 지하 이 층의 검평뇌옥(檢平牢獄).

동진검가를 아는 자들은 이곳의 이름만 들어도 치를 떤다.

"젠장, 산공독 복용시키는 것도 귀찮아 죽겠는데…… 지긋지긋한 비명까지 듣게 생겼군."

수미중정단(須彌中庭團)에 속해 있는 가솔 두 명이 검병에 손을 얹은 채 뇌옥 주변을 거닐고 있었다.

갑작스러운 도심 급파로 인해 검평뇌옥은 수미중정단에서 선별한 열 명의 가솔들이 지키기로 한 것이다.

여덟 명은 내부를, 남은 두 명은 외부를 벌써 다섯 바퀴째 돌며 순찰을 하는 중이었다.

"정곤이란 간수가 끝내주게 고문을 잘해서 그런다던데."

"자네도 한번 받아 보려고?"

"나야 저따위 고문쯤이야 수십 일도 견디지."

"웃기는 소리. 정곤이란 간수가 '백안사자(白眼使者)'라 불릴 만큼 잔혹 무도한 고문 방법을 서른한 가지나 알고 있다던데. 아마 일다경도 못 버틸걸. 분근착골에 버금가는 고통도 인위적으로 만들어 낼 수 있다던데."

"다 겁먹은 놈들이 부풀린 소문이야. 간수가 그래 봤자 간수지. 그나저나 갑자기 전력 집결은 뭐 하러 시작한 거야?"

"윗선에서 쉬쉬해서 확실하지는 않은데, 듣자 하니 항산파 검수들이 사고를 쳤다던데."

"그런데 장원 전력을 그렇게나 많이 급파한다고?"

"나야 왜 그런지 알 턱이 있나. 장례고 뭐고, 빨리 치르고 얼른 산동악가나 쓸어버렸으면 좋겠군."

"큭큭, 왜, 그 유명한 소가주 목이라도 따 오려고?"

"운 좋아서 팔이라도 한 짝 잘라 가면 그 즉시 승진 아니겠나? 아니면 가주 딸내미라도 잡아다 노예상에게 팔아 버릴까? 비싸게 쳐줄 거 아냐. 으하하!"

"그러다 단명하지. 그분이 가만 놔두겠나. 그랬다간 이가 하나하나 뽑히고, 사지가 찢겨 죽을 텐데."

"그분은 무슨……. 나이 먹더니 패기도 없나……."

짜증스럽게 대답을 한 가솔이 나란히 걷던 동료를 쳐다본 순간.

"내가 아니야."

동료는 천천히 고개를 젓고 있었다.

두 사람은 눈을 부릅뜬 채 천천히 뒤를 돌아봤다.

"그래, 나야. 쓰레기들."

빙긋 웃은 백훈이 그들이 검병을 뽑을 새도 없이 검을 휘둘렀다.

"커헉!"

한 명이 목을 붙잡으며 모로 쓰러진 찰나.

쐐액-!

어둠 속에서 또 다른 검이 튀어나와 나머지 한 명의 목을 꿰뚫었다.

서태량이었다.

그는 그것도 모자랐는지 또 한 번 허리께의 단도를 뽑아 죽어 가는 적의 눈을 찍어 버렸다.

각궁을 든 금벽산이 그 잔혹한 손 속을 보며 말했다.

"자네, 왜 이렇게 흥분했어?"

서태량이 방금 전 악운을 욕했던 황보세가 무인을 향해 퉤, 침을 뱉으며 말했다.

"재수 없어서 그랬소. 개새끼들, 누굴 넘봐?"

"성질하고는……."

백훈이 피식 웃었다. 갈수록 마음에 드는 동료들이다.

"잘했어. 안 했으면 내가 했을 거거든. 놈들 품에 있는 열쇠부터 챙기자고."

두 사람이 동시에 고개를 끄덕였다.

검평뇌옥, 지하 이 층.

최하층은 가장 죄질이 무거운 자들이 갇히는 뇌옥이었다.

"끄으아악!"

좌우로 길게 늘어서 있는 철창 안쪽에서는 열댓 명의 간수들이 각자 도맡은 임무에 따라 갇혀 있는 동진검가 가솔들을 고문했다.

모두가 나백에게 동조하지 않은 주요 인사들이었다.

"장 대인, 좋은 밤이오."

정곤은 그들의 비명을 변주 삼아 앞에 결속되어 있는 장설평을 응시했다.

이미 수차례의 고문으로 온몸이 너덜너덜한 장설평은 고개를 들 힘조차 없어 보였다.

정곤은 애초에 대답 따위 기대도 안 했다는 듯 물을 떠다 놓은 양동이를 그에게 뿌렸다.

촤하악!

그냥 물이 아니라 소금을 푼 물이었다.

"끄아아악!"

그제야 장설평이 눈을 번쩍 뜨며 깨어났다.

곪아 있는 상처 위로 소금물이 스며들며 어마어마한 고통을 선사한 것이다.

"깨셨소?"

정곤이 히죽, 웃었다.

"지긋지긋하군……. 또 자네 얼굴이라니."

"벌써 내가 질리시오? 나는 쉽게 얼굴을 보지도 못하던 귀하신 분들을 이젠 어딜 가든 자주 볼 수 있어서 좋던데."

장설평이 힘없이 말했다.

"오늘은 또 어딜 괴롭힐 셈인가."

"이제껏 근맥은 안 건드리고 살가죽만 포 뜨지 않았소? 그래서 이번엔 힘줄을 좀 잘라 볼까 하오. 잘리다 마는 고통이 또 끝내주거든."

"이 일에 그리 희열이 있나?"

"그렇소. 내가 이 일을 시작한 이유지. 높은 분들이 결국 좌천되어 내게 벌벌 떨면서 살려 달라고 말할 때의 그 희열은 이루 말할 수 없지. 더구나……."

정곤은 단근도(斷筋刀)를 집어 들며 히죽 웃었다.

"나와 상관없는 남 일이잖소."

장설평은 다가오는 단근도를 보면서 힘없이 웃었다.

'끝이 다가오는구나.'

오늘의 고통이 지나고 나면 처형일이다.

삶에 미련은 없었으나 돌아가신 아버지에게는 여전히 많은 것이 미안했다.

'곁을 지켜 드렸어야 했는데.'

죽어 가던 그 순간에도 얼마나 외로우셨을까.

약자의 삶을 살기 싫다며 등진 아들, 몸 바쳐 온 하오문이 무너졌음에도 여전히 개처럼 강자들의 눈치를 봐야 하는 문도들의 현실까지……

많이 버거우셨으리라.

장설평은 아버지 생각에 눈이 저려 왔다.

그래도 그나마 삶의 끝자락에서 위안이 되는 것은 아버지의 유언에 충실히 살려고 했다는 점일 것이다.

'마음 빚을 갚으려 최선을 다했습니다만…… 여기가 끝인가 봅니다, 아버지.'

장설평은 눈을 파르르 떨면서 감았다.

머릿속에 악운과 호사량의 모습이 스쳐 지나간다.

주륵—!

그의 눈가에 한 줄기 눈물이 흘러내렸다.

'하늘이여, 이제 나는 가니…… 내 아버지가 숨을 거두면서도 문도들의 미래를 맡긴 그들이 끝끝내 소신을 지킬 수 있게 도우소서. 그럼 내 아버지를 만나러 갈 이 죽음을 달게 받겠소이다.'

정곤이 실실 웃었다.

"두려워 마시오. 근맥의 절단은 잠깐 아프고 나면 열병처럼 사라질 거요."

그때였다.

철창 뒤에서 낯선 목소리가 울려 퍼졌다.

"남 일이 네 일이 될 수도 있다는 생각은 안 해 봤나."

등골이 싸늘해지는 위화감.

낯선 목소리에 놀란 정곤이 황급히 등지고 있던 철창 밖으로 시선을 돌린 그때.

팽!

철창 사이로 화살 한 대가 쏘아졌다.

쐐액!

서둘러 단근도를 휘둘러 봤지만 겨우 간수 수준의 정곤이 막을 수 있는 시속(矢速)이 아니었다.

"커헙……!"

벼락같이 정곤의 목을 꿰뚫고 튀어 나간 화살이 장설평의 귀밑까지 스쳐 지나가 벽에 박혔다.

콱! 푸스스…….

떨어지는 돌가루 소리와 함께 창살이 끼익, 소리를 내며 열렸다.

"하오문 제남 지부장 장 노야의 아드님, 장 대인 되시오?"

삶을 내려놨던 장설평은 대답 대신 제대로 떠지지 않는 눈을 뜨기 시작했다.

믿기 힘든 일이었다.

"나를…… 아시오?"

희미했던 시야에 비친 얼굴은 장설평이 처음 보는 낯선 인물이었다.

"금벽산이라 하오. 소가주가 보내셨소."

"소……가주?"

"그렇소. 산동악가의 소가주 말이오."

장설평은 한때 악운과 나눴던 한밤의 대화가 떠올랐다.

호사량이 참관하고 악운이 주도했던 그 밤.

　-가칙에 크게 위배되지 않으신 데다가 역량도 출중하시
니 모두 동의할 겁니다.

　-가칙이 무엇이기에?

　-소신(所信).

가칙을 '소신'이라 자랑스럽게 말하며 언젠가 데려가겠다
고 당차게 말하던 청년.

희생과 헌신의 의미를 아는 그의 젊음과 패기는 마음 한편
을 뜨겁게 했다.

그리고 그 청년은 여전했다.

'소신이란 꿈을 꾸고 있나…….'

장설평은 왈칵 눈시울이 붉어졌다.

"결속부터 풀어 드리겠소."

금벽산은 서둘러 장설평의 두 팔과 다리에 결속되어 있는
쇄갑(鎖匣)들을 풀어 줬다.

지탱하고 있던 결속이 풀린 순간.

의지와 다르게 힘없이 쓰러지는 장설평을 금벽산이 제때 받아 안아 들었다.

"이제 외부로 모시겠소."

"아니…… 아니오. 나는 이곳에 있어야 하오."

장설평은 제대로 걷기 힘든 와중에도 금벽산의 손을 힘 있 게 붙잡았다.

'아직 이 정도 힘이 남아 있었나?'

눈을 크게 뜨며 놀란 금벽산은 잠시 동안 잠자코 그를 바 라보기만 했다.

"산동악가가 나를 구해 내는 순간 내가 그대들의 첩자였다 는 것을 인정하는 꼴이 되오. 공적의 빌미를 제공하는 것이 외다."

장설평은 오랫동안 이어진 고문에도 산동악가라는 단어를 단 한 번도 내뱉지 않았던 것이다.

고문에 쓰였던 도구들이, 금벽산의 눈에 스치듯 보였다.

한때 관에 몸을 담았기에 누구보다 잘 안다.

'모두 피가 묻어 있어. 말도 안 되는 인내력이군. 이걸 다 견뎌 냈다고?'

단근도부터 낙인 찍는 인두, 손톱 밑을 긁어 내는 세면도 (細綿刀)까지 극한의 고통을 시험하는 도구들뿐이다.

정말이라면 그는 진심으로 산동악가와의 충절을 지킨 사

내였다.

'어째서 소가주가 위험을 감수하고도 이곳에 왔는지 알겠군.'

금벽산은 새삼 장설평을 대단한 사내로 인정하며 그에게 말했다.

"마음은 알지만 이곳에 계속 갇혀 계시겠다고 하는 것은 오히려 소가주의 발목을 잡으시려는 것과 진배없소."

"그게 무슨……."

"나백이 황보세가와 손을 잡은 이후의 사정 때문에 그런 생각을 하신 모양인데……. 내가 알기로, 이 일엔 그 둘만 껴 있는 것이 아니요."

"다른 세력이 그들에게 합류했단 것이오?"

"나야 말단이니 잘은 모르나 황보세가의 행보에는 비단 동진검가만이 얽혀 있는 게 아니오. 항산파 검수들도 나섰소."

"항산파가 어째서……."

"자세한 건 소가주와 조우해서 물어보시고……. 어쨌든 내가 이것을 통해 드리고 싶은 이야기는 하나요. 장 대인께서 여기에 남아 계신다고 한들, 그들은 우리를 공적으로 삼길 주저하지 않을 것이라는 거요."

"벌써 그리된 것인가……."

"너무 염려 마시오. 우리는 그 싸움을 주도하기로 결정했소. 그러니 택하시오. 본 가에 합류하여 끝까지 저항할지, 아니면."

금벽산이 장설평의 어깨를 자기 어깨에 걸치게 하며 씨익
웃었다.

"무기력하게 죽어 갈지."

"설마…… 모두와 맞서겠다는 것이오?"

"못할 게 뭐요? 이미 본 가의 전력은 태산으로 향했소."

장설평의 눈빛이 세차게 떨렸다.

아버지가 그들에게 기대했던 게 무엇이건 간에 산동악가
의 행보와 그 여파는 이미 아버지의 예상을 뛰어넘은 지 오
래인 게 분명했다.

아니, 자신의 예상마저도.

"큭…… 크으하하!"

장설평은 이상하게 웃음이 났다.

진엽도, 나백도 모두 틀렸다.

산동악가는 그들에게 겁을 먹은 게 아니다.

'때'를 기다리고 있었을 뿐.

한참을 웃던 그는 그 어느 때보다 맑아진 눈빛으로 말했다.

"자, 갑시다."

아버지, 조금만 더…….

살아 보겠습니다.

그러고 싶어졌으니까요.

백훈의 검이 번쩍였다.

쐐액—!

이에 따라 쾌속하게 뻗힌 검.

펑! 펑!

세 방향에 쏟아진 검들이 백훈의 검과 부딪치며 크게 흔들 렸다.

검을 쥔 무인들이 황급히 몸을 빼려 한 찰나.

"어딜."

백훈이 조소했다.

차라라락!

순식간에 한 자루 검을 긁어 내며 나아간 검초가 강물의 지류가 갈라지는 것처럼 수십 줄기로 뻗어 나갔다.

일렁이는 검영(劍影) 사이로 뻗히는 패도적인 일격.

'계속 흐르고 다시 또 흐르는 것처럼.'

연격은 상대가 쓰러질 때까지 멈추지 않는다.

채채채채챙.

쏟아지는 노도 같은 검초를 세 명의 무사는 막아 낼 수 없 었다.

마침내.

"큽!"

단말마의 비명과 함께 세 명의 무인이 십(十)자로 베인 가
슴팍을 내려다보았다.

"네, 네놈은 누구⋯⋯."

힘없이 중얼거린 무인을 필두로 도합 세 명의 무인이 일제
히 좌우로 겹쳐지듯 쓰러졌다.

백훈은 쓰러진 그들을 지나치며 검 끝에 묻은 피를 털어
냈다.

적들을 상대할수록 느껴진다.

'확실히 달라졌어.'

오랜 세월 동안 수련해 온 강수검결(江邃劍決)은 악운의 지
도를 통해 전과는 다른 길을 걷기 시작했다.

부드러우며 매끄럽게 전환되던 검초가 훨씬 더 패도적이
고 격렬해졌다. 투박한 게 아니라 비교할 수 없이 예리해졌
다고 보는 게 맞다.

'검기의 질도 달라졌고.'

쓰러진 놈들의 상흔만 봐도 안다.

백훈은 뒤쪽으로 쓰러져 있는 열 명가량의 무사들을 돌아
본 후 다시 걸음을 옮겼다.

스륵스륵.

소란을 들은 죄인들이 하나둘씩 고개를 들기 시작했다.

몇몇은 봉두난발이 된 채 창살에 매달렸다.

"나, 나도 꺼내 줘!"

"동진검가의 개새끼들을 같이 도륙하자!"

"크하하! 올 게 왔구나!"

장기간 수감된 자들은 대부분 단전이 망가지거나 사지근
맥이 절단되어 있어 제대로 된 전력이 될 수 없었다.

하지만.

최근, 나백에 의해 수감된 본래 동진검가의 전력은 다르
다.

백훈은 걸음을 옮기며 악운과의 대화를 떠올렸다.

─나백은 살인을 즐기는 광인(狂人)이 아냐. 신념에 미친
거지. 적어도 처형 당일까지는 그들의 단전을 살려 둘 거야.

─뭐 하러? 어차피 죽일 텐데.

─본래 동진검가의 전력이 자기 뜻에 따라 주면 그것만큼
보탬이 되는 전력도 없으니까. 목표 달성이 더 쉬워지는 셈
이지.

─그래서 처형 당일 전에 물어볼 것이다? 이대로 죽을
건가, 아니면 진엽을 위해 싸울 텐가 하는 개소리를 지껄이
면서?

─가문의 각 부처 수뇌들과 상의해 본 바로는 충분히 가
능성 있는 일이야.

─아니면?

─아니어도 그 안에 갇힌 죄수만 수백이야. 우리 뜻대로

내부 전력이 대부분 도심으로 파견 나갔다면 소수 전력을 혼란스럽게 하기에 충분한 숫자지.

철컹— 끼익—!

백훈은 일 층 내에서 가장 구석진 곳부터 문을 열어젖혔다.

손발이 모두 결박된 다섯 명의 인물들이 기척을 느꼈는지 일제히 고개를 들었다.

"누구요?"

—누군지 물어볼 땐 장 대인의 사람이라고만 해. 그들은 진엽의 사람들이지, 우리의 사람들이 아니야. 되레 나백을 도울 수도 있어. 그 점 의식해.

악운의 뜻은 백훈의 대답에 한 치의 오차도 없이 반영되었다.

"나는 장 대인의 사람이오. 모두 풀어 주라고 하명하셨소."

"아, 외인을 통해 안배해 두신 것이로군!"

결박된 무인들의 얼굴에 화색이 감돌았다.

꼼짝없이 내일이 처형식이라고 생각했던 그들에게 이건 천금 같은 기회였다.

"단전은 멀쩡하오?"

백훈이 그들의 결박을 풀어 주며 물었다.

철컹-!

첫 번째로 결박이 풀린 무인이 고개를 끄덕였다.

"그렇소. 근맥이나 단전도 건드리지 않았고 고문도 없었소. 대신 처형까지 어느 편에 설지 고민해 보라고 했소."

"역시 그랬나……."

"대신 산공독을 복용시키고 손발도 모두 묶어 놨지. 하지만 그 약효도 조금 있으면 떨어질 것이오. 그들이 복용시키던 시간대를 훨씬 지났소."

대화를 나누는 동안에도 백훈은 나머지 무인들의 결박을 풀어 주었고, 마침내 다섯 명 모두가 자유의 몸이 되었다.

"자, 여기 나눠 가지시오."

백훈은 수거한 열쇠들을 다섯 명에게 각각 나눠 줬다.

"동료들뿐 아니라 원래 갇혀 있었던 죄수들까지 풀어 주는 것이 내부 혼란을 일으키는 데에 훨씬 효과적일 것이오."

"그럴 바엔…… 그자까지 풀어 주는 게 나을 수도 있겠군."

"그자라니?"

"이곳에는 오랜 시간 가주의 엄중한 명령 아래 관리되던 죄수가 하나 있었소. 집의전주께 들어 보지 못했소이까?"

"전혀."

"말씀하지 않으셨나 보군. 최하층 아래 깊숙한 곳엔 가주만 독대할 수 있었던 마인이 살고 있소. 정체도, 갇혀 있는 이유도 알 수 없지. 오직 가주의 허락을 받은 백안사자만 그곳을 드나들었소."

백훈의 눈빛에 흥미로움이 스친 찰나 무인이 마저 말을 이었다.

"죽었다던 절명검마(絶命劍魔)란 이야기가 각 부처의 수장들 사이에서 잠깐 떠돌기도 했소."

"수장이라면……."

"내 정체도 모르면서 나부터 풀어 주었단 말이오?"

피식 웃은 중년 사내가 뇌옥 밖으로 나서며 말했다.

"나, 전 등룡각(登龍閣) 각주 조원진이올시다. 뭐 하느냐! 어서 억울하게 갇힌 가솔들을 풀어 주어라!"

쩌렁쩌렁한 그의 외침이 뇌옥 안에 울려 퍼졌다.

등룡각(登龍閣).

집의전, 위맹각과 아울러 동진검가를 지탱하는 '삼중(三重)'이라 불린 집단이었다.

나백이 가장 꺼릴 중추 인사가 풀려난 것이다.

'나백이 짜증 좀 나겠어.'

한때 나백에게 붙잡혔던 백훈은 그의 뒤통수에 비수를 꽂은 것 같은 쾌감이 일었다.

❧

백안사자 정곤의 품을 뒤져 찾아낸 다섯 개의 열쇠.

그 열쇠들은 오로지 최하층의 가장 깊숙한 복도로 향하는 세 개의 관문을 거치는 데에 사용되었다.

쿵!

마지막 세 번째 문을 통과한 금벽산과 장설평.

"윽."

석실 안에 밴 냄새에 금벽산은 애써 헛구역질을 참으며 곤욕스러운 표정을 지었다.

썩은 시체 냄새 같았다.

"대체 어떻게 이런 곳에 사람이……."

투덜거리려던 금벽산의 눈에 피골이 상접한 이가 결박된 채 매달려 있는 게 보였다.

오랜 고문으로 인한 여파 때문인지 윤기 없는 푸석푸석한 백발이 치렁치렁 늘어져 있었다.

장설평이 그를 불렀다.

"나 장설평이라는 사람이오. 날 모르시겠지만……."

대답은 없었다. 장설평은 안 되겠는지 다시 입을 열었다.

그를 자극해야 했다.

"진엽이…… 죽었소."

그 순간 감겨 있던 그의 두 눈이 번쩍 뜨였다.

"진……엽!"

샛노란 동공에 잠시나마 이채가 흘렀다.

예정된 멸가

꿀꺽.

장설평의 눈빛이 세차게 흔들렸다.

"한 번도 확인해 보지 않았건만, 내부 소문이 사실이었군."

나백과 진엽만이 아는 유일한 비사(秘事), 그 모든 열쇠를 틀어쥔 생존자가 이렇게 멀쩡하게 살아 있었던 것이다.

하지만 그의 상태는 심각했다.

"나, 나는…… 절명검마다……. 나는 수많은 사람을 죽였다. 유원검가를 도륙했으며, 화용검 유미려를 겁탈했고, 진엽이란 대협객에게 붙잡혔다……. 난…… 난 대마두다. 나는 절명검마다……."

절명검마는 방금 했던 말을 또다시 반복했다.

마치 똑같은 말을 주입받은 사람 같았다.

그러나 금벽산은 처음 그의 외관과 석실 상태에만 놀랐을 뿐, 섭혼술에 당한 듯한 모습에는 당혹스러워하지 않았다.

금벽산은 군문 출신.

그는 전장에서 고위 관료들이 섭혼술을 사용하는 무당을 통해 적을 고문하는 일들을 종종 봐 왔다.

"섭혼술(攝魂術)인가?"

"그런 것 같소."

섭혼술.

정신력이 약해진 상대의 이지를 빼앗아 원하는 대로 조종하는 술법이다.

미혼술(迷魂術), 미염공(美艷功)과는 차원이 다르다.

두 가지 모두 몇몇 조건을 충족하게 되면 사람을 홀리는 정도에 그치지만…… 섭혼술은 조건을 충족하면 정신을 파괴한다.

지금처럼.

"별수 없겠군. 수혈을 짚으시오."

장설평이 눈살을 찌푸리며 말했다.

"데려갈 셈이시오?"

"그렇소."

"곤란한데……."

"이미 곤륜의 제자라는 것이 밝혀졌으니 그는 존재만으로도 살아남은 그의 후예들에게 정신적 지주가 되어 줄 것이오."

장설평은 오랜 세월 고문받아 온 그를 안쓰럽게 바라봤다.

"다른 건 다 떠나서 이제 이 길고 긴 어둠 속에서 누군가는 손을 내밀어 줘야 하지 않겠소이까."

"알겠소. 일단 나가서 생각합시다."

금벽산이 고개를 끄덕인 후 그를 매달아 놓고 있는 쇠사슬을 향해 활을 쐈다.

쐐액- 펑-!

순식간에 쇠사슬에 둘려 있던 절명검마가 힘없이 추락했다.

타닥!

장설평은 성하지 않은 몸을 날려 얼른 그를 받아 냈다.

"나는…… 절명검마다……. 나는……."

반쯤 안겨 있는 그는 자유의 몸이 된 순간에도 여전히 몸을 움츠리며 똑같은 말을 뱉어 댈 뿐이었다.

'처참하군.'

얼굴 위에 낙인처럼 새겨진 다섯 개의 노(奴) 자국과 개수를 세기도 힘든 수많은 칼자국들.

포처럼 뜬 살점은 꼭 화상 자국같이 보였다.

'이렇게까지 하면서 굳이 살려 둬야 할 이유가 뭐였을까?'

장설평은 진엽의 선택과 행동에 의문이 생겼지만, 그 답을 해 줄 수 있는 유일한 사람은 현재 온전한 상태가 아니었다.

"이제 나가셔야 하오. 조만간 도심으로 파견 나갔던 병력들이 돌아올 것이오."

"그럽시다."

금벽산은 재빨리 장설평 대신 그를 들쳐 안으며 그의 수혈을 짚었다.

비쩍 마른 그는 살아 있는 게 신기할 지경이었다.

타탁!

중얼중얼하던 절명검마가 혼절에 이르자 두 사람은 서둘러 밖으로 이동했다.

뇌옥 안으로 동진검가의 가솔이 빠르게 집결하기 시작했다.

그 중심엔 동진검가 내 요직을 맡았던 세 명의 인물이 있었다.

등룡각(登龍閣) 각주, 조원진.

휘호대(揮虎隊) 대주, 왕명한.

위진대(衛瞋隊) 대주, 엄종.

이들 세 사람은 나백이 아니라 진엽에게 충성한 인물들로, 나백의 강경한 선택을 반대한 이들이었다.

엄종은 끝까지 중도를 택했고, 왕명한은 진이호의 심복이었다.

나백에게 불만이 있는 건 당연했다.

순식간에 모인 삼백여 명의 고수.

"집의전 인원은 모두 숙청당했고 집의전주는 아직 모습을 보이지 않으니, 총지휘는 내가 맡겠네. 괜찮겠는가?"

"그러십시오."

"좋습니다!"

가문 내에서 조원진의 덕망과 통솔력은 나백이 꺼릴 만큼 두터웠다.

나머지 두 수장의 대답은 당연했다.

"좋네."

때마침 조원진의 눈에 기광이 맺혔다.

공력이 돌아오는 신호였다.

"우린 장 전주의 안배로 절호의 기회를 얻었네. 어쩌면 도망칠 수 있을지도 모르지. 그럴 생각이 있다면 누구든 가도 좋네."

장내에 정적이 감돌았다.

그 누구도 떠나지 않고 있었다.

"가도 좋다고 했네."

왕 대주가 외쳤다.

"싸우겠습니다!"

순식간에 가솔들의 기세가 올랐다.

"동진검가를 되찾겠습니다!"

조원진이 뜨거운 눈으로 그들을 봤다.

"위맹각은 전보다 더 강하네. 알다시피 동후단(東煦團)과 제남이당(齊南二黨)이 반대파를 숙청하고 위맹각에 합류했으며 황보세가가 그들의 배후에 있네. 그런데도 싸우겠는가."

장내는 침묵으로 일관했다.

끝까지 싸우겠다는 그들의 대답이었다.

조원진은 쓰게 웃었다.

"가주님의 뜻이 그대들의 곁에 있을 걸세. 가세. 빼앗긴 병기부터 찾을 것이야."

삼백에 이르는 동진검가의 검객들이 뇌옥 밖으로 신형을 날렸다.

같은 시각 백훈은 지하를 빠져나오는 장설평 일행과 조우했다.

"조 각주 얘기가 사실이었잖아?"

"이미 들은 바가 있었소?"

금벽산의 반문에 백훈은 조원진으로부터 들었던 얘기를 전해 줬다.

그러는 동안 서태량이 합류했다.

"상황이 급하니 자세한 이야기는 나중에 하고, 애물단지가 생겼으니 여길 빠져나갈 생각부터 하자."

백훈이 한 아름 가져온 옷을 땅바닥에 던졌다.

그것을 본 장설평이 읊조렸다.

"황보세가?"

왼쪽 가슴에 '중정(中庭)'이란 글자가 수놓인 수미중정단의 전용 무복이었던 것이다.

심지어 새것도 아니었다.

검에 베여 너덜거리는 데다 피까지 묻은 무복들이었다.

백훈은 옷을 갈아입고는 미리 제작했던 인피면구를 얼굴에 빠르게 붙이기 시작했다.

인피면구는 자세히 살피지 않으면 들킬 위험이 전무해 보였다.

검문 과정이 아닌 이상 최고의 위장이었다.

"방금 전에 내가 벤 놈들이 입고 있던 옷이오. 적당히 칼에 베이고 피가 묻었지."

이어서 백훈이 남은 옷을 절명검마에게도 입힌 후에 주변의 시신에서 흘러나온 핏물을 그의 얼굴과 자신의 얼굴에 덕지덕지 발랐다.

"내부에는 난(亂)이 벌어졌고, 파견 나갔던 고수들은 금세 장원으로 돌아오는 길이겠지. 그러니 이 순간부터 마주치는 자들에게는 이렇게 말씀하시오."

금벽산과 서태량이 동시에 외쳤다.

"급보! 반란입니다! 저희는 도심에 파견된 가솔들에게 급보를 알리는 임무를 맡았습니다! 서둘러 귀환하시랍니다."

백훈이 씨익 웃었다.

"……라고."

듣고 있던 장설평이 헛웃음을 흘리며 절명검마를 가리켰다.

"그럼 이 사람은 어떡하오?"

"계획에 없던 짐은 맞지만 딱히 상관없소."

듣고 있던 금벽산이 물었다.

"좋은 방법이라도 있소?"

"소식을 알리는 길에 다쳤다고 하면 되지. 앞으로 쓰러질 자가 한둘일 거 같소?"

단순하지만 명쾌한 답변이었다.

"자, 이제 갑시다."

"잠깐, 떠나기 전에 물어볼 것이 하나 더 있소."

"뭐요?"

장설평이 백훈에게 나직이 물었다.

"소가주는 언제 합류하는 것이오?"

그 반문에 백훈은 조금 굳은 표정으로 말했다.

"소가주에게는 남은 임무가 있소."

장설평의 눈빛이 흔들렸다.

"그 말은……."

"그렇소. 우리 일행이 빠져나가는 이 순간에도 소가주는 장원 안에 남게 될 것이오. 우리의 목적은 구출이지만 소가주의 목적은……."

백훈의 눈빛이 싸늘하게 가라앉았다.

"나백의 동진검가를 끝내는 것이니까."

～❦～

나백은 위맹각 내의 집무실에서 홀로 차를 마시고 있었다.

"항산파 검수들의 피살이라……."

황보세가의 갑작스러운 전력 이동을 보고 알아본 결과, 파견 나온 항산파의 정예 고수들이 모두 살해됐단 소식을 들었다.

"겁 많은 협잡꾼 같으니라고."

나백은 황보정이 그 사실을 공유하지 않은 건 빈틈을 보이기 싫어서라는 것을 단숨에 눈치챘다.

하지만 뜻대로 따라 주기로 했다.

가문의 병력은 오로지 산동악가라는 적을 베는 데에만 쓰여야 하니까.

하지만 계속 신경이 쓰인다.

결의서 발표를 앞둔 합동 장례 전날 벌어진 항산파 검객들의 도륙이라…….

산동악가의 소행일까?

정황상 그쪽일 확률이 높지만 수집된 정보에 의하면 흉수는 검을 쓴다.

'산동악가에 합류했다는 유원검가의 생존자 놈들인가? 놈들 중에 항산파의 검수를 비명 지를 새도 없이 쓸어버릴 만한 고수가 있다고?'

나백은 이내 고개를 내저었다.

만고의 기연이라도 얻지 않은 이상 그런 일은 불가능에 가깝다.

그때 멀리서 기척 하나가 다가오는 게 느껴졌다.

"각주님!"

동후단(東煦團)의 영 단주였다.

"아무도 들이지 말라 했거늘."

"송구하오나 긴급을 요하는 일입니다!"

나백의 눈이 번쩍 뜨였다.

"무슨 일이기에?"

동후단 단주가 서둘러 보고를 시작했다.

"동용병창(東鎔兵倉)이 습격당했다고 합니다. 적의 숫자는 대략 삼백이 넘으며, 흉수는……."

잠깐 머뭇거리는 영 단주에게 나백이 호통을 쳤다.

"어서 말하라!"

"뇌옥에 갇혀 있던 동진검가의 가솔들입니다. 우선 그들을 저지하기 위해 산하의 동후단과 제남이당을 움직였습니다. 장원 내부에 남은 황보세가도 곧 협력할 것입니다!"

"대체 그들이 어떻게 빠져나왔단 말이더냐!"

나백이 화를 못 참고 앞에 놓인 탁자를 그대로 엎어 버렸다.

콰쾅!

영 단주가 황급히 고개를 숙였다.

"송구합니다. 아직 흉수는 파악하지 못하였습니다."

나백의 얼굴이 와락 일그러졌다.

그 순간 그의 머릿속을 스쳐 가는 한 사람.

"집의전주의 행방은?"

"그 또한 아직 파악하지 못했습니다."

"만약 그의 행방을 찾을 수 없다면 이번 일은 분명 그의 탈출을 돕기 위한 외부 조력자의 짓일 것이다. 빠르게 난을 진압하고 그 조력자를 찾아야 한다. 위맹각을 모조리 집결시켜라!"

"하면 의심하시던 첩자가……."

"반란이 진압되면 알게 되겠지. 어서 움직여라."

"분부하신 대로 따르……."

영 단주가 서둘러 짧은 묵례와 함께 일어나려던 찰나.

쐐액!

나백은 등지고 있던 창가에서 서늘한 위화감을 느꼈다.

'기습!'

순간적으로 옆으로 고개를 젖힌 그가 일갈을 터트렸다.

"영 단주!"

영 단주는 나백의 음성에 반응하려고 했다.

콱!

하지만 이미 이마에서는 화끈한 통증이 몰려오고 있었다.

검을 뽑기도 전에 날아온 비수가 그의 이마에 박혀 버린 것이다.

툭! 툭!

빠르게 떨어지기 시작한 핏물과 함께 영 단주가 입을 벙긋거렸다.

"가, 각주⋯⋯."

"감히⋯⋯!"

부서질 것처럼 이를 악다문 나백의 눈동자에서 격렬한 살의가 흘러나왔다.

"네놈은⋯⋯ 누구냐."

나백은 의자 옆에 둔 검을 집어 들며 천천히 창가를 향해 돌아섰다.

방금 전의 그 암습은 방심이 한몫했지만 제아무리 방심했다고 하여도 그는 절정 고수다.

그를 일격에 죽일 수 있다는 건 동수 혹은 그 이상의 고수라는 것.

나백은 오랜 경험을 통해 쉽게 경거망동하지 않고 분노를 다스렸다.

"차분하군. 의외야."

창가에 올라서 있던 복면인이 훌쩍 뛰어내려 섰다.

손에 쥔 창이 제일 먼저 눈에 띈다.

"목소리가 젊구나."

적진에서도 긴장감 없이 차분한 태도를 유지할 만큼 담력이 있으며, 호랑이 굴이나 다름없는 동진검가의 검문을 속일 수 있는 젊은 창의 고수라…….

나백의 머릿속에 떠올랐던 후보 인물들이 빠른 속도로 사라지며 단 한 사람만이 남았다.

그가 아는 한 그럴 만한 인물은 단 한 명밖에 없었다.

"으하하하!"

나백이 쩌렁쩌렁한 웃음을 터트렸다.

"과연……! 그래, 그래야지."

나백이 앞길을 막는 의자를 벽으로 집어 던지며 걸음을 옮겼다.

쾅!

"오는 길은 편안했더냐?"

복면인은 대답 대신 복면을 풀어 헤쳤다.

계획대로 모든 일이 차질 없이 진행되었으니 더는 신분을 감출 필요가 없었다.

"산동악가의 악운이여."

나백과 마주 선 악운이 담담한 눈빛을 치켜떴다.

"방비가 허술해서 어렵진 않더군."

"집의전주라도 구하러 온 것이냐."

나백의 반문에 악운은 피식 웃으며 필방을 고쳐 쥐었다.

"그게, 중요한가?"

나직한 반문에 나백의 눈빛에 광기가 휘돌기 시작했다.

근육이 팽창하듯 불거지고, 어마어마한 기류가 수염을 좌우로 흩날리게 했다.

"맞다, 중요하지 않지."

나백이 이내 하얀 이를 드러내며 웃었다.

"반드시 네놈의 사지를 갈가리 찢어 내 형제의 가는 길에 선사하마."

"그래."

악운이 한 걸음을 내딛자 주변의 공기가 바뀌었다.

"자비는 없을 거야."

가라앉은 악운의 눈동자에서 파괴적인 기류가 흘러나왔다.

그에 나백은 시작부터 전력을 끌어 올렸다.

독문절기는 '광력검법(洸靂劍法)'.

한 기인을 사사한 후 오랜 세월 동안 그가 갈고닦아 온 절기였다.

평범한 검보다 넓적한 검 면에 검기가 실렸다.

콰콰콰!

성난 파도와 같은 검초가 악운이 있던 자리를 휩쓸고 부서
트렸다.

쐐액! 쐐액!

돌진하는 나백에 의해 회피하던 악운이 창가 쪽으로 내몰
렸다.

허리를 비튼 악운의 얼굴 옆으로 나백의 검이 스쳐 지나갔
다.

찰나간 그 검신에 비친 나백은 의기양양하게 웃고 있었다.

"계속 도망만 칠 셈이더냐!"

그의 검기에 반 조각 난 창문과 천장이 일부 와르르 무너
지며 전각 일 층으로 추락했다.

콰쾅!

굉음과 함께 자욱하게 퍼지는 먼지구름.

악운이 그 속을 뚫고 지붕 위로 훌쩍 튀어 올랐다.

나백이 그 뒤를 쫓으며 검을 휘둘렀다.

퍼퍼퍼펑!

검기 다발이 악운의 곁을 스쳐 지나가며 사방으로 흩날
렸다.

나백의 검이 독기 오른 이리와 같이 악운을 베고 또 베었다.

악운은 정면으로 힘겨루기를 하지 않고 회피하고 튕겨 내
는 것만을 반복했다.

얼핏 기세에 눌려 쉽게 다가서지 못하는 것처럼 보였다.

사박사박.

그사이 드넓은 지붕 위로 위맹각의 무사들이 하나둘 올라서며 사방을 포위했다.

"놈이 빠져나갈 수 없게 진형을 두텁게 쌓아라!"

위맹각 가솔들은 냉철했다.

탄성이 나올 법한 두 사람의 공방을 보니 끼어드는 게 오히려 나백에게 방해가 되리라 판단한 것이다.

대신 그들은 혈전 이후를 준비했다.

일백이 넘는 위맹각 무사들이 삼열(三列)로 두텁게 포위망을 쌓았다.

"각주님을 믿고 기다린다!"

위맹각의 신임 부각주가 검병을 뽑으며 비장하게 외쳤다.

"와아아!"

아군의 가세에 나백의 기세가 더욱 올랐다.

검기의 날카로움이 배는 커졌다.

콰콰콰!

양단된 검에 의해 지붕 한편이 와르르 무너졌다.

악운은 추락하기 전에 무너지는 기왓장을 차고 뒤로 물러났다.

"놓칠 것 같으냐!"

나백이 아래층이 보이는 구멍을 단숨에 뛰어넘어 악운의 정수리를 내리찍었다.

콰아앙!

강한 기의 바람이 일어나며 둘의 검이 밀착했다.

나백이 점점 악운을 내리누르며 그와 대화를 나눌 만큼 가까워졌다.

"결국 허명보다 못한 실력이었던 것이냐? 아니면 감추고 있는 것이냐. 말해라, 무슨 의중이더냐."

"다 모인 것 같군."

"뭐?"

"진엽, 나백과 오랜 시간 함께해 온 위맹각의 붕괴는 동진검가의 멸문을 의미할 테지. 나백, 네가 죽고 나면 황보세가의 명분은 누가 책임지지?"

"설마…… 네놈! 일부러?"

이제껏 밀리기만 하던 악운의 필방이 조금씩 나백의 검을 밀어내기 시작했다.

"시선은 충분히 끌었고 위맹각과 네가 무대에 올랐으니."

악운의 눈빛이 서늘해졌다.

"그거면 됐어."

불길함을 느낀 나백이 이를 갈았다.

"황보세가의 가주와 그 측근들이 장원 안에 있다. 이미 이곳의 소란도 그들의 귀에 들어갔을 터. 네놈이 제아무리 강하다 하더라도 이곳의 포위망을 뚫고 나갈 순 없을 것이다."

"그럴까?"

담담한 악운의 반문.

쏴아악!

'기세가 달라졌다.'

오랜 세월 목숨을 살려 준 경험을 밑천으로 한 직감이 말하고 있었다.

떨어지라고.

애초부터 나백은 화경에 올랐단 소문이 있는 악운과 전면으로 부딪칠 생각이 없었다.

황보 가주와 그 측근들이 모일 때까지 놈의 발목을 잡아 합공하는 것이 목표였다.

다음 순간 나백이 검을 잡고 물러나려던 찰나.

'떨어지지 않는다.'

검이 마치 강한 인력이라도 생긴 것처럼 악운의 적창(赤槍)에서 떨어지지를 않았다.

"무슨 사술을 쓰는 것이냐!"

악운은 대답하지 않고 강하게 창을 올려쳤다.

동시에 방금 전 나백의 힘을 온전히 받아 내면서 응축되었던 인력(引力).

'제갈세가, 칠현풍원검의 묘리.'

그 기운이 악운의 온몸을 휘돌아서 수십 배의 위력으로 발산됐다.

"이런!"

미처 검을 놓지 못한 나백의 전신으로 막강한 기운이 뻗쳐 나갔다.

콰아아앙!

그 여파로 지붕이 일부분 무너져 내리고 나백이 그 속으로 빨려 들어가듯이 튕겼다.

먼지바람이 기파에 휘말려 사방으로 흩날린다.

구구구!

지붕의 사분지 일이 무너지자 전각 또한 흔들렸다.

보다 못한 부각주가 소리쳤다.

"놈이 각주님께 가지 못하도록 막아라!"

흩어졌던 위맹각의 무사들이 악운을 향해 일제히 달려왔다.

'원하던 바!'

악운은 그 모습을 오연하게 응시하며 지붕을 마주 달렸다.

'천산파의 걸음은 붕새와 같으니.'

천산파의 절기가 악운의 걸음 속에 녹아들었다.

천금칠신보(天禽七身步).

먼지바람을 통과하던 악운의 신형이 순식간에 사라졌다.

"없어!"

"놈이 사라졌다!"

지붕을 둘러싸고 쇄도하던 위맹각의 무사들이 혼란에 휩싸였다.

싸늘한 정적.

악운이 어디서 나타날지 모르는 상황 속에 위맹각 무사들의 경계심이 극에 달했다.

부각주가 소리쳤다.

"결집해라! 놈이 모습을 보이는 곳에서……."

말끝을 잇던 부각주의 눈이 순간 부릅뜨였다.

"큽……."

어느새 가슴을 뚫고 나온 창날.

부각주가 이를 악물고 악운의 창날을 양손으로 콱 쥐었다.

부각주가 사력을 다해 일갈을 터트렸다.

"여기다!"

동귀어진하겠다는 의지였다.

"위맹아방진(威猛牙防陣)을 펼쳐라! 부각주께서 놈을 붙잡고 있다!"

"놈을 죽여!"

"진 가주의 원수다!"

원처럼 주변을 가득 메운 무사들이 악운이란 중심을 향해 쇄도했다.

쏴아아!

동시에 악운의 눈동자 위로 청염이 일었다.

필방에 겹친 기운이 창강(槍鋼)으로 화하여 솟아오르고.

"너희의 걸음으로는."

악운은 한 걸음을 부각주를 향해 내디뎠다.

"모자라."

필방이 부각주의 가슴뼈를 완벽하게 박살 내며, 반으로 일도양단했다.

콱! 쩌저적!

쓰러진 부각주의 핏물을 밟고 악운이 두 번째 걸음을 내디뎠다.

백리안이 사위를 명료하게 꿰뚫어 보고, 파장력이 사각지대의 기척들을 감지해 낸다.

세 번째 걸음에는 만 가지 변화가 담겼다.

악운의 권역이 닿는 모든 것을 지배했다.

사사사삭!

먼지바람을 뚫고 나온 악운이 수십 개의 잔영으로 흩어졌다.

한 무사가 마주 달리던 것을 멈추고 마른침을 삼켰다.

"미, 미친! 어디에 있는 거지?"

그 무사가 나지막이 중얼거린 찰나.

"커헉!"

악운의 창은 수십 걸음 떨어진 무사의 목을 베고는 순식간에 그 반대편의 무사의 가슴을 꿰뚫고 있었다.

하지만 더욱 소름 돋는 건 그 와중에 악운의 눈이…….

"나, 나를 보고 있어."

꿀꺽!

그 옆에 있던 동료가 압도당한 눈빛으로 마른침을 삼켰다.

"아니, 우리야. 놈은 모두를 느끼고, 보고 있어."

공포에 잠식당한 두 사람의 등 뒤로 악운의 창이 나타났다.

쐐액!

두 명의 목이 단숨에 날아가고 악운이 다시 움직였다.

악운이 지붕을 밟아 갔다.

그의 칠흑 같은 흑발이 흩날릴 때마다 어김없이 적의 머리가 튀어 올랐다.

위맹각이 자랑하는 동진은하검(東眞銀河劍)도, 위맹아방진도 모두 허사였다.

악운은 일 보에 수십 걸음을 나아갔다.

그들은 그가 다가오는 것을 죽기 직전 겨우 마주할 뿐이었다.

쐐액! 쐐액!

그 움직임이 너무 빨라 마치 수십 명의 악운이 동시에 적을 베어 나가는 정경처럼 보였다.

찌르고, 베고, 회선(回旋)하는 등 그 연계의 흐름도 막힘없이 이어졌다.

뻗을 땐 산동악가의 명명보(明冥步)가, 흔들림 없는 중심을 원할 땐 소림의 금강부동신법(金剛不動身法)이 발끝에 실렸다.

악식의 무림

결집력을 잃은 이리는 맹호의 먹이가 될 뿐.

대열이 붕괴되어 좌우로 흩어진 위맹각 무사들은 악운의 창이 번쩍일 때마다 달빛 아래 스러졌다.

피바람과 함께 목이 날아갔고, 가슴뼈가 함몰된 채 지붕 아래로 추락했으며, 상하체가 반으로 나뉘었다.

쿵!

곧이어 지붕에 쌓였던 먼지들이 바람에 밀려나고, 달빛 속에 홀로 남아 있는 건 악운밖에 없었다.

일백이 넘는 위맹각의 무사들이 싸늘한 고혼이 되어 지붕에 걸려 있거나 추락한 것이다.

"으드득……!"

내상 입은 몸을 추스르자마자 지붕에 올라선 나백의 눈에도 처참한 상황이 한눈에 들어왔다.

진엽을 위해 정성 들여 키운 놈들이다.

"큭큭, 크으하하!"

나백은 오히려 웃음을 터트렸다.

진엽의 장례를 보고자 모인 수많은 귀빈들이, 머물던 전각에서 나와 악운과 나백을 바라보고 있었다.

혼란은 절정을 향해 치달았다.

화르륵!

얼마 떨어지지 않은 전각 곳곳에서도 불길이 치솟고, 병장기 부딪치는 소리와 비명이 대장원을 가득 메웠다.

"우리가 무너진다 하여 달라질까? 아니다, 우리는 그저 시작일 뿐이지. 너는 수많은 자들을 자극한 것이다. 전란(戰亂)의 모든 비명, 살육은 너희 가문이 시작한 싸움 때문에 일어날 것이다."

나백이 입안에 가득 고인 검은 피를 뱉으며 악운을 향해 걸음을 옮겼다.

"안락했던 평화를 깬 건 네놈들인 게야."

'광력검법(洸靂劍法)'을 펼치기 위해 내공을 끌어당긴 나백의 기운이 확연히 달라졌다.

쿠쿠쿠쿠!

성한 곳이 없는 지붕 위로 더 강한 기의 바람이 몰아쳤다.

"평화? 너희가 모래성 위에 쌓은 건 하나야."

악운의 눈에 보이는 나백은 여전히 천휘성이 남긴 모래성 같은 평화가 유지될 거라고 생각하는 망령과도 같았다.

"아집(我執)."

평화는 온 적도 없다.

그저 그렇게 생각하길 바라는 자들이 세운 허상일 뿐.

쾅!

온몸의 근육이 불거진 나백이 혼신을 다해 땅을 박찼다.

"쿨럭."

악운의 기운으로 인해 생긴 내상이 다시 터졌다.

하얀 수염에 번진 피가 점점 짙어지지만 나백은 더 이를 악물었다.

수명을 끌어당기는 선천진기를 활용한 마지막 절초.

광력투혼(洸靂鬪魂).

살아남을 생각 따윈 진작 접었다.

돌개바람 같은 형태의 검기가 나백의 검을 둘러싸며 맹렬하게 휘돌았다.

콰콰콰!

그 회전력의 여파에 나백의 온몸이 휘감겼다.

옷이 찢기고 살이 갈라졌다.

나백은 비명 한 번 지르지 않고 악운을 향해 검을 뻗었다.

여파만으로 그가 내딛는 지붕이 모두 갈려 나가는 강력한 위력.

콰아아아!

나백의 검이 수십 개의 검영을 일으키며 악운의 전신에 쏟아졌다.

쾅! 쾅!

만근의 무게와 같은 검격.

악운은 그에 맞서며 계속 전진했다.

종이 한 장 차이로 나백의 검은 악운에게 끊임없이 가로막히고 좌절했다.

콰쾅! 쾅!

마침내 악운의 창이 나백의 검격을 돌파해 그의 심장으로 뻗히려던 순간.

"매 순간 나를 기억하게 될 것이다!"

나백이 이를 드러내며 웃었다.

기다렸다는 듯 나백이 온몸을 비틀며 검을 쥔 우수를 뻗었다.

도저히 창을 든 악운에게는 닿지 못할 거리.

하지만 나백이 포기한 건 삶만이 아니었다.

그의 손아귀에서 빠져나온 검이 엄청난 속도로 휘돌면서 쏘아졌다.

간극을 좁히기 위한 투검식(投劍式).

"네놈의 팔이라도 가져가마! 으하하!"

번쩍!

달빛에 반사된 검광이 악운의 심장에 내리꽂혔다.

나백은 흐릿한 눈으로 악운을 바라보았다.

원하던 대로 모든 것을 쏟았고…… 해냈다.

"통탄스럽구나."

나백은 깊숙이 박혀 있는 창을 믿기 힘든 눈으로 내려다봤다.

악운은 아무 말 없이 나백에게 박혀 있는 창을 더 밀어 넣었다.

파르르-!

떨리는 나백의 눈가에 담긴 원한이 죽음과 함께 서서히 흐릿해져 갔다.

검이 닿지 못한 이유는 많았다.

하지만 가장 큰 이유는 '착각'과 '오만'이다.

나백이 악운과 근접한 순간부터 이미 그의 검역은 악운의 권역 아래 있었다.

가능할 거란 생각조차 오만이었다.

진엽이 그랬던 것처럼…….

몸에서 창이 빠져나오자마자 나백의 무릎이 꿇렸다.

쿵!

동시에 나백의 발밑에 생긴 균열이 비산하며 그의 시신이 힘없이 추락했다.

저벅!

악운은 아래를 내려다보지 않고 매몰차게 고개를 돌렸다.

파괴된 지붕을 바라보고 있는 수많은 귀빈들이 들어야 할 말이 있었다.

"동진검가의 죄악은 일일이 열거하기 힘들 정도로 많소. 그들은 화용검과 유원검가를 멸가시켜 놓고 절명검마에게 누명을 씌웠고, 심지어 절명검마는 마두의 제자도 아니었소. 그는 곤륜의 제자였소! 황보세가는 그 진실을 알면서도 그들을 복속시키는 데 혈안이 되어 진실을 덮은 게 분명하니!"

악운이 지붕 위에 집결하기 시작한 황보세가의 가솔들을 향해 일갈을 터트렸다.

"본 산동악가는 황보세가와 문파대전을 선포하겠소!"

진실 여부를 막론하고.

대장원에 초빙된 수많은 명숙들에게 산동악가의 재건이 완벽하게 각인된 순간이었다.

진이호는 자리에서 벌떡 일어났다.

밖에서 병장기 소리가 난 지 얼마 되지 않아.

쾅!

그가 반강제로 갇혀 있던 방 안으로 위맹각 무사 두 명이 피투성이가 된 채 튕겨 왔다.

"소가주!"

"오오! 이게 누구시오!"

진이호의 얼굴에 화색이 돌았다.

휘호대의 왕 대주가 휘호대를 이끌고 찾아온 것이다.

"대부인과 소가주를 모시러 왔습니다!"

왕 대주와 함께 온 휘호대가 빠르게 대열을 갖췄다.

"탈옥했군!"

그 모습에 진이호의 눈에 희망이 실렸다.

"어머님! 이제 살았습니다! 나백 그 쓰레기 같은 놈이 드디어 빈틈을 보인 모양입니다!"

같은 방에 갇혀 있던 대부인이 표독스러운 표정을 지었다.

"내, 그럴 줄 알았느니라! 당장 놈의 사지를 찢으러 가자 꾸나!"

진이호가 고개를 끄덕였다.

"어서 나가지요! 소자가 선봉에 서겠습니다!"

진소아도 화색을 보였다.

"오라버니, 우리 이제 나갈 수 있는 거예요?"

"오냐, 오라비만 따라오거라!"

기세가 오른 세 가족을 보며 왕 대주는 말없이 얼굴이 굳어졌다.

"소가주."

왕 대주는 검을 빼앗긴 진이호에게 검 한 자루를 내주며 말했다.

"말씀하시오."

"사정이 그리 좋지만은 않습니다."

"그것이 무슨……."

"병기고를 탈취하긴 했으나 황보세가의 숫자가 워낙 많습니다. 소가주는 대부인을 모시고 여길 어서 떠나셔야 합니다."

진이호가 악을 썼다.

"내가 내 집을 놔두고 대체 어딜 가야 한단 말이오!"

"이이익! 왕 대주, 네 이놈! 가주께서 돌아가셨다고 나더러 꼬랑지를 말고 도망이나 가라고 해?"

"대부인, 후일을 도모하시라는 말씀을 드리는 것입니다. 이놈들은 휘호대 중에서도 제가 고른 놈들이니 퇴로까지 무사히 안내해 드릴 것입니다."

진이호는 눈을 굴리며 고심했다.

흥분하기는 했지만 왕 대주가 괜히 이런 말을 하는 게 아닐 것이다.

"어머니, 왕 대주 말이 맞습니다. 후일을 도모해야 합니다."

"내가 내 남편의 장례조차 치러 주지 못하고 떠나야 한단 말이냐? 검가는 내 것이다. 내 것이란 말이다!"

동진검가를 세운 건 진엽이지만 오랜 시간 기틀을 다져 온 가장 큰 공신은 대부인이었다.

제남 대형 무관의 유일무이한 딸이었던 그녀가 무관을 검가에 흡수시키면서 동진검가가 한층 더 성장할 수 있었던 것이다.

"어머니! 우리 오라버니 말대로 해요! 저는 죽기 싫다고요!"

남매의 만류에 대부인은 말없이 이만 갈았다.

왕 대주가 재차 재촉했다.

"대부인, 송구합니다만 결행하셔야 합니다! 시간이……!"

왕 대주는 이들의 퇴로를 확보해 준 후에 조원진에게 합류하기로 되어 있었다.

서둘러 합류해야 조금이라도 승산이 있었다.

왕 대주가 선두에 서려고 돌아선 그때.

"끄아악!"

밖에서 소름 끼치는 비명이 들렸다.

왕 대주가 눈을 부릅떴다.

"무슨 일이냐!"

"제가 알아보겠습니다!"

함께 있던 네 명의 휘호대 가솔들이 열려 있는 문을 통해 복도 밖으로 나선 순간.

번쩍!

강렬한 검광이 나타나 가솔 셋의 목이 단번에 떨어졌다.

마지막 남은 한 명이 어안이 벙벙한 얼굴로 천천히 왕 대주를 돌아봤다.

"대, 대주님."

왕 대주가 뭘 할 새도 없이 날카로운 검날이 가솔의 목을 뚫었다.

"꾸르륵!"

힘에 떠밀려 한발 물러난 가솔.

동시에 벽 뒤에 있던 노인이 무표정한 얼굴로 나타났다.

"이놈이나 저놈이나…… 재미없긴 마찬가지구나."

콰악!

검을 회수한 노인이 나른한 눈동자를 돌려 방 안의 면면을 살폈다.

"흐음."

평범한 범부와 다를 바 없는 체격과 유순한 눈매였지만, 왕 대주와 진이호는 둘 모두 쉽게 움직일 수가 없었다.

방금 전 마지막 가솔을 죽인 일격에 압도된 것이다.

꿀꺽.

왕 대주는 마른침을 삼켰다.

'검의 잔상도 제대로 보지 못했다.'

이미 노인이 여기까지 들어선 이상 데리고 왔던 휘호대는 전멸했다고 봐야 했다.

"모두…… 죽었나?"

왕 대주가 어렵사리 말문을 꺼냈다.

수염을 쓸어내리던 노인이 잠깐 움직임을 멈추고 웃었다.

"전부."

간결한 대답을 들은 왕 대주의 얼굴이 노기로 붉어졌다.

으드득!

이를 가는 그를 보며 노인이 담담히 말했다.

"몰골을 보아하니 네놈들이 탈옥을 했다는 애송이인가 보구나."

"당신은 누구요?"

"주저리주저리 떠들 시간에……."

노인의 눈에 광망이 서렸다.

"덤비거라."

"왕 대주는 따르시오!"

진이호가 참지 못하고 땅을 박찼다.

간결하고 쾌속한 검공이 단숨에 노인의 전신 요혈을 베고, 또 베었다.

"네 검공엔 두려움이 배어 있다. 검은 그리 펼치는 게 아니야. 진짜 죽을 각오를 해야지."

"닥쳐라!"

도발에 넘어간 진이호가 검을 쓸어 올렸다.

"우습구나."

회피만 하던 노인이 순식간에 반보를 내디디며 거리를 좁혔다.

타타탁!

진이호는 황급히 검로를 바꿔 반사적으로 검을 얼굴 앞에 가져다 댔다.

펑!

동시에 노인의 검이 진이호의 검 면을 스치듯 부딪치며 그의 볼을 베어 갔다.

'피했어!'

안도한 것을 들킨 것일까?

노인의 서늘한 음성이 귓가를 때렸다.

"좋아하기엔 이르다, 애송아."

"그게 무슨……!"

진이호가 눈을 부릅뜨자 그의 뒤쪽에서 강한 비명이 울려 퍼졌다.

"크아악!"

진이호가 피했다고 생각한 검은 애초부터 진이호를 노린 게 아니라 합공하려던 왕 대주의 가슴을 노린 것이었다.

파악!

왕 대주가 토해 낸 핏물이 진이호의 어깨를 적신 그때.

퍽!

노인이 검을 쥐지 않은 반대편 손으로 진이호의 요혈을 가격했다.

"우에엑!"

내장이 진탕된 고통에 진이호가 몸을 새우처럼 굽힌 찰나.

노인은 왕 대주에게서 뽑아 든 검을 그대로 진이호의 뒷덜미에 내리찍었다.

콱!

그 동작이 너무 매끄럽고 빨라서 대부인과 진소아는 진이호와 왕 대주가 쓰러지는 것만 제대로 봤을 뿐이었다.

덜덜—!

아들의 죽음에 대부인의 눈이 파르르 떨렸다.

대부인의 눈에 스며든 분노가 노인을 향했다.

"내, 내 아들이…… 이 쓰레기 같은 노인네를 보았……!"

"왜 이리 종알종알 말이 많을꼬."

순식간에 거리를 좁힌 노인이 대부인의 입안에 검을 꽂아 넣었다.

일말의 자비도 없는 손 속이었다.

"꺄아악!"

참혹한 광경을 마주한 진소아가 비명을 내질렀다.

"시끄럽다고 했잖느냐! 주제도 모르는 어미도 모자라 상황 파악도 못하는 딸년이로군."

노인이 짜증스러운 얼굴로 진소아를 노려보았다.

"저놈인가……?"

지붕을 보고 있는 귀빈들 사이에서 석가장의 석균평은 악운을 응시하고 있었다.

분노는 그렇다 쳐도…….

지금 느낀 놈의 존재감은 놀라웠다.

'저런 괴물 같은 놈을 멸가와 다름없던 쓰레기 같은 산동악가에서 키워 냈다고?'

보고도 믿기 힘들 일이다.

황보세가 내부 세력을 도심으로 나누고, 뇌옥의 동진검가

세력을 탈출시킨 것까지 모두 놈의 계획이라면…….

놈은 담력, 실력, 지모까지 모두 갖췄다.

'반드시 죽여야 한다.'

그 생각이 끝나기 무섭게.

반대편 지붕에서 하나둘씩 모습을 드러내는 검은 장포인들.

'황보세가가 도착했구나.'

그것이 의미하는 건 단 하나.

"어리석구나, 산동악가여!"

태산배사를 일으킨 역심의 태산.

태산호군(泰山虎君)이 등장한 것이다.

'큭……!'

석균평은 웃으며 악운의 파멸을 지켜보기로 했다.

오늘 이곳이 놈의 무덤이 될 것이다.

앞에 놓인 산은 단순히 태산호군뿐만이 아닐 테니까.

'내게 피해를 입혔으면 목숨 정도는 내놔야지.'

석균평의 입가에 짙은 미소가 스쳤다.

❧

악운은 황보정의 등장에 크게 놀라지 않았다.

나백을 노리고 이곳을 찾을 때부터 예상해 온 상황이었다.

악귀의
무림

겁이 많은 황보정은 의심이 많다.

그와 위맹각을 대장원 안에 통제하려고 할 게 분명하다고 판단했다.

'예상은 옳았어.'

악운은 담담한 눈길로 모습을 드러낸 황보정을 응시했다.

끊임없이 남의 시선을 신경 쓰는 열등감 덩어리답다.

그의 차림새는 전운이 도는 대장원의 상황과는 상반되게 화려했다.

형계로 고정시킨 정수리의 옥관은 백금처럼 번쩍였고, 다홍색 장포도 그에 못지않게 화려했다.

"세간에 소문이 무성한 자네를 이제야 만나는군. 그래, 그래서 합동 장례를 망친 것도 모자라 우리와 문파대전을 치르겠다고?"

"그렇소."

"가주는 알고 있나? 내가 보기엔 실력은 좋지만 철없는 혈기로 벌인 행동 같은데 말이야."

황보정은 마치 친한 후학을 대하는 듯 여유 있는 태도를 보였다.

악운은 대답 대신 주변을 가득 메운 황보세가의 무사들을 응시했다.

'동영도(東瀛刀)에 가까울 만큼 긴 태도야.'

동영도는 본래 태도(太刀)를 기반으로 한 도이며 가볍고 긴

사거리를 가진 대신 견고함이 낮다.

동귀어진의 쾌검을 구사한다는 동영의 살수에게 어울리는 검이다.

'이자들이 공 소저가 말했던 암낭패인가?'

악운은 그들의 정체를 확신하며 말했다.

"동영의 살수들을 데려가 가문을 풍비박산으로 만든 이가 할 말은 아닌 것 같소."

황보정의 눈썹이 미세하게 꿈틀거렸다.

마치 암낭패를 알고 있는 눈치였다.

얼마 전 소림의 인사가 납치해 간 후 오리무중이 된 공연의 얼굴이 스쳐 갔다.

'설마, 그럴 리가.'

온갖 추측 섞인 생각들이 황보정의 머릿속을 떠다녔다.

하지만 어차피 사로잡은 후 심문하면 될 문제다.

그는 자연스럽게 화제를 돌려 악운을 탓했다.

"어설픈 망상으로 떠드는 걸 보아하니 방금 전 동진검가의 일도 잘못 주워들은 이야기로 오해하고 있는 건 아닌가?"

"유원검가의 직계 혈통이 가솔이 되었으며, 절명검마의 사문이 곤륜파라는 것이 증명되었소. 우리는 동진검가를 무너트릴 명분이 있소."

"그래서 항산파 검수들을 죽였나?"

"나와는 관련 없는 일이오."

"믿기 힘들군. 항산파 검수들이 죽었네. 자네는 그 틈에 대장원에 침투해 나 대인과 위맹각을 학살했고. 앞뒤가 너무 잘 들어맞지 않나."

"그리되길 원하는 건 아니시오?"

"글쎄. 자네를 붙잡아 심문해 보고 나면 자연히 알게 되겠지."

"그래서, 시간은 충분히 끄셨소?"

악운은 대화하는 도중에도 늘어나는 황보세가의 전력을 느끼고 있었다.

놈은 괜히 여유를 부리고 있던 게 아니다.

포위할 전력이 대열을 갖추도록 시간을 끌고 있었던 것이다.

끊임없는 통제와 의심.

황보정의 약점이자 강점이었다.

하지만…….

황보정이 상대하는 건 악운만이 아니었다.

악운의 배후엔 과거 천휘성의 연륜이 있었다.

"날 잡아 가두려거든 한두 사람 가지고는 힘들 것이오. 직접 나서도 마찬가지일 테고."

악운의 창이 황보정을 겨눴다.

"패기 있군. 그래, 나도 그런 시절이 있었지. 그러나 어설픈 패기는 만용에 불과하다네. 그만 현실을 인정하고 창을 놓지 그러나. 자네만 한 고수가 없다면 빠져나갈 수도 있을 테지만, 여긴 그렇지 않다네."

황보정의 말이 끝나기 무섭게 그의 근처로 강렬한 존재감을 가진 노인이 내려섰다.

"저 아이인가?"

"그렇소. 내가 부탁드린 일은?"

"했다. 시끄러운 년들도 다 정리했고."

유순한 눈매를 가진 회백색 장포 노인은 여유 있는 걸음걸이로 황보정의 곁에 섰다.

"산동악가라……. 황보정, 네놈이 내게 약조한 대로 무척 흥미롭군."

황보정이 여유 있게 웃음을 흘렸다.

"그만 포기하게, 소가주. 육왕검군도 본 가에 합류했으니 말이야."

전각 밑에 있던 귀빈들이 그의 별호를 듣고 경악했다.

"육왕검군(六王劍君)이다!"

"천하오절(天下五絶)이 나타났어!"

천하오절(天下五絶).

일천이성팔우(一天二聖八宇)로 향하기 위해 반드시 거쳐야 한다는 고수들 중의 하나.

그는 위명이 쟁쟁한 고수였다.

악운도 그 얼굴을 단숨에 알아봤다.

'양경.'

육왕검군 양경.

한때 천하오절에 속할 만큼 위명이 쟁쟁한 고수였지만 갑자기 사라진 고수였다.

하지만 천휘성의 기억이 있는 악운에게는 실종된 게 아니었다.

그는 오랜 세월 황보세가에 갇혀 있었다.

'설마……'

황보정이 그를 풀어 준 게 틀림없었다.

변수다.

악운의 눈빛이 깊이 가라앉았다.

⁂

"큭……!"

등룡각 각주 조원진은 배를 뚫고 나온 검을 내려다봤다.

진청중검대 기 대주의 검이었다.

"아직, 안 끝났……!"

다시 검을 휘두르려는 조원진의 어깨를 태산진검대의 성 대주가 베고 지나갔다.

콰학!

잘려 나간 어깨에서 피가 치솟았다.

으드득!

조원진은 이를 갈며 끝까지 비명 한 번 지르지 않고 적들을 노려봤다.

"죽어서도 네놈들을 찾을 것이다."

대답 대신 날아온 건 황보여진의 검이었다.

번쩍! 툭—!

그녀는 마침내 떨어진 조원진의 수급을 낚아채며 일갈을 터트렸다.

"동진검가의 명운은 끝났다! 너희들이 따르는 수장이 죽었으니 살고 싶은 자는 당장 투항하라!"

기다렸다는 듯 동진검가의 가솔들이 빠르게 후퇴하며 중앙으로 결집했다.

이미 그들의 퇴로는 없었다.

도심으로 급파됐던 황보세가의 전력은 탈옥 소식을 듣자마자 귀환했다.

뇌진검대와 태산진검대. 벽력성운단과 호왕단, 수미중정단 그리고 진청중검대까지······.

태산의 정예가 모두 모인 것이다.

"포기해라!"

그녀가 제대로 눈도 감지 못하고 죽은 조원진의 수급을 그들을 향해 들어 보였다.

사실 이미 승패는 정해진 마당.

하지만 그녀의 행동엔 이유가 있었다.

'더 이상의 전력 손실은 의미 없다.'

기 대주가 말했다.

"의미 없는 소리요. 저들은 이미 죽기를 각오했소. 산동악가가 탈옥을 도왔다는 이야기조차 믿지 않은 자들이오."

"맞소. 저들은 이미 죽을 각오를 했소. 그냥 죽이는 편이더 빠르오. 게다가 항산파의 제자를 잃은 연진승 대인도 그걸 원할 것이오. 이미 관련된 놈들을 전부 죽이겠다고 백우상단이 있는 숙소로 갔지 않소."

조사 중에 검문 없이 빠져나간 게 백우상단의 마차라는 걸알게 된 황보여진은 곧장 마차를 수색했다.

이윽고 마차에서 기관 장치를 발견하게 됐다.

당연히 연진승에게도 이 소식이 들어갔고, 그는 노한 채백우상단 일행이 머무는 전각으로 향했다.

그때였다.

마지막 생존자를 이끌고 있는 동진검가의 엄 대주가 소리쳤다.

"나백과 결탁해 가주님의 명예를 더럽힌 황보세가의 적도들을 용서치 마라!"

지켜보던 황보여진은 표독스러워진 눈빛으로 조원진의 수급을 옆으로 던졌다.

"젠장, 말귀도 못 알아듣는 금수 같은 것들."

동진검가의 필사적인 저항에 예상했던 것보다 황보세가 가솔들의 피해가 훨씬 커질 거 같았다.

으드득–!

이게 다 악운 그 개자식 때문이다.

대체 무슨 생각으로 제 발로 호랑이 굴에 들어온 거지?

악운은 홀로 걸어오는 양경을 마주 봤다.

"놀라지 않는구나. 아직 어리다 들었는데, 견문이 짧아 노부를 모르는 것이냐?"

"양경. 천하오절, 갑작스러운 실종…… 이 정도면 됐소?"

양경이 웃었다.

"그럼에도 담담하구나."

"잘 아니까."

사실 오래전 양경의 실종 뒤에는 천휘성이 있었다.

그땐 천휘성이 혈교의 조짐을 눈치챈 후 다양한 조력자를 찾고 있던 시기였다.

양경과의 충돌은 그때 이뤄졌다.

'황보철이 증인을 하는 것으로 하고 생사결에서 패배하면 둘 중 하나가 황보세가의 뇌옥에 갇히는 쪽을 택하자고 했지, 영원히.'

당시 유서 깊은 일인전승의 검문 '패홍검문'을 사문으로 둔 양경은 과격한 방법으로 스스로의 힘을 시험하고 싶어 했다.

앞뒤 안 가리고 여러 고수들과의 생사결을 청하고 다닌 것이다.

그러던 중에 생사결에 패배한 몇몇 가문과 문파를 그 홀로 전멸시켰다는 소식들이 들렸다.

그래서 천휘성은 내기에서 이겨 그를 봉(封)했고 황보세가가 돕지 않으면 풀려날 수 없게 했다.

'한데 그런 자를 풀어 준 거군.'

보나 마나 상황은 뻔했다.

양경은 오랜 세월 굶주린 사냥개다.

흥미로운 먹잇감을 던져 주면 물어뜯을 사냥개.

그 선택이 있기까지 황보정은 크게 고민하지 않았을 것이다.

천휘성과 황보철은 죽었으며 양경의 투기(鬪氣)는 여전할 테니…….

'나와 진엽을 사냥하기에 최적의 상대라 생각했겠지.'

그나마 멀쩡한 지붕 한편.

네 걸음 정도 앞에서 착지한 양경이 말문을 열었다.

"나이답지 않구나. 상황이 좋지 못한데 거들먹거릴 줄도 알고."

뒤쪽에서 황보정이 말했다.

"놈은 당신 것이오. 죽이든 말든 알아서 하시오."

양경은 황보정에게는 대답하지 않고 악운에게만 관심을 보였다.

"그 나이에 입신에 이르렀다고?"

흥미로워하는 그의 눈을 보며 악운이 말했다.

"당신은 날 못 죽일 것이오."

"흐음, 오만한 건지 멍청한 건지 모르겠구나. 네 눈에는 여기가 산동악가로 보이느냐?"

그 반문을 들으며 황보정은 만면에 미소를 머금었다.

석연찮은 것들이 몇 가지 있기는 하지만 소가주 놈의 신병을 얻게 된다면 잃는 것보다 얻는 게 훨씬 많았다.

죽은 가솔이야 다시 머릿수를 채워 놓으면 될 일이고, 동진검가야 직계부터 가솔들까지 언젠가 다 죽였어야 할 후환들이었다.

차라리 이 사달이 난 게 잘돼 보였다.

"흡족하겠지."

갑자기 들려온 악운의 음성에 황보정의 눈살이 찌푸려졌다.

"내게 말한 것이냐?"

양경의 반문에 악운이 창을 들어 그의 어깨 너머를 가리켰다.

"황보 가주에게 말한 것이오."

"세 치 혀로 여길 빠져나갈 생각은 버리는 게 좋을 걸세."

확신에 찬 황보정의 눈빛을 느끼며 주변을 둘러싼 수많은 인파의 시선들을 보았다.

"빠져나갈 생각 없소. 그러려고 한 적도 없고."

"크흐흐, 그래! 황보정, 아주 제대로 된 놈을 골라 왔군."

양경은 더 못 참겠는지 땅을 박찼다.

순간적인 잔영마저 일으킬 만큼 가공할 일 보(一步), 그리고 일 검(一劍).

펑! 콰드득!

놀랍게도 어느새 악운의 창은 양경의 검을 가로막고 있었다.

양경의 눈에 점점 희열이 실렸다.

"그래, 그래야지! 수많은 해를 지나 조우한 호적수로구나!"

양경이 재차 악운의 창을 밀치며 나아가려던 그때였다.

콰짓!

뒤쪽에서 나타난 황보정의 검이 양경의 검을 튕겨 냈다.

"이게 무슨 짓이냐."

"잠깐 기다리시오. 석연찮은 게 있소."

양경의 눈동자가 활활 타올랐다.

"약조를 어기려는 것이냐."

"잠깐이면 되오."

"저놈을 못 건드리게 하면 네놈이라도 나와 생사결을 해야 할 것이야."

"걱정 마시오."

의외의 행동을 보인 황보정이 악운을 다시 노려봤다.

"빠져나가려 하지 않았다는 뜻이 무엇이냐?"

"제남을 얻고 동평까지 장악해 산동악가와 동진검가를 모두 무릎 꿇리면 전대 황보 가주에게 닿을 수 있을 거 같소?"

악운은 황보정의 역린을 건드렸다.

황보정의 얼굴이 순식간에 붉어지며 어마어마한 노기가 사방을 옥죄었다.

역시나.

악운은 황보정의 열등감이 오랜 세월에도 더하면 더했지 덜해지지 않았다는 것을 확신했다.

"이놈이……! 당장 사지가 찢겨 죽고 싶더냐!"

"그랬다면 당신은 이미 실패했소."

"무슨 말이냐 묻지 않더냐!"

"놈은 내 것이다!"

황보정이 검을 휘두르자 이번엔 양경의 검이 그의 검을 튕겨 냈다.

으드득—!

스스로의 패가 자충수가 된 마당.

황보정은 스멀스멀 올라오는 위화감을 느끼기 시작했다.

"어서 말하지 못할까!"

"머지않아 태산에서 인편이 올 것이오. 산동악가에서 태산을…….”

악운의 눈동자에서 번쩍, 짙고 푸른 빛이 일었다.

“장악했다고.”

반격의 서막이 올랐다.

꿀꺽-!

듣고 있던 모든 황보세가의 가솔들이 눈을 부릅떴다.

그대로 믿기에 허황되게 느껴질 만큼 악운의 발언은 황보정이 전혀 예상하지 못한 반격이었다.

‘미친.’

지붕 아래에서 이 모든 상황을 지켜보던 석균평의 눈가가 파르르 떨렸다.

‘산동악가가 태산으로 향했다고?’

석균평은 보다 못해 결국 지붕을 향해 땅을 박찼다.

“가주님, 석균평입니다!”

“말씀하시게.”

“소가주는 허장성세를 보이는 겁니다. 제아무리 산동악가가 날고뛴다 하더라도 동평을 포기할 마음이 아니라면 거리상으로 불리해질 수 있는 형국을 택할 리 없습니다! 살고자 아무 소리나 지껄이는 것입니다!”

황보정은 조용히 악운을 노려봤다.

가만히 듣고 보니 그랬다.

'이곳을 제아무리 빨리 장악한다고 하더라도 그사이에 가문의 전력이 동평으로 향한다면…… 놈들은 제시간에 동평으로 돌아오지 못한다.'

그 생각을 하는 찰나 악운이 웃었다.

"명마 혈통으로 키워진 기마대라면 얘기가 다르지."

"명……마."

황보정이 찢어지게 눈을 부릅떴다.

잊을 리 없다.

언젠가 산동악가를 집어삼킬 요량으로 동쪽 부지를 구입한 대신 내준 말과 자금.

그 선택이 비수가 되어 돌아온 것이다.

"잊었소? 그것이 가능케 만든 게 당신과 동진검가일 텐데."

"크으하하! 꼴사납군. 제대로 당했어!"

양경은 누구 편도 아니었다.

자유의 몸이 되고 싸울 만한 호적수도 찾아 준다기에 따라왔을 뿐이다.

으드득!

황보정은 말없이 이만 갈았다.

아닐 수도 있지만 놈이 거짓을 고하는 것 같지 않았다.

양경이 더는 참지 못하고 신경질적으로 말했다.

"이제 비켜라. 나는 이놈과 반드시 싸워야겠다."

황보정은 지나치려는 양경을 보면서 수많은 생각들이 스쳐 지나갔다.

태산에는 결코 빼앗기지 말아야 할 것이 있었다.

하지만 가장 빼앗기면 안 되는 것이 또한 있으니, 바로 태산이라는 상징(象徵).

여태껏 황보세가는 운이 좋았다.

혈교가 쓰러트릴 우선순위가 아니었고 그 덕분에 태산은 한 번의 함락도 허락하지 않은 산동성의 난공불락처럼 평가됐다.

하지만 그 업적은 황보철의 것이다.

그래서 동진검가를 무너트렸고 산동악가로 진격하려던 참이었다.

그런데 이대로 태산이 함락되면?

황보정은 스스로를 용서할 수 없었다.

'새로운 업적이 눈앞에 있었건만!'

오랜 세월 쌓인 열등감이 황보정을 분노케 했다.

"갈!"

일갈에 담긴 강한 기파가 바람으로 화해 사방으로 흩날렸다.

얼마나 강했는지 귀빈과 황보세가의 가솔 일부가 황보정이 일으킨 고함에 귀에서 피를 흘리면서 비틀거렸다.

반면 악운은 적진 안에 홀로 남겨진 것처럼 보이지 않을
만큼 지극히 담담했다.

"태산이 함락된 것도 모자라 황보세가가 지니고 있는 태양
무신의 유산 일부를 우리 가문이 회수했으니, 황보세가의 명
성은 땅에 떨어질 것이오. 먼저 돌아가신 전대 가주께서 통
탄을 금치 못하시겠군."

악운이 여유 있는 표정으로 마저 말을 이었다.

"내 신병을 데리고 거래하시오. 그럼 일부라도 건지겠지.
단, 나를 온전히 둔다는 전제하에."

악운은 이 순간 악정호와 나눴던 이야기가 스쳤다.

　-황보정은 가솔 따위 신경 쓰지 않습니다. 오로지 자기
안위와 명예욕이 강한 자라고 압니다. 황보세가의 비급과
태양무신의 심득서는 반드시 얻어 내셔야 합니다.
　-놈이 정말 응할까?
　-명예욕이 강한 자는 남의 시선 또한 크게 신경 쓸 겁
니다.
　-알았다.
　-설사 제 목숨이 수중에 있다 하더라도 절대 굽히실 필
요 없습니다.

장설평을 구하고 동진검가를 무너트렸으니 이제 이 뒷일

은 아버지와 가문 사람들의 차례다.

"거래를 받아들이겠다면 나는 더 이상 싸우지 않겠소."

악운은 팽팽한 전운이 도는 상황과 어울리지 않게 빙긋 웃었다.

순식간에 반전된 상황.

석균평은 할 말을 잃었고 양경 또한 슬슬 참을성의 한계에 이른 것 같았다.

어느새 황보정 역시 지나쳐 갔던 양경 앞을 가로막고 있었다.

양경이 인상을 구겼다.

"저놈과의 일은 저놈과 내가 싸우고 난 후에 알아서 해라. 한 번만 더 내 앞을 가로막으면 황보정 네놈부터 죽여 주마."

"개가 주인을 물면 쓰겠는가."

이미 역린까지 드러낸 황보정은 결심을 굳힌 듯 양경에게 살의를 드러냈다.

양경이 기가 찬 듯 헛웃음을 지었다.

"하! 뭐라 했느냐?"

황보정이 뒤에 있는 악운을 경멸 섞인 눈빛으로 쳐다봤다.

"몸성히 네 가문으로 돌아가고 싶다면 내가 이 늙은이를 쓰러트리는 거나 도와라."

황보정에게는 더 이상 선택의 여지가 없었다.

악운을 믿든 안 믿든 당장은 온전히 살려 놔야 했다.

손 안 대고 진엽과 악운을 상대시키려 풀어 줬던 사냥개 양경이 되레 발목을 잡는 꼴이 된 것이다.

　저벅—!

　악운이 황보정의 옆에 나란히 섰다.

　"쓸데없는 생각 없이 최대한 빨리 쓰러트리는 게 당신에게도 이로울 것이오. 그래야 내 말의 진위 여부도 빨리 확인할 테니까."

　황보정은 치밀어 오른 치욕감에 말없이 온몸을 사시나무처럼 떨어 댔다. 졸지에 산동악가 소가주를 지켜 줘야 하는 신세가 된 것이다.

　"사실이 아니라면 저 늙은이를 죽인 후에 네놈 몸을 산 채로 갈가리 찢어 버릴 것이다."

　때마침 장내에 도착하게 된 황보여진이 악운을 지키듯 서 있는 황보정을 발견하곤 눈을 휘둥그레 떴다.

　"빌어먹을, 이건 또 뭐야?"

　결코 일어나지 말아야 할 일이 눈앞에서 벌어지고 있었다.

　연진승은 피 묻은 검을 털어 냈다.

　꿀꺽꿀꺽—!

　따라져 있는 술을 입안에 털어 낸 그는 입을 두 차례 오물

거리더니 쓰러져 있는 시체에 뱉었다.

"훼!"

술을 뱉은 시체는 방금 전까지 그를 향해 덤벼든 백우상단의 호위단 단주였다.

그뿐이 아니었다.

이부인을 따르던 가솔들과 백우상단의 호위단이 모조리 시신이 되어 방 안부터 복도까지 널브러져 있었다.

스륵-!

연진승이 피 묻은 손으로 술로 적신 입술을 닦았다.

"그러니까…… 그대들은 아무것도 모른다? 그저 밑의 사람이 한 일이라, 이건가?"

"그래요."

진려인은 그러면서 모친인 이부인의 표정을 살폈다.

이부인의 눈에는 두려움이 없었다.

대부인의 포악함을 이겨 내고 진려인을 기른 데엔 그만한 이유가 있었던 것이다.

"내 딸은 아무것도 모르오. 내 사람들을 죽임으로써 항산파의 자존심은 충분히 세운 것 같으니 이쯤 하고 물러나는 게 어떻소?"

연진승이 수염을 쓸어내리며 대답했다.

"아직도 모르겠소, 이부인?"

"무슨……."

"내가 고작 받아 내지도 못할 내 제자들의 목숨값 때문에 이 모든 도륙을 시작했다 생각하오? 나도 문파에 면은 세워야지."

"정녕 미쳤구나!"

연진승이 히죽 웃었다.

"이 시간부로 항산파의 연진승은 백우상단이 가진 모든 재산과 운영권을 가져갈 명분을 얻었다. 그 명분은 방금 네년이 살기 위해 써 준 이 문서로 충분하겠지. 겸사겸사……."

연진승의 눈에 욕망이 얼룩졌다.

"젊은 네년의 몸은 내가 취해야겠다."

진려인의 눈에 살의가 흘렀다.

"불가의 뜻을 이어받았다는 정파의 검문이 이미 썩을 대로 썩었구나!"

참다못해 검을 뽑으며 일어난 그녀를 보며, 연진승은 간악한 웃음만 터트렸다.

"자업자득이지."

진려인과 이부인의 눈에 절망이 실렸다.

동진검가의 끝이었다.

황보정은 머릿속이 번잡했지만 양경을 쓰러트리는 것만

고려하기로 했다.

천둥벌거숭이처럼 날뛰는 이 사냥개부터 진정시켜야 했던 것이다.

그렇게 일시적 동맹을 맺은 악운과 황보정이 각자의 병기를 고쳐 쥔 그 순간.

"흐음, 별수 없겠군."

양경이 팽팽하던 긴장감을 깨고 검을 거둬들였다.

스릉! 철컥!

투기(鬪氣)를 넘어서 광기마저 보이던 그의 행동들을 미루어 보면 장내에 있던 그 누구도 예상할 수 없었던 선택이었다.

"멈추겠다는 것이오?"

"그래, 그럴 것이다. 내 나이 벌써 칠십, 네놈 두 놈을 모두 상대할 전성기는 한참 지났지."

이미 양경은 황보정과 악운이 보였던 움직임과 기도를 통해 그들이 동수에 이르렀다는 걸 직감하고 있었던 것이다.

"이쯤 하자꾸나."

황보정은 양경의 말을 쉽게 믿기 힘들었는지 검을 내려놓지 못한 채 눈만 가늘게 떴다.

"좋소."

반면 악운은 쉽게 대답하며 창을 거둬들였다.

황보정도 겁쟁이로 비치는 건 싫었는지 검을 회수하며 말했다.

"이해해 주어 고맙군. 너무 아쉬워 마시오. 싸울 기회는 앞으로도 많을 것이오."

남은 건 황보정의 선택이었다.

"포위를 풀고 장내를 정리해라! 산 대주!"

"예, 가주."

암낭패의 산 대주가 황급히 그 앞에 무릎을 꿇었다.

"암낭패를 모두 이끌고 당장 태산으로 향해라. 진위 여부를 확인할 것이다."

"존명(尊名)."

산 대주가 암낭패를 이끌고 자리를 떠났다.

황보정의 시선이 자연히 악운에게로 향했다.

"죽음을 택하겠느냐, 아니면 순순히 산공독을 복용하고 뇌옥에 갇혀 있겠느냐."

악운은 이글거리는 황보정의 눈빛을 마주하며 생각에 잠겼다.

여기선 크게 고집을 부릴 필요가 없었다.

황보정은 도주를 막으려는 것뿐이지, 해하려는 목적이 아니다.

악가가 칼자루를 쥐고 있는 이상 놈은 절대 그럴 수 없다.

"뜻대로 하시오."

악운이 들고 있는 필방을 건넸다.

황보정은 당당한 악운의 눈빛에 속이 뒤집어질 것처럼 화가 났지만, 별다른 도리가 없었다.

탁!

황보정은 신경질적으로 악운의 모든 창을 빼앗은 후 그 창신으로 악운의 복부를 강하게 때렸다.

"큭!"

"너는 산공독을 복용할 때까지 내 감시하에 있을 것이다. 앞으로도 네 뜻대로 모든 일이 순탄할 거라고 생각하지 마라."

"내가 할 말이오."

'아직 끝난 게 아니다, 황보정.'

악운은 말없이 어깨 너머의 양경을 바라보고 있었다.

천휘성이 기억하는 양경은 나이 좀 먹었다고 이대로 포기할 사람이 아니었다.

그의 집요함을 황보정은 모른다.

뇌옥 안의 시신이 모두 치워지고, 빈방 없이 꽉 차 있었던 뇌옥 안에는 이제 한산함마저 돌았다.

끼익- 쿵!

황보여진은 담담히 들어가는 악운의 뒷모습을 바라봤다.

그녀는 악운과 독대하고 싶은 마음이 불쑥 일었다.

딱히 뚜렷한 이유는 없었다.

그저 놈의 목적을 알고 싶었다.

오직 나백을 죽이기 위해서 여기 들어온 것이라고는 믿기지 않았다.

"물러가 있어."

"예, 대주."

함께 있던 휘하 수하들이 물러나자 황보여진은 등지고 있는 악운에게 말문을 열었다.

"어이."

악운이 천천히 고개를 돌렸다.

"우리가 말을 놓을 만큼 친했소?"

"머지않아 칼 맞댈 사이인데 격식 차려 뭐 하겠어. 누가 누굴 죽여도 이상하지 않을 텐데 말이야."

"하긴."

"대체 목적이 뭐야?"

"알다시피 동진검가의 궤멸, 나백의 죽음이었지. 그리고 그들이 죽음으로써 너희는 명분을 잃었어. 동진검가를 위해 싸운다는 명목하에 우리 악가를 공적으로 세우려는 명분 말이야."

이번 일로 나동진검가의 백, 진이호 등 명분이 될 자들이 모두 죽었다.

황보세가의 중요한 패 하나가 소멸한 것이다.

"어차피 동진검가는 때가 되면 정리하려고 했어. 명분?

악가의
후손

힘으로 찍어 누르면 그만이야. 힘 있는 자가 명분도 얻는 거라고."

"그럴까? 이번 일을 통해 너희는 많은 걸 잃었어. 난 본 가의 재건을 증명했다. 태산 함락은 너희 귀빈들의 귀에도 들어갔지. 너희는 명분도, 상징성도 모두 잃게 될 거야. 그럼 산동성 내의 많은 이들이 너희에게서 돌아설 거다."

"그들은 백부님을 두려워해. 백부님이 건재하게 계시는 이상 그들은 우리를 저버리지 못해. 그러니 우리는 걱정 말고 네놈 목숨이나 걱정해. 이 일이 끝나면 넌 사지가 찢겨 죽게 될 테니까. 아니, 그러기 전에 내 아버지에게 손 하나 까딱해 봐. 내가 먼저 널 찢어 죽일 거야."

"어떻게 끝날지는 아무도 모르는 거야. 언제까지 우위를 점할 수 있을 것 같아?"

황보여진이 악운을 비웃었다.

"지금 네 손에 채워진 구속구는 만년한철로 만들어졌어. 내공으로도 끊기 힘든 구속구에 산공독까지 삼킨 네가 빠져나갈 수 있을 것 같아? 단연코 불가능해."

악운은 말없이 손과 발에 두르고 있는 묘한 회색빛의 구속구를 내려다봤다.

'만년한철이라……'

그 강도가 운철에 버금간다는 만년 묵은 한철(寒鐵)이다.

강도만큼은 운철보다 강하다는 게 중론이었다.

산공독도 모자라 구속구까지 채운 것이다.

'철저하네.'

심지어 황보정이 복용시킨 건 일반적인 산공독도 아니다.

산공독 중에서도 최상급 산공독으로 분류되는 환약이었다.

단정신선폐(斷精神仙廢).

내공을 일으키는 즉시 단전에 퍼지는 이 산공독은 강한 열기가 담긴 해약이 없는 한 지속 시간이 칠 주야나 가며 신화경에 든 고수도 예외는 아니었다.

"내가 그만큼 두려운 모양이야."

"뭐?"

"단정신선폐에 만년한철 정도면 최고의 대우지."

"너 곧 죽어. 농담이 나와?"

"안 죽어. 아니, 못 죽어. 내 삶이든 죽음이든, 그걸 정하는 건 너희가 아니라⋯⋯."

악운이 철창을 잡으며 그녀와 숨결이 닿을 정도로 가까워졌다.

"나야."

"미친놈."

"사람 목숨을 경지 상승을 위한 제물로 쓰겠다는 망상을 가진 황보정을 눈감아 준 너희만 하겠나?"

흠칫.

황보여진의 눈가가 파르르 떨렸다.

'놈이 어떻게?'

공연.

아니, 한때는 황보연이라 불렸던 동생.

황보여진은 세가 내의 권력과 아픈 부친의 생존을 위해 그 모든 비정함을 지켜보고, 방치했으며, 관망했다.

그 극비를 악운은 아는 눈치였다.

황보여진은 고개를 저었다.

놈은 모른다. 그저 떠보는 것뿐이리라.

"망상도 적당히 지어내."

악운은 아랑곳하지 않고 말했다.

"황보정과 손잡기 이전에 네 가족에게만큼 누군가의 가족에게 자비를 베풀었다면 황보세가가 지금처럼 망가지지는 않았겠지."

황보여진이 참지 못하고 이를 갈았다.

"당장 죽여 줘?"

놈과 얘기할수록 점점 들키고 싶지 않은 것들을 들키는 기분이었다.

"이만하지. 너도 듣고 싶은 대답은 다 들었을 테니까."

"네게 빼앗은 독문병기는 내 벽에 전시해 주지. 머지않아 네 아비도 그 옆에 가둬 주마. 퉤!"

황보여진이 악운의 얼굴에 침을 뱉은 후에 돌아섰다.

"우습군."

악운은 얼굴에 묻은 침을 슥 손으로 닦아 내며 사라지는 그녀의 뒷모습을 조용히 응시했다.

이 순간 악운에게 아무 고문도 피해도 줄 수 없어 무기력함을 느끼는 쪽은 오히려 그녀였다.

꿍

떠날 때는 어두운 밤이었건만 어느새 정오였다.

장설평은 땀을 닦아 내며 거친 숨을 다스렸다.

곁에서 달려 주던 금벽산이 물었다.

"괜찮으시오?"

장설평이 고개를 저었다.

"난 괜찮소."

정말이었다.

온몸에서는 활력이 돌았다.

악운이 제작하였다는 환단의 효험 때문일 것이다.

"효험 한번 끝내주지 않소?"

장설평은 묵묵히 고개를 끄덕였다.

'청열단(淸熱丹)이라 했던가.'

악운이 조제했다는 환약은 운기 같은 게 필요 없었다.

복용하자마자 넘치는 활력을 선사했고 뛸수록 강한 열이

몸 안에서 휘돌았다.

"충만한 활력이 솟는 건 물론 온몸의 열기가 빠지고 나면 근골부터 달라질 것이오. 이제 소가주가 조제했다는 건 제일 먼저 시험해 봐야겠소."

옆에 있던 서태량이 혀를 내둘렀다.

"어린 나이에 대단도 하시지. 무공은 물론 연단술도 지고한 배움에 이르시다니."

"타고나길 제왕의 품격을 지니고 태어난 게지."

"하긴……."

악운에 대한 신뢰로 가득한 그들을 보면서 장설평은 악운이 그동안의 시간을 허투루 보내지 않았다는 걸 확신했다.

소가주는 산동악가를 더 나은 시대로 이끌 것이다.

그래서 더 걱정이 된다.

"걱정되지는 않으시오? 소가주가 아직 적진에 있지 않소?"

금벽산이 확신 섞인 어투로 말했다.

"충분히 해낼 거요."

"우릴 이끌려면 그 정도는 해내야지. 안 그렇소?"

서태량의 반문에 금벽산이 씨익 웃었다.

"당연하지."

놀랍게도 백훈은 이들 일행에 함께하지 않았다.

아니, 애초부터 그는 대장원을 빠져나온 적이 없었다.

고요한 뇌옥 통로.

저벅저벅.

그림자 하나가 지그시 눈을 감고 있는 악운 앞에 섰다.

스륵.

기다렸다는 듯 악운이 눈을 떴다.

"왜 이렇게 늦었어?"

악운의 타박에 백훈이 눈살을 찌푸렸다.

"이 정도면 빨리 온 거야."

사실 뇌옥 안으로 잠입하는 건 그리 어렵지 않았다.

대장원으로 진입하는 외부의 방비가 심해졌을 뿐 내부에서 내부로 잠입하는 건 오히려 쉬웠다.

뇌옥 바깥을 지키는 뇌진검대 가솔들은 끽해 봐야 여덟 명 정도에 불과했다.

"꺼내 주지 말까? 우위에 있는 기분도 나쁘지 않네."

백훈이 하나 쟁여 놓은 황보세가 가솔의 복장과 인피면구가 든 봇짐을 보여 줬다.

악운은 못 말리겠다는 듯 고개를 저은 후 물었다.

"가져왔어?"

"여기."

철창 사이로 백훈이 건넨 건 청열단이었다.

일반적으로 산공독의 천적은 강한 '열'을 가진 영약이나 환단.

황보정이 산공독을 택할 줄 예상했던 악운은 계획을 실행하기 전부터 이 부분을 고려하고 있었던 것이다.

꿀꺽!

복용한 청열단의 열기가 도반천록공(導反天鹿功)의 간(間)으로 향했다.

산공독의 기운을 미리 그곳에 가둬 전신에 퍼지지 않게 억누르고 있었던 차.

츠츠츠!

뜨거운 열기를 가진 청열단이 혼세양천공, 도반천록공을 통해 빠른 속도로 단정신선폐를 소멸시키기 시작하였다.

'됐어.'

마침내 청염이 산공독의 회색 아지랑이를 집어삼키며 전신 위로 활활 피어올랐다.

쏴아아!

내공과 활력을 되찾은 악운과 함께 백훈이 재빨리 검을 들어 철창의 잠금쇠를 내리찍었다.

콰직!

떨어진 잠금쇠와 함께 백훈이 철창을 활짝 열어젖혔다.

"다음은 뭐야?"

악운은 그 반문에 독설을 내뱉던 황보여진의 모습이 떠올랐다.

"알려 줘야지."

이 싸움이 어떻게 끝날지를.

～

황보여진은 좌선하고 있었던 자세를 풀며 운기를 거뒀다.

"젠장."

악운과 나눴었던 대화 때문일까?

더럽게 집중이 안 된다.

놈은 마치…….

금방 뇌옥을 벗어날 것같이 담담한 표정이었다.

상황을 믿고 있는 걸까.

"그게 아니면……."

눈살을 찌푸린 황보여진이 교대 시간보다 훨씬 빨리 뇌옥
을 향해 출발했다.

기분이 찜찜했다.

격돌

"불편하네."

악운은 손과 발을 결박한 구속구부터 내려다봤다.

귀한 만년한철이다.

생채기 없이 가져가야 하지 않겠나.

철컹!

악운이 아는 축골공(縮骨功) 중에는 윤마후토공만 있는 게
아니었다. 아니, 축골공의 본의를 이해하고 있다면 어떤 부
위든 골격을 축소시키는 게 가능하다.

쿵. 쿵!

악운은 양손을 구속구에서 빼낸 뒤 양발에 채워져 있던 구
속구도 벗겨 냈다.

쐐액!

악운은 허리춤에 숨겨 놨던 흑룡아를 빼 들었다.

아무도 요대에 사복검을 숨겼을 줄은 몰랐을 것이다.

어쩌면 최상급 산공독과 만년한철로 만든 구속구를 너무 믿었는지도 모르겠다.

쨍!

무처럼 가볍게 잘린 쇠사슬과 함께 손발의 구속구가 악운의 손에 들어왔다.

"이거 챙겨."

"이걸 왜? 뇌옥에 갇혔던 걸 두고두고 추억하게?"

"설마."

악운이 심드렁한 표정을 지었다.

"그럼 뭔데?"

"만년한철이야."

"정신 나간 놈들! 그런 귀한 걸 거저 넘겨주네."

백훈은 봇짐 안의 짐을 꺼내고 게 눈 감추듯 만년한철 구속구들을 그 안에 넣었다.

악운은 그 후에 황보세가 가솔의 복장으로 갈아입은 후 끈끈한 아교를 사용해 인피면구를 썼다.

백훈이 만족스럽게 쳐다봤다.

"이대로 황보세가 가솔이 되어도 손색없겠어."

"그럴까."

언제 적이 들이닥칠지 모르는 상황에도 두 사람은 큰 동요 없이 차분하게 움직였다.

"늘 느끼는 거지만 두 번째 삶이라도 사는 거 같단 말이야."

"왜?"

"경험과 담력은 실력에 비례하는 게 아냐. 이런 상황일수록 긴장하거나 실수하는 게 다반사인데……. 전혀 그래 보이지 않으니까."

악운이 백훈을 지나치며 담담히 덧붙였다.

"필요한 순간에 나타나 줄 가솔이 있다면 얘기가 다르지."

백훈이 악운과 나란히 걸어가며 웃었다.

"형만 믿어라."

악운이 피식 웃었다.

'그놈의 형 소리는…….'

두 사람의 그림자가 빠르게 뇌옥에서 사라져 갔다.

검 한 자루가 정확히 뇌진검대 가솔의 목을 꿰뚫었다.

"큽……!"

죽어 가는 가솔의 눈에 한 노인의 모습이 비쳤다.

서늘하게 미소 짓고 있는 노인은 다름 아닌 양경.

"쉬……. 조용히 죽거라."

제대로 신음도 내지 못한 가솔은 먼저 죽은 동료 옆에 쓰러졌다.

양경의 입가에 만족스러운 미소가 스쳤다.

산동악가의 악운이란 놈.

놈은 정말 생사결을 펼치기 완벽한 상대였다.

실력만의 문제가 아니다.

놈에게서 느껴지는 분위기에는 만인을 압도하는 묘한 위엄이 있다.

여기에 나이 많은 황보정을 곤란케 하는 패기와 적진에서도 흔들림 없는 담력까지…….

잔머리로 계산만 굴려 대는 황보정과는 비교도 되지 않는 놈이었다.

'그래, 마치 그놈의 젊은 시절을 보는 것 같구나.'

오랜 세월을 갇히게 만든 잊지 못할 이름 석 자, 천휘성.

으드득!

이가 갈리면서도 흥분된다.

그 순간 뒤쪽에서 날카로운 목소리가 울려 퍼졌다.

"양경, 당신. 지금 뭐 하는 짓이지?"

황보여진은 상상도 못 한 상황에 온몸이 굳었다.

교대 시간보다 빨리 도착한 것은 어디까지나 이 더러운 기분을 털어 내기 위한 것이었다.

그런데 하필…… 일이 더럽게 꼬인 걸 목격한 것이다.

'놈은 내 상대가 아니야.'

상황 판단은 빨랐고, 그녀는 황급히 허리에 매달아 두었던 호각을 입에 댔다.

그 찰나.

양경의 신형을 순식간에 놓쳤다.

'대체 언제!'

어느새 다가온 검극에 그녀는 검병을 뽑을 새도 없이 눈을 부릅떴다.

쐐액! 쩍!

검은 단번에 그녀의 호각과 엄지를 동시에 베어 버렸다.

"아악!"

황보여진은 화끈한 통증에 비명을 지르며 반사적으로 뒤로 물러났다.

저벅.

양경은 곧장 그 뒤를 쫓지 않고 떨어진 호각을 발로 지르밟았다.

콰-!

"못 본 척 돌아서지 그랬느냐. 그랬다면 애꿎은 목숨을 잃을 일은 없었을 터인데, 쯧쯧."

"크윽!"

황보여진은 대답할 틈도 없이 소매를 찢어 피가 떨어지는 왼손을 동여맸다.

"이 개새끼가……."

그녀는 전장에서 구를 만큼 구른 고수였다.

토악질이 나올 만큼 고통스러웠지만 스스로 점혈을 펼쳐 지혈부터 시도했다.

양경이 고개를 갸우뚱했다.

"굳이? 어차피 죽을 터인데."

"닥쳐!"

황보여진이 지혈을 끝내자마자 검병을 꺼낸 순간.

쐐액!

양경의 검은 이미 그녀 눈앞에 당도해 있었다.

'끝인가?'

그녀는 검이 양경에게 닿지 않을 걸 알면서도 이를 악물었다.

할 수 있는 게 그것밖에 없었다.

화악!

그때 어디선가 불어온 바람이 그녀의 목덜미를 거칠게 끌어당기며 옆으로 집어 던졌다.

쐐액! 쿠당탕!

볼썽사납게 바닥을 구른 그녀는 흙먼지를 가득 머금은 채 거친 숨을 몰아쉬었다.

"빌어먹을……!"

인정하기 싫지만, 누군가가 집어 던져 주지 않았다면 꼼짝

없이 양경의 검에 숨이 멎었을 것이다.

그녀는 봉두난발이 된 머리칼 사이로 흐릿한 눈동자를 들었다.

놀랍게도 양경의 검을 수미중정단의 무복을 입은 사내가 장법으로 튕겨 내고 있었다.

장담컨대 수미중정단의 단주도 양경은 절대 막지 못한다.

"대체 누……구?"

나직이 반문을 한 순간 양경이 시원한 웃음을 터트렸다.

"네놈이로구나!"

인피면구를 쓴 악운과 마주한 양경은 얼굴이 달라졌어도 근골과 눈빛만으로 악운이란 걸 금세 알아봤다.

틀림없었다.

양경의 시선이 악운 옆에 선 백훈을 향했다.

"네 졸개가 풀어 줬더냐? 해약은 어디서 나고?"

"이 늙은이는 뭐야?"

백훈이 인상을 구겼다.

양경이 서늘하게 웃었다.

"왜, 네놈부터 죽여 주랴?"

악운이 팽팽한 대치를 깨고 말했다.

"여길 온 건 나 때문이지 않소?"

양경이 뇌옥에 와서 굳이 황보세가 가솔을 죽일 이유는 단 하나밖에 없었다.

'나.'

어느 정도 예상했지만 이렇게 빨리 움직일 줄이야.

양경의 생사결을 향한 투기(鬪氣)는 예전이나 지금이나 여전했다.

"나와 싸우고 싶은 건 충분히 알겠지만 그 전에 제안 하나 하겠소."

"무엇이더냐."

"잠깐 기다리시오."

잔영과 함께 사라진 악운이 도망치려는 황보여진 앞을 순식간에 가로막았다.

"살려 준 게 도망치란 뜻은 아니었을 텐데."

"커헙!"

그녀가 뭐라 대답할 새도 없이 악운의 손끝이 매섭게 그녀의 요혈을 타격했다.

타타탁!

"큽!"

그녀는 짧은 단말마와 함께 픽 고꾸라졌다.

"노부가 제대로 골랐구나."

손가락이 잘려 당황하긴 했지만 그녀는 절정 고수였다.

그런 그녀조차 못 피할 정도로 빠르게 점혈 한다는 건 악운의 내공과 그 운용이 심후하다는 것을 뜻했다.

악운이 다시 양경과 마주 서며 말했다.

"나 역시 당신과 끝을 보고 싶소."

"의외로구나."

"오랫동안 천하오절을 넘어서는 걸 고대했소. 제 발로 나타나 줬으니 나야 고마울 수밖에."

양경은 점점 몸이 달아오르는 것을 느꼈다.

"세 치 혀가 아주 달콤하구나. 오냐, 원하는 것이 무엇이냐."

"제대로 붙으려면 방해되지 않는 곳이 필요하오. 그곳으로 날 안내해 주시오. 그러려면 함께 빠져나가는 게 낫겠지."

악운이 황보여진의 옆으로 다가가며 말했다.

양경이 짜증스럽게 말했다.

"그년은 당장 죽이지 그러더냐? 짐만 될 텐데."

"쓸데가 있소."

지켜보던 백훈이 넌지시 물었다.

"어디에?"

"여러모로."

악운이 짚었던 점혈을 다시 풀었다.

"커헉!"

악몽이라도 꾼 것처럼 깨어난 그녀가 거친 숨을 몰아쉬며 악운을 노려봤다.

그녀는 여전히 이 상황이 혼란스러웠다.

"어, 어떻게……?"

"하나만 묻자. 내 병기야 네 방에 있을 테고, 석가장의 그놈은……."

악운이 그녀를 차가운 눈으로 내려다보며 덧붙였다.

"지금 어디 있지?"

"내가 그걸 말할……!"

악운은 대답을 듣기도 전에 다시 점혈을 했다.

듣지 않아도 뻔했다.

우선 아혈을 짚어 소리를 못 지르게 하고 어깨 부근의 중부혈을 비롯해 신체에 마비가 오는 핵심적인 마혈들을 순차대로 짚었다.

타탁. 탁!

점혈을 끝낸 악운이 말했다.

"내겐 시간이 그리 많지 않아. 속전속결로 하지."

곁에 선 백훈이 나직이 중얼거렸다.

"설마 분근착골(分筋錯骨)인가?"

그 고문의 의미를 아는 황보여진의 눈가가 파르르 떨렸다.

분근착골(分筋錯骨).

인체의 뼈, 근육, 요혈은 유기적으로 상생하며 신체를 이룬다. 그 수천의 연결점을 강제로 파고들어 봉쇄하거나 자극을 주면…….

번뜩!

황보여진의 눈에 핏발이 섰다.

형용할 수 없는 고통에 그녀는 몸을 사시나무처럼 떨었다.

이제껏 경험해 온 수련의 고통 따위와는 비교도 할 수 없는 극한의 고통이었다.

마음속으로 소리쳤다.

'살려 줘, 제발! 꺄아아악!'

당장 자결하고 싶을 만큼 강렬한 통증이 머릿속을 지배했다.

하지만 혈도를 짚여 혀를 깨물 수도 없다.

완벽히 제압당한 무기력감에 그녀는 점점 지쳐 갔다.

콰드드득!

뼈가 뒤틀리는 소리가 들릴수록 그녀의 입에 거품이 생겼다.

당장 혼절할 것처럼 서서히 눈이 풀려 가던 그때.

타탁-!

악운이 사혈을 가볍게 자극해 그녀를 정신 차리게 했다.

"흐어어억!"

그녀가 다시 눈을 부릅뜨는 순간 악운이 아혈을 풀어 줬다.

"쿠에엑! 허억, 허억, 허억."

검은 각혈을 토해 낸 그녀가 거친 숨을 몰아쉬었다.

악운은 황보여진이 숨을 다스릴 새도 주지 않고 물었다.

"어디에 묵고 있지?"

황보여진은 굴욕감을 느껴 쉽게 대답하지 못했다.

"다시 시작하지."

악운이 다시 손끝을 움직이자 그녀가 황급히 외쳤다.

"제발!"

그녀가 눈물을 흘리며 덜덜 떨었다.

방금 전의 고통을 두 번은 감당할 자신이 없었다.

죽는 것보다 심한 고통을 겪고 나니 문득 그런 생각이 스쳤다.

'공연 그 아이도 절맥으로 이런 고통을 견디며 살았던 것일까?'

죽음을 각오하고 자결하는 게 나을 판이다.

혀라도 깨물고 싶었지만 악운이 그걸 그대로 보고 있을 리 없었다.

마주한 악운이 물었다.

"넌, 늘 그랬을 텐데?"

"뭐?"

"황보정의 곁에서 네 욕망에 충실히 살았잖아. 공씨 일가가 죽어 가도, 네 친인척이 처형당해도, 네 욕심만 채우면 황보정을 따랐고."

패배감이 스며든 그녀를 보며 악운이 쐐기를 박았다.

"말하면 넌 살아."

"말할게. 말한다고! 이 개자식아!"

그녀는 온몸을 처릿하게 하는 패배감에 고개를 떨궜다.

석균평은 쉽게 잠에 들지 못하고 술잔을 기울였다.

계획이 엉망이 된 것이다.

오늘 정오에 있기로 했던 진엽의 합동 장례는 없던 일이 됐고, 제남에 모인 인파와 귀빈들은 발 빠르게 귀환했다.

오히려 그들은 산동악가의 위세만 기억하고 돌아갔으리라.

'빌어먹을.'

초빙됐던 산동성의 귀빈들은 당분간은 황보세가의 편에 확실하게 서지 않고, 문파대전의 향방을 지켜보고 움직일 게 분명했다.

여기에 정말로 악운 그놈이 말했던 대로 태산이 함락됐다 면……

'황보세가가 흔들릴 판이로군.'

사실 석균평은 황보세가가 흔들리든 말든 크게 신경 쓰지 않았다.

원한 건 그저 산동악가를 짓밟고 놈들이 피해 입힌 투자 금액을 일부분이라도 복원시키는 거였다.

하지만 점점 돌아가는 상황이 산동악가에 유리한 쪽으로 향하는 것이 썩 마음에 들지 않았다.

차라리 악운의 목숨이라도 확실하게 받아 가야겠다는 생 각이 들었다.

"연 대인, 놈을 죽여야겠습니다."

마주 앉아 있던 연진승이 들어 올리려던 술잔을 멈칫했다.

"좋지 않은 선택이오. 아마 황보 가주가 경을 칠 게요."

"그래도 해야겠습니다. 사실, 왜 놈의 신병을 붙잡고도 당장 죽이지 않는지 이해가 안 됩니다."

"내가 말했잖소. 황보 가주가 놈을 살린 이유는 태양무신의 유산 때문이오. 가솔들의 죽음을 걱정하는 게 아니라 자칫 일을 그르쳐서 유산을 되찾지 못하는 것을 두려워하는 게지."

"결국 다른 이들의 웃음거리가 되기 싫어 악운 그놈의 농락거리가 되고 있는 거잖습니까?"

"그에게는 역린이오. 만약 놈의 말대로 태산이 함락된 마당에 태양무신의 유산까지 잃는다? 제아무리 산동악가를 멸가시켜도 그 낙인은 평생 그를 따라다닐 거요."

"명예 따위가 뭐라고 그러는지."

연진승이 웃었다.

"그게 무림인이고 그런 자들이 모인 곳이 강호요."

그 순간 문이 열리고.

덜컹!

한 사내가 방 안으로 들어서며 조소했다.

"너희가 명예를 운운해?"

연진승과 석균평은 깜짝 놀라 자리에서 벌떡 일어났다.

전혀 기척도 못 느낀 것이다.

"누구냐!"

"어느 놈이……!"

마침내 등불 앞에 인피면구를 드러낸 악운이 창을 늘어트린 채 그들을 응시했다.

"너희 따위가?"

악운의 눈빛에 강렬한 적의와 파괴적인 강렬함이 뒤섞였다.

연진승은 술잔을 집으려던 자세 그대로 멈췄고, 석균평은 숨통을 옥죄는 기세에 몸을 파르르 떨었다.

'어……떻게?'

방금 마신 술이 홀딱 깰 만큼 강렬한 기세였다.

아니, 너무 두려워 감히 비명도 새어 나오지 않을 지경이다.

겨우 눈만 굴리는 게 최선이었다.

연진승도 크게 다르지 않아 보였다.

코앞의 검병에 손끝 하나 가져다 대지 못하는 중이었다.

꿀꺽—!

팽팽한 긴장감 속에 나른한 음성이 울려 퍼졌다.

"아서라. 그거 뽑으면 네놈 모가지 날아간다."

악운의 뒤쪽에서 걸어 나온 건 다름 아닌 양경이었다.

황보정 앞에서도 흔들림 없던 악운만 해도 버거울 지경인데, 그보다 더한 괴물이 합류한 것이다.

"다, 당신이 어째서?"

둘 중 무공 수준이 나은 연진승만 겨우 입을 뗐다.

"빨리 죽여 버리고 붙자구나."

양경의 대답 이후 황보여진을 어깨에 메고 있는 백훈도 방 안에 들어왔다.

"빌어먹을……."

석균평은 물론이고 연진승의 눈에도 경악이 실렸다.

보나 마나 뇌진검대가 쓸려 버린 것이다.

꿀꺽!

악화 일로로 치닫고 있음을 직감한 연진승이 마른침을 삼키며 말했다.

"이보게. 나는 산동악가와 아무 원한 관계가 없네. 나와 석균평이 이 친구는 그저 황보세가와 동진검가가 원만한 우호 관계가 되기를 바라서 나선 것일세……. 아니면 여기 내 품속에 백우상단의 재산을 내게 넘긴다는 증서가 있네. 이걸 가져가게!"

"네 이유는 중요하지 않아."

동시에 악운이 한 걸음을 내디뎠다.

그 찰나.

번쩍!

악운이 잔영을 일으키며 연진승 앞으로 전진했다.

'안 돼!'

연진승은 반사적으로 검을 콱 쥐었지만 그게 한계였다.

"커헉!"

감히 검을 뽑지도 못할 만큼 엄청난 쾌창(快槍)이 목울대를 파고든 것이다.

악운의 눈동자에 짧게 청광이 일었다.

"널 죽여야 할 이유가 훨씬 많으니까."

연진승은 목에 가시가 걸린 사람처럼 가쁜 숨을 힘겹게 내쉬었다.

"허억, 허억⋯⋯!"

두 호흡쯤 됐을까.

연진승의 눈동자가 천천히 잿빛으로 물들며 고개를 떨궜다.

이어서 악운이 연진승의 손아귀에 있던 증서도 찢어 버렸다.

툭−!

"이형환위라⋯⋯."

호적수를 지켜보는 양경의 눈에 흡족함이 서렸다.

하지만 흥미로움도 잠시, 양경은 묘한 기시감을 느꼈다.

산동악가의 보법은 처음 견식했다.

그런데⋯⋯.

'놈의 냄새가 난다.'

태양무신 천휘성의 잔영이 아주 잠시 동안 악운에게서 보인 건 착각이었을까?

아니면 제대로 본 것이었을까?

'상관없지.'

놈에게 끌리는 건 사실이었다.

그나저나…….

"쯧쯧, 냄새 한번 고약하군."

연진승과 마주 앉아 있던 석균평이 두려움에 떨다 못해 바지를 적시고 있었던 것이다.

"끝내고 나오너라."

양경은 더 보기 싫었는지 방을 벗어났다.

악운도 오래 끌 생각은 없었다.

쩌걱!

창을 뽑은 악운은 기세를 갈무리한 후 석균평의 목덜미에 창을 가져다 댔다.

"고개 들어."

석균평은 공포의 여운이 가시지 않은 양 쉽게 고개를 들지 못했다.

"두 번 말하지 않겠어."

석균평은 그 얘기를 듣고 서둘러 고개를 들었다.

이미 도움 구할 곳은 없었다.

데리고 있던 복도의 호위들은 이미 악운과 일행이 이곳에 오면서 정리됐을 것이다.

"너, 혈교와 관련이 있나?"

석균평은 순간 임기응변할 만한 기지가 떠올랐다.

'놈은 내 배후를 몰라.'

황보정은 대자사에 석가장의 은밀한 재산이 투자되어 있었다.

그런데 산동악가가 이를 가로챈 줄로만 안다.

하지만 산동악가는 아니다.

그 안의 진실을 알고 있었고 침묵해 주고 있다.

'화홍단은 혈교의 물건이다. 혈교가 다시 준동하려는 것이라 예상하는 것일 터!'

떨리던 석균평의 입가에 잔잔한 미소가 맺혔다.

"용케도 알아냈군. 그래, 죽여 보거라. 어차피 날 죽이면 너희 산동악가는 또다시 멸문에 이를 거다."

"역시……."

악운이 창을 거뒀다.

석균평은 다급하게 생각해 낸 방법이 악운에게 먹혀드는 것이라고 확신했다.

산동악가는 혈교의 잔당에게 궤멸했다.

그 두려움은 여전히 그들의 가슴에 남아 있으리라.

"아니었어."

"뭐?"

물러날 줄 알았던 악운의 주먹이 날아왔다.

퍽! 콰직!

석균평의 입안에서 대부분의 이가 솟아오르며 그의 몸이

벽을 부수고 연결된 방으로 넘어갔다.

"혀, 혈교가 네놈의 가문을 멸절시킬…… 것이야."

검은 피를 토해 내는 순간에도 석균평은 살기 위해 발악했다.

악운은 조소했다.

"혈교가?"

"우웨엑! 그래!"

악운의 머릿속에 찰나간 오랜 세월 싸워 왔던 혈교의 면면들이 스쳤다.

오랜 세월 싸워 왔기에 누구보다 깊이 알고 이해했다.

어쩌면 천휘성의 본모습을 가장 잘 아는 건 혈마였는지도 모른다.

끊임없는 집착, 열등감.

그 모든 밑바닥을 즐겼을지도.

그렇기에 악운은 혈교에 대해 잘 알았다.

"네가 진짜 혈교와 닿아 있다면 너는 혈교란 단어조차 입에 담지 못했을 거다. 그 순간 놈들이 심은 마언고(魔言蠱)에 의해 네놈의 머리통이 터졌겠지."

"마……언고?"

마기가 담긴 혈교의 고독은 일정 단어를 언급하는 즉시 시전자의 백회혈의 혈류 속도를 터질 만큼 빠르게 만든다.

"그래, 들어 본 적 없을 거야."

한때 마언고에 의해 혈교의 끄나풀이 된 정파의 일부 명숙들은 천휘성의 앞에서 죽었고, 천휘성은 정파가 동요하지 않게 진실을 덮었다.

마언고의 존재마저도…….

"네놈 따위는 모를 일이니까."

악운이 쓰러져 있는 석균평의 무릎을 발바닥으로 내리찍었다.

콰악!

솜털이 쭈뼛 곤두서는 고통에 석균평은 비명을 질렀다.

"끄아아악!"

"울부짖어 봐야 네 비명은 새어 나가지 않아. 그러니 말해. 네 뒤에……."

악운의 눈빛이 깊게 가라앉았다.

"있는 자들."

악운은 이제 대자사의 배후가 궁금해졌다.

"그래, 혈교는 아니야! 하지만 마, 말 못 해. 말하면 난 죽은 목숨이야. 아니, 네놈들도 무사하지 못할 거라고! 그러니 제발!"

"그래 봤자 정파 명숙들이겠지."

담담히 입을 연 악운은 석균평의 아혈을 짚어 마비시켰다.

시간이 그리 많지 않으니 이제부터는 황보여진과 같은 방식으로 놈을 대할 작정이었다.

"무엇을 예상했든 그 이상일 거야."

석균평이 몸을 사시나무처럼 떨어 댔다.

❧

털썩—!

석균평이 입에 거품을 물고 쓰러졌다.

악운은 손 속에 조금의 주저도, 자비도 두지 않았다.

분근착골에 이어 백회로 향하는 혈도를 망가트렸다.

다시 깨어나도 석균평은 의식만 있는 백치(白癡)가 될 것
이다.

무슨 일이 있었는지 스스로 기억하지도, 제대로 발언하지
도 못하는…….

살인멸구보다 더한 형벌이었다.

놈을 뒤에 두고 돌아선 그때.

백훈이 인상을 구겼다.

"하나같이 한 번씩 들어 본 유명한 고수들이잖아. 겨우
돈 좀 만지겠다고 이놈한테 투자한 거야? 개새끼들, 이름값
하네."

"어, 그런 모양이야."

석균평에 의하면 놈이 언급한 고수들 중엔 혈교만 없을 뿐
이지, 정사의 여러 고수가 포함되어 있었다.

그들은 '화홍단' 연단서를 입수한 석균평을 믿고 투자했고, 화홍단의 물량을 다양한 시장으로 유통할 계획을 세웠던 것이다.

"그건 그렇고, 마언고가 뭐야?"

악운이 어깨를 으쓱였다.

"나도 몰라. 떠본 거야."

"처음부터 그딴 건 없었던 거야?"

"어."

"나도 깜빡 속았네. 점점 사기도 느는 거야? 놀랍네."

"가자. 이제 나가야 돼."

"그래."

백훈은 먼저 나서는 악운을 뒤따라가다 말고 한 번 더 석균평을 내려다봤다.

분명, 악운의 손 속은 잔혹했다.

하지만…….

대자사와 결탁했던 쓰레기의 말로로는 아주 흡족했다.

"여길 떠난 후에 황보정 표정이 보고 싶은데 말이야."

백훈은 묘한 설렘을 느끼며 동시에 업고 있는 황보여진을 한 번 더 고쳐 들었다.

"더럽게 무겁네."

이용 가치가 없다면 당장 버리고 싶은 심정이었다.

새벽녘 황보정은 방 안에서 홀로 폐관 하며 심신을 다스리고 있었다.

놈의 세 치 혀가 했던 이야기들이 머릿속을 번잡하게 해서일까?

복잡한 마음은 쉬이 가라앉지를 않았다.

현재 태산의 상황과, 마치 공연에 대해 아는 것 같은 발언까지…….

하지만 가장 참을 수 없는 건 놈이 태산배사에 대해 언급했단 점이었다.

'감히 내 앞에서 황보철을 언급해?'

그건 아무도 건드려선 안 되는 역린이었다.

황보정의 눈에서 강렬한 살의가 흘러나왔다.

놈을 죽이고 싶다, 미치도록.

어차피 산동악가에서 화경의 고수는 '놈'이 전부다.

지금 죽이는 것이 더 나을지도 모른다.

"아니지, 아니야."

황보정은 고개를 내저었다.

놈을 고문하든 죽이든, 그것은 태산의 일을 확인한 뒤다.

어차피 놈은 손아귀 안에 있고 이를 잘 이용하면 더 큰 전화위복의 기회가 될지도 모르는 일이 아닌가.

'그래, 신중할 일이지, 암!'

하지만 만에 하나라도 산동악가 놈들이 태산을 침공해 가문의 명예를 더럽히고, 태양무신의 유산에 손을 댔다면…….

그 모든 것을 되찾은 후에 산동악가를 주춧돌 하나 없이 남김없이 파괴해 버릴 것이다.

다시는 재건할 수 없도록!

그때였다.

댕! 댕! 댕!

대장원의 타종이 그가 머무는 전각 내부까지 울려 퍼졌다.

얼마 지나지 않아 익숙한 음성이 밖에서 들렸다.

"운기 중이십니다."

"어서 물러나라! 가주님께 드릴 말씀이 있느니라! 어서 말씀드리거라."

태형각의 갈운정임을 눈치챈 황보정이 밖을 향해 외쳤다.

서늘한 불쾌함이 느껴진다.

"들라 해라!"

호위하고 있던 진청중검대가 물러나자마자 갈운정이 침실 안으로 뛰어 들어왔다.

"가주님!"

"이 새벽에 무슨 일이지?"

황보정이 붉은 침복(寢服) 차림으로 갈운정을 맞이했다.

"죽여 주십시오."

황급하게 바닥에 부복하는 갈운정을 보며 황보정이 눈을 부라렸다.

"당장 목이 떨어지고 싶지 않다면 알아듣게 설명해라."

"뇌옥에 갇혀 있던 악운이 탈출했고, 이를 지키고 있던 뇌진검대의 순찰 병력이 모두 전멸했습니다. 또한……."

"기가 차는군."

황보정은 일그러진 얼굴로 헛웃음을 흘렸다.

"또 놈인가? 놈이 탈출하면서 무슨 짓을 벌인 거군."

갈운정은 황보정의 어마어마한 분노를 예상하며 최대한 빨리 말을 덧붙였다.

"예, 황보 대주를 납치했고, 연 대인이 죽었으며, 석가장의 석균평이 백치가 됐습니다."

"이이익!"

황보정이 결국 참지 못하고 침실 안에 있는 가구들을 향해 쌍장을 날렸다.

쾅! 쾅!

벽 한편이 와르르 무너지며 지붕과 기둥이 크게 흔들렸다. 동시에 짙은 살의와 광기가 방 안을 가득 메웠다.

황보정이 다시 입을 열었다.

"방비하던 병력은 대체 뭘 하고 있었던 것이냐."

"양 대인이 두 명의 수미중정단 가솔들을 데리고, 마차를 한 대 끌고 나섰다고 합니다. 가주님의 은밀한 명이라는 명분이라고 하니…… 아무도 의심하지 못했다고 합니다. 아무래도 놈들이 그 마차에 있는 거 같습니다."

"수미중정단의 가솔이라면……."

"아무래도 놈들이 인피면구를 쓰고, 복장을 훔쳐 입은 거 같습니다."

황보정은 골을 짚었다.

악운만이 문제가 아니었다.

그 빌어먹을 양경이 합류했다는 것이 더 큰 문제였다.

"쫓지 마라."

"황보 대주의 안위를 위해서도 어쩌면 그것이……."

"도움도 안 되는 그 빌어먹을 년 때문이 아니다."

갈운정은 그의 어투를 듣자마자 확신했다.

황보정은 한계치까지는 누구보다 이성적이지만, 한계 이상의 일에 봉착하는 순간 분노에 찬 광인 그 이상의 행보를 보인다.

이제 가주는 이성을 유지할 한계를 넘어섰다.

'악운 그놈이 기어코 가주를 이렇게 만드는구나!'

더 이상 가주는 명분 따위 고려하지 않을 것이다.

"갈 각주."

"예, 가주님."

"암낭패에 임무를 끝마치는 즉시 동평으로 합류하라고 해라. 또한."

"하명하시옵소서."

"꼴도 보기 싫은 동진검가와 관련된 모든 가솔 놈들을 베어 버려라. 아니, 동진검가와 관련된 건 하다못해 지나가는 개라도 죽여 버려라."

황보정은 당장의 분풀이를 해야 했고 그 대상이 동진검가로 정해진 것이다.

"그 후에 모든 전력을 집결시키고, 가능한 한 모든 기마를 끌어모아라."

갈운정은 간언을 해야 하는 역할이었지만 그의 분노에 감히 명분 따위를 운운하며 말리지 못했다.

그저 고개를 푹 숙인 채 그의 하명을 따를 뿐이었다.

여기서 자칫 말 한마디 잘못 꺼냈다간.

'죽는다.'

갈운정의 직감이 그렇게 말하고 있었다.

"가주님의 존귀한 명을 따릅니다."

"가라. 나, 황보정은……."

황보정이 핏발 선 눈으로 검병을 챙겼다.

"산동악가의 모든 걸 불태워 버릴 것이다."

암낭패의 대주인 산초는 숲속을 달리는 중이었다.

제남에서 태산으로 향하는 소로(小路)만 수십 개.

그중에 은폐가 용이하도록 숲이 많은 길을 골라 이동하고 있었던 것이다.

사락-!

먼저 떠나보낸 척후조가 수풀을 헤치며 돌아왔다.

"대주, 소규모 대대가 삼 리(里) 앞에 매복이 있습니다. 우리가 올 것을 예상한 모양입니다."

"함정일 확률은?"

"그들은 저희의 존재를 못 본 거 같습니다. 숫자도 우리보다 적은 것으로 보아 동태를 살피는 매복조인 거 같습니다. 기습하는 것이 낫습니다."

"기습이라……."

산초는 잠시 고심했다.

하지만 그들을 피해 돌아가기엔 시간이 너무 많이 소요된다.

차라리 빠르게 정리한 후 놈들로부터 동태를 살피는 게 빠를지도 모른다.

혀로 얇은 입술 위를 한차례 적신 산초는 결국 기습을 허락했다.

상황을 보니 점점 산동악가와 전면전이 가까워진 게 느껴진다.

"기습을 감행한다. 태산배사보다 더 지독한 전쟁이 되겠구나."

몇몇 수하들이 말했다.

"그만큼 약탈할 것이 많지 않겠습니까?"

"흐흐! 놈들이 가진 여인, 재물, 전답을 나눠 가질 수 있겠군요."

그들은 태생부터 약육강식을 경험하며 살아온 동영의 해적, 자객이 모인 집단이다.

태산배사의 살육이 끝난 직후.

그들은 충분한 부유를 누렸지만 그건 그들이 가진 파괴적인 욕망을 채워 주지 못했다.

산초는 수하들을 돌아봤다.

이미 수하들의 눈빛은 전쟁 냄새를 맡은 욕망과 흥분기로 번들거리고 있었다.

씨익―!

약탈만큼 적절한 동기가 어디 있을까?

산초는 수하들을 독려했다.

"오늘의 기습이 그 시작이 될 것이야. 이동한다."

스릉!

산초가 수리검과 쇄겸(鎖鎌)을 양손에 각각 빼 들며 웃었다.

오랜만에 피 맛 좀 보겠군.

산초를 필두로, 일백이 넘는 암낭패가 일제히 땅을 박찼다.

탁!

선봉에 선 산초는 나무 위에 올라탔다.

다른 수하들도 빽빽이 선 나무 위에 몸을 숨겼다.

'저기 있군.'

그리 멀리 떨어지지 않은 경사면에 열 명의 인원이 일정 간격으로 떨어져서 몸을 숨기고 있는 게 보였다.

쐐애액!

산초가 이내 나무에서 착지하며 내달렸다.

암낭패가 뒤따르며 질주했다.

마침내 그들을 은폐시켜 줬던 수풀들이 사라지자마자 열 명의 적이 자리에서 벌떡, 일어났다.

산초는 비릿하게 조소했다.

'늦었다.'

그를 필두로 암낭패가 적들의 발밑을 향해 수십 개의 탄(彈)을 쏘아 던졌다.

타닥! 타닥!

불꽃이 튀며 색이 다른 탄들이 동시에 터졌다.

하나는 독연탄(毒煙彈).

다른 하나는 운무탄(雲霧彈).

회색과 하얀색의 연기가 탄에서 치솟으며 퍼졌다.

산초는 그 속에 거침없이 뛰어들었다.

적이 당혹과 혼란스러움을 느낄 이 순간이 그들에게 가장 편안한 순간이었다.

"열 놈이다. 다 죽여라!"

암낭패가 쇠사슬 달린 쇄겸을 고쳐 쥐며 산개했다.

산초도 제일 먼저 봐 둔 목표물을 향해 수리검을 던졌다.

귀왕접(鬼王蝶).

오랜 세월 수십 명의 고케닌(무사)들을 상대로 주효하게 먹혔던 무공이다.

특히 기습전에서는 단 한 번 실패한 비검술(飛劍術)이다.

산초의 얇은 입술에 서늘한 웃음기가 감돌았다.

곧 들려올 단말마의 비명이 기대됐다.

"커헉!"

"끄악!"

예상대로 연무 사이로 비명이 들렸다.

하지만 그 비명은 산초의 예상과는 확연히 달랐다.

분명 수하들의 비명이다.

채채챙!

때마침 산초가 날린 수리검이 튕기는 소리가 들렸다.

산초가 인근의 수하들에게 외쳤다.

"북동쪽 삼십 보. 지원해라!"

대답 대신 다른 방향에서 비명이 들렸다.

한 곳이 아니었다.

산개하여 돌진한 수하들의 비명이 사위를 가득 메웠다.

'어째서!'

산초는 황급히 일갈을 터트렸다.

"모두 내게 집결하라!"

적의 기척은 그 자리 그대로였다.

쐐액, 쐐액!

산초는 방금 던졌던 자리로 계속해서 수리검을 던졌다.

적과 점점 가까워지며 연무 뒤로 적의 그림자가 보인다.

그림자는 이번에도 수리검을 연달아 쳐 내며 산초의 앞으
로 쇄도했다.

산초가 그 앞을 가로막고자 쇠사슬을 왼팔에 묶고 쇄겸을
날렸다.

십팔풍조겸(十八風爪鎌).

맹렬히 휘도는 쇄겸이 상대의 검을 옭아맸다.

쇄겸에 연결된 쇠사슬을 통해 반탄력이 전해졌다.

부웅!

산초는 그 반탄력에 대항하지 않고 순응했다.

여기에 순간적인 가속을 더해 귀왕보(鬼王步)를 시전했다.

쇄애액!

연무를 파고든 가속의 음영(陰影).

순식간에 간격을 좁힌 산초가 쇄겸을 버리고 검병을 뽑

았다.

모든 움직임은 극한의 쾌도식을 펼치기 위해서였다.

귀왕삼망도(鬼王三魍刀).

번쩍!

동영도(東瀛刀)의 장점까지 더한 절정의 도식이 적을 향해 벼락처럼 뻗혔다.

곧 느껴지리라.

예리한 도 끝이 살을 가르고 뼈를 부수는 그 희열을!

그 찰나!

파지짓!

눈앞에 불꽃이 튀었다.

살을 가른다고 불꽃이 튀지는 않는다.

'가로막혔다고?'

산초는 모든 연계식을 막아선 철검을 노려보며 이를 갈았다.

"네놈은 대체……."

'누구냐'라는 질문을 던지기 직전.

연무 뒤에 감춰져 있던 얼굴이 철검에 이어 드러났다.

"오랜만이구나, 동영의 자객이여."

"네놈은……!"

이자들은 산동악가가 아니었다.

"그래, 나다. 동영의 쓰레기들아."

황보정의 재종형제.

뇌린호장(雷燐號掌) 황보제근.

가문을 등졌던 그가 뇌후대(雷吼隊)를 재건하여 나타난 것
이다.

산초가 황급히 수하들이 있는 방향으로 눈을 돌렸다.

'그럼……'

서서히 걷혀 가는 연무 사이로, 공연을 필두로 싸우고 있
는 뇌후대의 가솔들이 나타났다.

산초가 도를 검에 맞댄 채 물었다.

"우리를 기다렸나?"

"누군가 올 줄은 알았지만 네놈들일 줄은 몰랐다. 도리어
잘됐군. 나는 네놈들이 아니라……."

황보제근이 오랜 세월 묵은 살의를 드러냈다.

"가문으로 귀환할 '때'를 기다렸느니라."

히이잉! 푸르륵!

동시에 언덕 부근에서 말 수십 필의 투레질 소리가 울려
퍼졌다.

"악가상천대여, 오늘이 황보세가의 재건이 시작되는 날이
다! 그들을 도와서 동영의 쓰레기를 남김없이 쓸어버려라!"

호사량이 곁에서 말을 몰며 더욱 소리를 높였다.

"대주를 따르라!"

산초의 눈동자가 잿빛으로 물들었다.

설상가상.

진려인의 안가 습격을 마친 악가상천대까지 뇌후대에 합류해 있었던 것이다.

❧

공연은 가쁜 숨을 몰아쉬었다.

"연아, 괜찮으냐?"

황보제근의 아들, 황보세명이 물었다.

"네, 조금 긴장해서 호흡이 거칠어졌을 뿐이에요."

"알았다. 조금만 힘내자."

"예."

미소 지은 황보세명이 검을 고쳐 쥐며 그녀 곁에 섰다.

"놈들이 후퇴한다! 악가상천대가 퇴로를 막는 동안 부상자를 후방으로 보내 놈들을 더욱 압박해라!"

공연은 황보세명을 필두로 재정비하는 검진에 합류했다.

태산전형(泰山戰形).

황보철의 하명으로 공연의 조부였던 황보림은 혈교를 대적하기 위해 황보세가의 검진(劍陳)을 개량했다.

뇌후대는 그 검진을 여전히 사용하고 있었던 것이다.

그녀는 눈물이 날 만큼 자랑스러웠다.

웅, 웅!

새로 연마한 공명오뢰심법(公明五雷心法)이 그녀의 검을 날카롭게 했다.

황보제근, 황보세명.

이 부자(父子)를 찾기 위한 여정은 결코 쉽지만은 않았다.

그건 일종의 수련이 됐다.

종종 도적 떼를 만나기도 하며 검을 쓰는 법을 익힌 것이다.

그 과정에서 호 대인에게 검을 쓰는 법을 끊임없이 배우고 단련했다.

강호의 생리에 대해서는 따로 배울 필요가 없었다.

슬프지만 겪어 온 삶보다 비정하지는 않았다.

그녀는 이미 준비된 무림인이었다.

"하압!"

그녀가 선봉열에 합류하자 검진 대형이 바뀌었다.

"남천(南天)!"

황보세명의 지휘는 능수능란했다.

결집한 검진의 남쪽 대열이 적들을 끌어들이고, 나머지 대열이 동, 서, 북으로 나뉘어 적들의 퇴로를 가둬 버린 것이다.

"커헉."

"큭!"

빠른 속도로 암낭패의 자객들이 쓰러졌다.

뇌후대는 언젠가 가문으로 돌아가기 위해 과거를 복기하며 수련을 거듭했다.

암낭패가 쓰는 병기와 무공에 대비하고 있던 건 당연했다.

그때였다.

"감히 망조에 든 가문의 잔재 따위들이!"

줄을 잇는 비명 속에 동영도와 소도를 함께 사용하는 암낭
패 고수가 난입했다.

채채채챙!

그는 순식간에 선봉열을 흩트리면서 뇌후대의 기세를 한
풀 꺾었다.

"이놈이 감히!"

황보세명이 나서려 검을 고쳐 쥔 순간.

"내게 맡기세요!"

쏜살같이 대열에서 빠져나온 공연이 암낭패의 고수와 검
을 맞댔다.

쿵! 쿵!

암낭패 고수가 산발한 머리칼 사이로 눈을 빛냈다.

"어디 계집 따위가……!"

체격, 완력, 경험 모든 것이 우위인 적이다.

하지만 그녀에게는 악운이 불어 넣어 준 활력과 내공이 있
었다.

그리고…….

'할아버지.'

공명쾌활검(公明快闊劍)의 유일무이한 심득을 그녀에게만

전수한 조부의 뜻이 있다.

　-검의 사거리는 중요하지 않다. 중요한 것은 네 일 흡
(吸)에 담긴 거력이다. 호흡이 무거우면 상대도 그 힘을 느
낀단다. 할아비가 널 낮게 하여 직접 가르쳤다면 얼마나 기
뻤을꼬. 미안하구나.

가문과 그녀를 향했던 조부의 헌신이 돌고 돌아 마침내.
촤라라라락!
그녀의 검 끝에서 되살아나기 시작했다.
콰득!
강력한 내공이 담긴 그녀의 일 검(一劍)이 적의 정수리를
내리찍은 이 순간.
"말……도 안 돼."
그녀의 검이 동영도를 부수며 적을 일도양단했다.
쩌적!
그녀의 신위에 뇌후대의 사기가 올랐다.
황보세명이 그 기회를 놓치지 않고 외쳤다.
"황보림 어르신의 손녀를 따라라!"
뇌후대의 거센 진격은 더 이상 암낭패가 막을 수 있는 수
준의 것이 아니었다.

어딜 둘러봐도 사면초가였다.

유예린, 호사량이 전열과 후열을 맡고, 사군위였던 성균과 다흑이 부대주가 되어 악가혼평진의 좌우익을 맡아서 퇴로를 완벽히 봉쇄했다.

기세를 탄 뇌후대도 전 가솔이 사분오열된 암낭패를 전방위로 압박하고 있었다.

"큭큭……!"

산초는 웃었다.

언제든 죽을 수 있는 법이다.

그저 오늘일 줄 몰랐던 것뿐이다.

황보제근이 대치를 이루며 말했다.

"오랜 악연이 이렇게 끝을 맺겠구나."

"승패는 상관치 않는다. 이미 네놈들은 오랜 세월 우리를 통해 고통받았지. 그거면 된다."

"어설픈 도발은 통하지 않는다. 너희는 졌고, 황보세가는 너희들의 뜻과 달리 재건될 것이다."

"그래 봤자 사분오열되고 더 큰 세력의 먹잇감으로 전락하겠지. 이제야 안정이 된 황보세가를 다시 뒤흔들어 놓고 싶더냐?"

"그래, 한때는 그리 생각했지."

가문의 분열을 막고자 했던 황보세가의 선인(先人)들이자 어른들은 어쩌면 그게 가장 두려운 일이었는지도 모른다.

그래서 회피하고 굴복해서 황보정에게 처형됐을 것이다.

그래, 당시엔 그 결정이 어쩌면 옳았을지도 모른다.

하지만 이젠 아니다.

"이 일로 가장 고통받고 마음마저 피폐했을 아이가 그러더 군. 신뢰는 기다리는 것이 아니라 먼저 건네는 것이라고. 그 것을 한 사내에게 배웠다고."

처음에는 의혹을 가졌으나 결과적으로는 공연의 말이 옳 았다.

그들 덕분에 공연은 천형을 벗어났고, 뇌후대는 지원을 받 았으며, 그들을 통해 태산을 되찾았다.

"닥쳐라!"

도발이 통하지 않자 산초가 다시 땅을 박찼다.

쏴아아!

쇄도하는 산초의 보보(步步).

"후우."

황보제근은 검파를 쥐며 다시 호흡을 다스렸다.

과거의 기억이 스친다.

두 사람의 충돌은 처음이 아니었다.

오래전 산초의 비검술과 검법은 황보제근에게 막혔다.

산초가 사력을 다해 일갈했다.

"그때와는 다를 것이다!"

"아니."

번쩍!

황보제근의 눈에 뇌광이 스쳤다.

"네놈의 도는 여전히 나약하다."

전신의 완력이 그의 호흡 속에 담긴 찰나.

구아아앙!

검기가 깃든 검이 강렬한 빛무리를 일으키며 동영도를 향해 뻗었다.

채채채채챙! 콰지짓!

검과 도가 눈 깜짝할 새 수십 번 충돌했다.

산초의 도가 점점 빨라졌다.

"으하하하!"

봉두난발이 된 산초가 검은 각혈을 뿜으며 더욱 빠른 검초를 뻗었다.

점점 산초의 눈이 붉어졌다.

애초부터 살아 나갈 생각 따윈 지운 지 오래였다.

"네놈이라도 저승길 동무로 데려가마!"

귀동술(鬼焦術).

귀왕에게 영혼을 바쳐 몸을 태운다는 뜻의 절초.

'더 가깝고, 더 빠르게!'

근육, 내공, 세맥 모든 잠력을 일제히 폭발시켜 더욱 거센 쾌도식을 돕는다.

그 순간!

콰쾅!

뇌성벽력이 치는 소리가 산초의 귀를 때렸다.

"멍청한 놈! 내 일 권은!"

동시에 산초의 눈앞에 진각을 밟은 일 권이 날아왔다.

"네놈의 도(刀)보다 빠르다."

쾌도를 믿고 간극을 좁힐 때 산초는 예상했어야 했다.

황보세가는 검이 아니라 권장법으로 시작한 가문이었다.

콰쾅!

천왕삼권(天王三拳)의 일 권이 산초의 얼굴에 정확하게 박혔다.

암낭패가 보유한 최절정 고수, 산초의 죽음은 가뜩이나 패색이 짙어졌던 암낭패를 더욱 궁지로 몰아넣었다.

그들은 끝까지 저항했고, 종내에 가서는 서로의 도움을 받아 할복했다.

"클클!"

마지막 생존자가 웃었다.

"오니가 돼서라도 끝까지…… 너희 황보세가를 저주할 것이다."

황보세명이 조소했다.

"그 전에 먼저 망자가 된 본 가의 원혼들이 네놈들을 짓이

길 것이다. 그러니 너부터 걱정해라."

댕강!

피 묻은 황보세명의 검이 죽어 가던 그의 목을 베었다.

툭―!

오랜 세월 울분에 가득 차 있던 뇌후대의 가솔들이 울음과 환호성을 동시에 터트렸다.

"와아아!"

승전보였다.

방계 출신이었던 황보제근을 필두로 결집하게 된 황보세가의 가솔들이 마침내 태산을 되찾게 된 것이다.

황보제근의 눈시울이 붉어졌다.

얼마나 기다렸던 함성인지…….

"경하드립니다."

유예린이 호사량과 함께 그의 곁으로 다가왔다.

"고맙소. 하지만 우리로 인해 산동악가가 치른 희생이 만만치 않다 들었소. 소가주가 황보정에게 붙잡혀 갇혀 있지 않소."

호사량이 미소를 지으며 고개를 저었다.

"심려치 않으셔도 됩니다. 황보정의 곁에 있는 암낭패가 이리 달려온 것으로 보아 제남에서의 일이 수순대로 진행되고 있는 것이 확실합니다."

유예린이 덧붙여 말했다.

"늘 불가능을 가능으로 바꾸는 분이지요."

황보제근의 눈에 이채가 흘렀다.

"그대들과 같은 고수들의 신뢰를 이리도 크게 받을 수 있다니, 소가주는 참으로 인복이 많은 거 같소."

유예린이 단호히 고개를 저었다.

"외람컨대 아닙니다. 소가주의 곁에 남을 수 있었던 것이 제 행운이었습니다."

"그런가……."

황보제근은 저 멀리에서 한 번도 본 적 없는 환한 미소를 띠고 있는 공연을 바라보게 됐다.

"아무래도 그대들의 소가주는 본 가에도 행운이 된 것 같소."

싸움은 아직 끝나지 않았지만 황보정 그자의 패망(敗亡)이 머지않은 것 같은 기분이 드는 황보제근이었다.

악운 일행은 무사히 제남 관문을 벗어난 다음 마차를 버리고 평음현 방면으로 이동했다.

최단 거리 퇴로는 이미 제남을 잠입할 때부터 정해져 있었고 일행이 전부 고수여서 이동속도는 웬만한 추격대는 절대 따라오지 못할 속도였다.

그렇게 평음에 다다른 직후.

백훈이 확신했다.

"단연코 동평에 도착할 때까진 추격대가 우릴 못 쫓아올 거다."

악운이 고개를 끄덕였다.

"내 생각도 같아. 이쯤 되면 황보정도 추격대를 귀환시키고, 동평으로 진격을 준비할 거야. 태산의 상황을 살피기 위해 보냈을 전력도 살아 돌아오지 못했을 테니까."

듣고 있던 양경이 웃음을 터트렸다.

"이놈들, 잔대가리가 보통이 아니로구나. 황보정 그놈 꼴이 말이 아니겠어. 그나저나……."

양경이 검병을 손으로 매만지며 말했다.

"추격이 끝났으면 슬슬 약조를 지켜야지?"

악운은 크게 개의치 않았다.

"그럽시다."

그때 백훈이 악운의 팔을 잡았다.

"위험해."

"이미 그에게 충분히 빚을 졌어. 뜻하지 않게 도움을 받아 쉽게 빠져나왔지."

사실 양경에게 이런 도움을 받을 줄은 예상도 못 했지만 결과적으로 양경은 별 충돌 없이 빠져나오는 데 공헌했다.

"그리고."

악운이 환하게 웃었다.

"나도 바라던 바야."

대답을 들은 양경이 낄낄 웃었다.

"그렇지, 그래야지!"

백훈은 잔뜩 몸이 달아오른 양경을 보며 인상을 구겼다.

"이런 말 하기 싫지만, 상대는 천하오절이야. 그 정도의 명성, 아무나 갖는 게 아니라고. 소가주, 너 진짜…… 죽어."

"그래서?"

백훈은 나직이 반문하는 악운의 눈을 마주 봤다.

악운의 눈에 보이는 열기는 분명…….

'호승심.'

백훈은 너털웃음을 터트렸다.

문득 한 줄기 기억이 스쳤다.

무의미한 삶을 끝낼 의미를 악운으로부터 찾은 그때가!

악운은 늘 목표와 목적이 확실했다.

성장하고자 하는 열망이 이토록 뜨거운 자는 처음 봤다.

백훈은 잡고 있던 팔을 조용히 놨다.

맹수에게 목줄을 갖다 대면 쓰나.

맹수는 맹수다워야지.

"이기라고."

악운이 그제야 만족스럽게 웃었다.

"그래, 그렇게 얘기해야지."

"지켜볼게."

"하나도 빠짐없이 지켜봐. 백 형의 무공에 많은 도움이 될 거야."

신화경의 고수들이 싸우는 생사결이다.

"기연이군."

백훈은 고개를 끄덕였다.

"악가뇌혼대 대주라면 마땅히 그래야지."

그제야 악운이 양경을 향해 돌아섰다.

"한 수 배울게, 소가주."

백훈이 굳은 표정으로 악운의 등을 향해 포권지례를 취했다.

마주 선 양경이 검병을 쥐며 물었다.

"이승에서의 마지막 작별 인사는 끝냈느냐."

악운은 필방을 들었다.

동수 혹은 그 이상의 고수와의 결전이다.

조 총관이 준 창도 견고하기는 했지만 필방의 견고함이 더 나았다.

"마상이나 대인전에 쓰일 창일 텐데도 굳이 그 창을 드는 것을 보면 견고함이 제법 있나 보구나."

"그 검도 쓸 만해 보이오."

"황보정 그놈이 내가 쓰던 검을 잘 보관하고 있더구나. 이름난 명검 중 하나. 제법 보는 눈이 있구나."

천휘성이 살던 당시는 참으로 혼란스러운 천하였지만, 그만큼 수많은 야장들이 이름을 날린 시기이기도 했다.

태천야장(太天冶匠) 모야루.

청벽야장 벽계동.

그 외에도 수많은 야장들이 다양한 병기들을 남겼다.

양경의 검은 그중 한 사람인 백안야장(白眼冶匠)의 마지막 유작이다.

'총청검(總靑劍).'

확실히 천생 무인이다.

양경이 검을 칭찬하니 기분 좋게 히죽 웃었다.

"자, 시작하자."

"좋소."

악운은 호흡을 다스리며 서서히 일계(一界) 안의 심법들을 하나둘 깨웠다.

상생과 상극의 심법들이 깨어나고 상동의 감각들이 온몸을 예민하게 했다.

쐐액!

고요한 정적 속에 일 검이 날아왔다.

백리안과 파장력을 넘어선 일격이었다.

과거의 기억이 스쳤다.

　-내 사문은 천뢰문(天雷門). 일인전승이며 무형무음검(無
形無音劍)이다.

소리보다 빠른 검초에 악운은 반사적으로 고개를 젖히며
물러났다.

귀, 눈이 느끼지 못할 땐 육감(六感)이 더해진 반응 속도로
피한다.

"시작일 뿐이니라."

"알고 있소."

"그래, 놀아 보자."

악운은 대답 대신 창을 고쳐 쥐었다.

천휘성의 삶을 살며 마주한 수많은 적들 중에 쾌검으로 유
명한 문파들은 많았다.

양경의 사문은 그중 뇌음사(雷音寺)의 것과 닮아 있었다.

쐐액쐐액.

악운은 창을 부딪치기보다 우선 물러나는 쪽을 택했다.

일 초, 일 초가 가공할 만한 일격이다.

파동(波動)에 이른 고수답다.

양경 개인의 권역은 그의 검초가 진행될수록 빠르게 확장
되었다.

검을 쳐 내도 어느새 검이 목젖 앞에 와 있었다.

쾅쾅쾅쾅! 파지짓!

악운의 창에서 솟은 강기가 양경의 검과 부딪칠 때마다 비산하는 기파(氣波)를 자아냈다.

그 여파만으로 땅이 진동했다.

"차분하구나! 하나 간만 보다가는 네 목이 먼저 날아갈 것이다!"

동시에 양경의 검초가 변했다.

부딪칠 때마다 검의 잔영이 늘어난 것이다.

허공을 수놓은 검영이 악운을 내리눌렀다.

쾅짓! 쾅지지짓!

검영을 튕겨 내면 다음 검영이 양경의 잔상과 함께 나타났다.

검영이 늘어날수록 양경의 권역 역시 덩달아 강해졌다.

눈 깜짝할 새 악운과의 간격을 좁힌 양경은 확신했다.

'베었다.'

쐐액!

물러나는 동선을 예상한 검 끝이 악운의 어깨를 가로질렀다.

그 찰나, 검 끝에 아무것도 느껴지지 않고 공허했다.

'분명 놈이었건만!'

양경은 황급히 허리께에서 다른 검을 꺼내 왼손에 잡았다.

펑!

역수로 취한 검이 벼락처럼 쇄도한 창을 막고 밀려났다.

타타탁!

잔발을 치며 물러난 양경이 광소를 터트렸다.

"으하하! 네놈 역시 파동에 이르렀구나!"

방금 전에 양경이 베었던 것은 천금칠신보를 통해 인 잔영이었던 것이다.

"그건 그렇고, 참으로 의아하구나. 네 무공에 어째서 이토록 다양한 본의가 느껴지는 것이지? 정녕 산동악가가 맞긴 하느냐."

"어깨에 흐르는 피나 살피시오."

찢어진 옷깃 사이로 보이는 창흔(槍痕)에 양경의 눈빛에 더욱 광기가 돌았다.

"오냐, 상관없겠지."

"최선을 다하시오. 간만 보다간 목이 날아갈 것이오."

"큭큭, 애송이 놈……. 알았다."

이제 두 자루 검을 모두 들었으니 양경은 전력을 다해 올 것이다.

악운은 눈을 반개했다.

'놈을 이겨 냈던 당시의 천휘성에게 다가가야 해.'

마주한 적은 양경이지만 악운의 눈은 그 이상을 보고 있었다.

양경을 제압했던 당시의 천휘성은 파동편을 훌쩍 넘어선 경지였다.

당장 그것과 동일해지진 못하더라도 그에 가까워져야 했다.

그래야 양경을 넘어설 수 있다.

'심연편(深淵編).'

제아무리 강한 파동도 심연을 만나면 잔잔해지기 마련이다.

그것에 가까워지려면 더 완벽한 권역의 확장을 이뤄야 했다.

그러려면.

'상생, 상동, 상극이 모두 갖춰진 완벽한 일계(一界)가 필요해.'

악운은 이를 위한 마지막 열쇠를 꺼낼 차례라는 것을 직감했다.

'오라.'

과거의 천휘성, 그리고 현재의 양경이여.

압도(壓倒).

그래, 그 단어가 제일 적절하겠다.

백훈은 두 사람의 공방전에 그야말로 압도됐다.

당연히 그들의 움직임을 세세히 따라잡을 수 없었지만, 상상을 초월하는 몸놀림과 경탄이 나오는 초식의 향연은 충분히 체감되고 학습됐다.

　'이런 게 전력을 다한 신화경의 경지인가.'

　새삼 악운이 이룬 게 얼마나 대단하고 경악스러운 건지 체감된다.

　약관도 되지 않아 저 지고한 경지에 이르려면 무재뿐 아니라 상상도 못 할 노력이 들어갔으리라.

　하나도 빠짐없이 눈에 담으라는 말을 왜 했는지도 확실히 알겠다.

　각자 초식의 연결이 매끄러운 건 둘째 치고 한 번의 충돌마다 파생되는 초식들이 그야말로 무궁무진하다.

　'최대한 기억해서 담아내야 해.'

　그들이 보이는 모든 몸짓과 초식의 교환은 앞으로 스스로 나아가야 할 길의 이정표나 다름없었다.

꽃무늬

　악운은 고개를 젖혔다.

　쐐액!

　또다시 검이 날아들었다.

　훨씬 더 빠르고 날카롭다.

콰지짓!

금강부동신법이 악운의 균형을 지키고 태신보가 활력을
불어 넣어 다음 보보로 연결했다.

사사삭!

악운은 양경의 검을 부딪치며 계속 전진했다.

파지지짓!

쳐 낼 땐 악가의 명명보가 상대가 강하게 밀려들 땐 태을
미려보와 칠성보로, 대응했다.

타타타탁!

몸에 익은 천금칠신보는 반속과 곁들어져 양경의 변칙적
인 일격을 무효화시켰다.

"그래, 이것을 원했다!"

양경은 오히려 흡족해하며 더욱 대담한 움직임을 보였다.

무형무음검의 검초가 악운의 잔영을 빠르게 헤집으며 악
운의 권역을 가로질렀다.

촤르르륵!

강기를 사용하는 그들에게 병장기의 사거리는 큰 의미가
없었다.

동귀어진이나 다름없는 양경의 검초는 매 순간 악운의 숨
통을 옥죄며 종이 반 장 차이로 스쳐 갔다.

'흔들리지 않아.'

양경은 내심 경악했다.

적진에서 눈썹 하나 꿈틀거리지 않는 걸 보고 어느 정도 싹수 있는 놈이라고는 예상했지만…….

약관도 채 안 된 놈이 생사의 겨룸에서도 평정을 유지하다니!

'그저 대어인 줄로만 알았더니, 경(鯨, 고래)이었구나.'

아쉽다, 여기서 놈을 벤다는 것이.

약관의 천휘성도 이러하지는 못했을 것이다.

놈을 살려 둔다면 놈은…….

태양무신, 혹은 그 이상의 가능성이 있다.

그러나 살려 두기엔…….

"너무 즐겁구나!"

광기에 이른 투기(鬪氣)와 함께 양경의 몸놀림이 거센 폭풍처럼 수십 갈래의 검초를 뻗어 냈다.

소리 없는 수십의 빛줄기가 악운의 전신을 마구 꿰뚫었다.

악운의 눈빛에 이채가 흘렀다.

콰콰콰콰!

놈은 몰아치는 벽력(霹靂) 같다.

츠츠츠!

필방에 서린 강기가 흐릿해졌다.

중첩된 호황대력기조차 충돌 즉시 흩어졌다.

극한의 파괴력 앞에 제갈세가의 차력미기조차 제대로 위력을 발휘하지 못했다. 힘겹게 반보 전진해도, 양경의 검력에 다시 이 보가 밀려 났다.

점점 권역을 빼앗기고 있었다.

콰콰쾅! 콰쾅!

놈의 검이 창을 내리찍고 또 내리찍었다.

"더, 더 보이거라! 이것으론 부족하느니라!"

양경의 눈은 용암처럼 뜨겁고, 몸놀림은 이성적이고 차갑다.

인정해야 한다.

이 순간의 양경은 분명 넘어서기 힘든 산이었다.

촤하학!

미처 피하지 못한 양경의 검격이 악운의 허벅지를 베고 지나갔다.

호신강기로 발전한 해룡포린공이 깨졌다.

이게 아니었다면 다리가 잘렸을 일격이다.

물러날 틈도 없이 다음 검격을 부딪쳤다.

몰아붙여진 극한의 위기 속에 악운은 한계를 느끼고 있었다.

하지만 악운은 웃었다.

"네놈의 오만으로 가득한 낯짝을 당장, 찢어 주마!"

오만이 아니다.

터질 거 같은 심장의 두근거림이.

비산하는 강기의 여파 아래 놓인 뜨거워진 육신이 다음 한계를 향해 달려가고 있기에 웃는다.

'한계를 시험하기에 완벽한 적이다.'

한계에 부딪친 궁극의 육신은 이제 다음의 해금으로 향할 것이다.

풍수의 내수(內水) 역할을 하는 태양진경의 네 번째 조각.

'홍염공(紅炎功)'을 깨워서!

태양진경의 네 번째 조각이 깨어날 시간이다.

기세를 잡은 양경이 창을 때리며 악운을 몰아세웠다.

펑!

콰지짓!

부딪쳐 가는 창이 충돌 속에 점점 악운의 손에서 떨어져 갔다.

그럴수록 악운은 집중했다.

─태양이 성하면 그 주변에 홍염(紅炎)이 번진다. 그 형세가 내수구를 통해 들어찬 내수와 같다.

혼세양천공이 들썩이며 또 다른 기운이 파생됐다.

일계(一界)를 꿰뚫고 솟아오르는 용암.

들어찬 화기(火氣)는 단숨에 화극금(火剋金)의 자리를 차지했다.

동시에 성해 있는 금(金)의 천붕심법과 태의심로경이 차오르는 화기와 충돌하며 일계를 재편했다.

그 여파는 빠르게 번져 갔다.

먼저 목(木)의 무공들이 자극되어 목극토(木極土)를 이뤄 나갔고, 토극수와 수생목이 한데 엉켰다.

콰콰콰!

내부에서 터져 오르기 시작한 무한한 양기가 전신을 타고 휘몰아친 그 찰나.

펑!

콰지짓!

필방이 더 이상 버티지 못하고 손에서 튕겨 나갔다.

촤학!

손바닥에서 터져 나온 피가 흩뿌려졌지만 괜찮았다.

악운은 창을 잃은 순간에도 멈추지 않고 양경의 권역을 향해 나아갔다.

"끝까지 저항하겠다는 것이냐!"

병기를 잃은 무인에게 남은 건 죽음뿐!

양경이 마저 검을 뻗었다.

"오냐! 네놈의 열망도 여기까지다!"

양경의 검 끝에 다가가는 이 찰나.

'아니.'

악운은 그 어느 때보다 뜨거웠다.

놈은 모른다.

열망은 용암처럼 늘 끓어오를 준비가 되어 있었다.

그저 필요한 건 터트려 낼…….

'강한 압력(壓力)이었을 뿐.'

허리께에서 뽑아낸 흑룡아가 그 어느 때보다 창연하면서도 뜨거운 강기를 일으켰다.

"마침내."

일계(一界)의 완성에 이르렀다.

"크흠!"

양경은 짧은 신음과 함께 흑룡아가 훑고 지나간 아래를 내려다봤다.

화끈한 기운이 휩쓴 가슴팍엔 두 개의 열십자가 겹쳐진 검흔이 새겨져 있었다.

그래도 내부는 덜했다.

겉이 더 망가지는 대신 침투한 악운의 기를 순간적으로 방어해 낸 것이다.

"우에엑!"

양경이 검은 각혈을 토해 내며 비틀거렸다.

터져 나온 상흔이 순식간에 입고 있는 장포를 붉게 물들였다.

"큭, 크흐흐……! 그래, 네놈에게 무언가가 더 있을 줄 알았지."

죽음을 목전에 둔 몰골임에도 양경은 담담하다 못해 오연했다.

악운은 그 모습에 내심 웃었다.

그는 여전했다.

과거나 지금이나 투기(鬪氣)는 꺾이지 않은 채 강렬했다.

그래서 그때는 궁금하지 않았던 것이 궁금해졌다.

"사력을 다해도 한 초식일 것이오."

"네놈이 말만 안 걸어도 두 초식일 거다. 방해 마라, 아주 즐거우니까."

"하나만 묻겠소."

"시간을 끌면 알아서 죽을 거라는 망상은 시작도 마라. 노부는 아직 건재하다."

"왜 이토록 필사적인 것이오?"

"미친놈."

"……."

"호승심에 이유가 어디 있더냐. 너 같은 놈을 보면 피가 끓고, 사력을 다하고 싶어진다."

악운은 말없이 눈을 빛냈다.

"일방적인 투기는 살육이오."

"누가 일방적이라더냐? 나는 겁쟁이는 죽이지 않는다. 그렇다고…… 추락할 명성이 두려워 내 등에 비수를 꽂는 놈도 살려 두지는 않는다.”

거친 숨결이 실린 양경의 대답에 악운은 순간 눈에 이채를 흘렸다.

그때는 듣지 못했던 이야기를 마주한 기분이다.

“소문과 다른 진실이라는 것이오?”

“제발 그만 묻고 닥치거라. 천휘성 그 개자식의 무공을 익힌 놈이라 그런지 말이 더럽게 많구나.”

“알아보셨소?”

“잊을 리가 있나! 한창 젊은 시기의 나를 황보세가의 철창에 가둔 개자식을 어찌 잊겠느냐!”

“그렇소. 나는 그분의 진전을 이었소.”

“진전은 무슨……. 나이 차로 보건대 어디서 놈이 남긴 비공이라도 찾은 것이겠지. 됐다, 네놈이 무슨 진전을 이었든 뭔 상관이겠느냐! 그 빌어먹을 검이나 들어라!”

악운이 다시 흑룡아를 고쳐 쥔 찰나.

콰악!

진각을 밟은 양경의 검이 어느새 목젖까지 다다랐다.

악운도 피하지 않고 양경의 검에 맞섰다.

‘선명히 보인다.’

각파의 무공들은 각자 다른 본의들을 품고 있다.

그 본의의 최정점에 이른 것들을 통해 갖춰진 상태가 일계(一界).

얼핏 양경의 무공도 그 본의가 다른 것 같으나 자세히 살펴보면 그렇지 않다.

벼락을 닮은 검은 제갈세가의 무공과 그 본의가 닿아 있었다.

'파생(派生)의 시작.'

그 순간, 악운의 검이 변화했다.

촤라라락!

그건 마치…….

"무형무음검?"

양경의 표정이 급변했다.

동시에 악운의 검은 코앞에 온 양경의 검을 동일해 보이는 초식으로 응수하며 튕겨 냈다.

'이게…… 가능하다니.'

악운도 내심 놀랐다.

양경의 본의를 이해하고 일계 안에서 파생시켰을 뿐이다.

그런데 양경의 검초를 완벽히 구사했을 뿐 아니라 그를 능가한 검초까지 보일 수 있었다.

이제 확실히 알겠다.

일계를 완성한 후 우(宇)의 경지에 닿으려면 무엇을 해야 할지.

'파생을 통해 일계를 더 확장하는 거야.'

심연편에 이른 악운의 눈동자가 통달한 고승처럼 고요해졌다.

"대체 무슨 사술이더냐!"

반면 양경은 점점 흥분하며 검을 휘둘렀다.

펑! 촤라라락!

부딪칠 때마다 양경은 가늠할 수가 없었다.

놈의 움직임을 이해할라치면.

갑자기 도가의 냄새가 나는 검초가 나타나고 어느 순간엔 천휘성의 잔영이 느껴졌다.

그리고 이젠 무형무음검이다.

촤학!

또 한 번 악운의 검이 양경의 어깨를 훑고 지나갔다.

"어림……없느니라!"

양경은 통증을 이겨 내고 반격했다.

파지짓!

악운은 조금도 거리낌 없이 그의 검초에 맞섰다.

방금 전까지 목숨을 위협하던 가공할 검초가 이제는 너무나 익숙했다.

마치 파훼법을 깨달은 것처럼.

채채채채챙!

양경이 뻗어 내는 빛줄기보다 더 크고 빠르게 악운의 검 끝이 뻗어 나갔다.

콰콰콰콰!

가공할 쾌검의 향연이었다.

그 속에서 악운은 전진했고 양경은 물러났다.

마침내.

"크아악!"

두 다리가 모두 베인 양경이 비명을 지르며 무릎을 꿇었다.

쿵!

그야말로 혈인이 된 양경은 울컥 검은 각혈을 쏟아 냈다.

"쿨럭!"

악운은 그 앞에 흑룡아를 늘어트리고 섰다.

패색이 짙어진 이 순간.

양경은 여전히 검을 놓지 않고 쥐고 있다.

"아직…… 아직 안 끝났다, 아해야."

몸은 움직이지 않아도 투기는 여전했다.

"아니, 당신이 졌소."

"난 검을…… 쥐고 있다. 그때까지는 패배한 게 아니니라."

악운은 흑룡아를 그의 목에 겨눴다.

목이 베이는 순간까지 싸우겠다는 집념에서 강렬한 욕망이 느껴졌다.

"그래, 끝까지 싸워야지."

어서 베라는 종용일 것이다.

하지만 악운은 쉽게 검을 뻗을 수가 없었다.

석연찮은 게 남았다.

"생사결로 죽은 벽웅문 문주, 성계문 문주, 모용가의 유가천응가 등 당신이 무수히 많이 벤 자들은 어떤 상대였소?"

"으하하!"

한차례 광소를 터트린 양경이 말했다.

"치졸했지."

역시 그랬나.

두 번째 마주한 양경은 거칠고 잔혹하지만 강직한 자다.

소문이 틀렸다.

양경은 그들을 일부러 살육한 게 아니었다.

생사결에 동의하여 싸운 자들이 패배한 후 보복을 위해 그에게 악명을 뒤집어씌운 것이다.

"네놈도 조심해라. 치졸한 자는 당당한 자를 시기한다. 넌 네 의도와 달리 공적이 될 게다."

"조언 고맙소."

"자, 이제 입 좀 다물고 어서 덤비거라! 어서!"

그의 일갈에 악운이 흑룡아를 고쳐 잡았다.

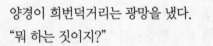

양경이 희번덕거리는 광망을 냈다.

"뭐 하는 짓이지?"

"검을 거두고 있소."

악운은 흑룡아의 피를 털어 내고 요대로 착용했다.

양경의 눈에 노기가 실렸다.

"어서 죽여라. 수치스러울 바엔 죽겠다. 어서 죽이란 말이다!"

"그래도 삶을 이어 가시오."

"뭐?"

"살아남아 다시 수련하고 내게 다시 생사결을 거시오."

"돌기라도 한 것이냐?"

악운은 아무 말도 하지 않았다.

그를 살린 건 일종의 빚이었기 때문이다.

천휘성은 완벽한 사람이 아니었다.

무수히 많은 실수와 잘못을 했다.

양경도 그 오해로 인해 수많은 세월을 갇혀 지내야 했다.

그가 알든 모르든 그 빚을 그냥 넘길 수는 없었다.

"개소리 집어치우고 어서 노부를 죽이란 말이다!"

"진짜 수치는 패배를 인정하고 기회를 잡지 않는 것이오. 내게 영원히 질 것이오? 아니면……."

악운이 양경의 앞에 무릎을 꿇고 마주했다.

"나를 넘어서고, 더 나아가시겠소?"

"이놈이……!"

"이대로 포기하기엔 그간의 세월이 너무 억울하잖소?"

양경은 잠시 아무 말도 하지 않았다.

얼마쯤 흘렀을까?

양경의 눈빛이 지금까지와 달리 무척 차분해졌다.

"언제든 피하지 않을 것이냐?"

"약조하오."

"내가 원할 땐 늘 싸워야 한다."

"완벽한 상태가 아니어도 하겠소."

"아니, 완벽한 상태여야지."

"그럼 그러겠소."

"빌어먹을. 약관도 안 된 애송이 따위에게 목숨을 구걸하게 되다니⋯⋯."

"어르신의 집념을 존경하오."

"입발림을 계속할 것이라면 당장 목을 베라. 듣기 싫다."

양경이 짜증스럽게 말한 후 눈을 감았다.

"어르신?"

분명 내가중수법에 사정을 뒀고, 치유가 가능한 영역 안에서만 베었다.

즉사할 리가 없건만!

갑작스러운 침묵에 악운은 황급히 그에게 다가갔다.

그 순간.

"드르렁. 푸우우⋯⋯!"

양경의 코 고는 소리가 악운을 허탈하게 했다.

"참 나……!"

악운은 시원한 웃음을 터트렸다.

단언컨대.

이제까지 겪어 온 최고의 생사결 중 하나였다.

❧

"소가주! 방금 그거 대체 뭐야?"

악운이 검을 지고한 경지에 이른 것처럼 쓰는 것도 놀랄 일이지만, 그보다 방금 악운의 움직임은 양경과 흡사했다.

아니, 동일했다.

"대답은 나중에."

악운은 점혈을 통해 빠른 속도로 양경의 상세를 살피고 있었다.

"누울 곳과 침, 약재가 필요해. 어서 가자."

양경을 들쳐 업는 모습을 보며 백훈은 혀를 내둘렀다.

악운이 천하오절을 넘어섰다는 기쁨과 경악도 잠시였다.

이 믿기 힘든 상황에 백훈은 당혹스러울 뿐이었다.

"널 죽이려 든 장본인이야. 게다가 천하오절 중에서도 양경의 악명은 웬만한 마인보다 더해. 살려 두면 후환이 될 거라고."

"대주도 그랬어."

"뭐?"

"처음 우리가 만났을 때."

백훈은 잠시 멈칫했다.

솔직히 크게 다르지 않다.

심지어 그때의 백훈은 악운을 철천지원수로 생각하며 죽일 일념으로 살았다.

그리고 지금은…….

"가문의 정예 대대 수장이 되어 있잖아."

백훈은 헛웃음을 흘렸다.

"대체 얼마나 배포가 큰 거야?"

물어보면서도 백훈은 악운의 배포가 결코, 스스로 가늠할 수 없다는 걸 잘 알았다.

'죽기 직전까지 몰아붙였던 내게 고독을 제거해 주고, 방황하는 순간에 손까지 내밀 만한 그릇.'

그런 이에게 방금 전의 질문은 우스운 질문이었다.

애초부터 악운에게는 다른 질문을 했어야 했다.

"이자에게서 뭘 봤기에 거두려는 거야?"

"거두는 건 아버지가 결정할 몫이지, 내 몫이 아니야. 우리 악가에 머무르는 것도 이자의 몫이고. 다만…….."

악운이 담담하게 말을 이었다.

"그가 가진 소신과 무공에 대한 집념은 가문에 많은 자극이 될 거야. 오늘처럼."

"오늘……처럼."

방금 본 것처럼 선명한 두 사람의 모습이 백훈의 머릿속을 스쳐 지나갔다.

이제야 악운이 무엇을 위해 그를 데려가려는지 알 거 같기도 하다.

"그를 따라잡아. 가능한 한 빨리."

양경을 들쳐 업은 악운이 백훈을 스쳐 지나가며 말했다.

그 순간.

백훈은 어느 때보다 강렬한 향상심을 느꼈다.

"따라잡으라, 이 말이지."

백훈은 양경의 등을 응시하며 나직이 읊조렸다.

악운이 양경이란 산을 넘어선 오늘.

백훈은 양경이란 새로운 산을 마주했다.

ᵒᵛ

보현각의 새벽은 오늘도 분주했다.

수많은 인편과 전서구가 바삐 들락거리고, 아직 처리하지 못한 미결 서류도 한가득 쌓였다.

하지만 방금 들어온 소식이 더 급선무였다.

"어서, 말해 보게."

"예, 각주님."

보현각의 가솔이 사마수에게 전서구를 통해 접한 서신을 보고했다.

"현 시간부로 황보세가는 동평 진격을 시작했고 가주님께서도 반나절이면 귀환을 마치실 겁니다. 장 대인을 구출한 악가뇌혼대도 무사히 동평 소로(小路)에 도달했습니다."

"소가주에게는 별다른 소식이 없었나?"

"제남의 경비가 삼엄해 황보세가의 내부 사정을 자세히는 알기 힘드나 황보세가의 인편이 따로 오지 않은 것으로 봐선 무사히 탈출하신 것 같습니다."

굳어 있던 사마 각주의 얼굴에 희미한 미소가 돌았다.

얼마 전 암낭패의 전멸과 태산의 승전보가 연이어 들려왔다.

여기에 모자라 소가주의 귀환도 어느 정도 예측할 수 있으니……

이제 남은 건 단 하나뿐이었다.

"전 부처에 전면전을 준비하라 이르게."

마침내 황보세가와의 전면전이 눈앞에 찾아온 것이다.

다음 권으로 이어집니다

우리 교황님 좀 말려 주세요

판미손 퓨전 판타지 장편소설

비정상 교황님의
들도 보도 못한 전도(물리) 프로젝트!

이세계의 신에게 강제로 납치(?)당한 김시우
차원 '에덴'에서 10년간 온갖 고생은 다 하고
겨우 교황이 되어 고향으로 귀환했건만……

경고! 90일 이내 목표 신도 숫자를 달성하지 못할 시
당신의 시스템이 초기화됩니다!

퀘스트를 달성하지 못하면 능력치가 도로 0이 된다고?
그 개고생, 두 번은 못 하지!

"좋은 말씀 전하러 왔습니다, 형제님^^"

※주의※ 사이비 아닙니다, 오해하지 마세요!

망한 가문의 검술 천재가 되었다

소구장 퓨전 판타지 장편소설

역사에서도 잊힌 비운의 검술 천재
최강의 꼰대력으로 무장한 채
후손의 몸으로 깨어나다!

만년 2위 검사 루크 슈넬덴
세계를 위협하던 마룡을 물리치며
정점에 이른 순간

이대로 그냥 죽어 다오, 나를 위해서.

라이벌인 멀빈 코넬리오에게 목숨을 잃……
……은 줄 알았는데,
200년 후의 몰락한 슈넬덴가에서 눈뜨다!
가족이라고는 무기력한 가주, 망나니 1공자뿐
망해 버린 가문을 살리기 위해
까마득한 조상님이 팔을 걷었다!

설풍 같은 검술, 그보다 매서운 독설로
슈넬덴가를 정점으로 이끌어라!